UM AMOR DE SWANN

Marcel Proust

UM AMOR DE SWANN

Tradução de Celina Portocarrero

www.lpm.com.br

L&PM POCKET

Coleção **L&PM** POCKET, vol. 448

Texto de acordo com a nova ortografia.

Este livro, publicado no âmbito do programa de auxílio à publicação, contou com o apoio do Ministério francês das Relações Exteriores.

Primeira edição na Coleção **L&PM** POCKET: 2005

Título original: *Un amour de Swann*
Tradução: Celina Portocarrero
Capa: Ivan Gomes Pinheiro Machado
Revisão: Jó Saldanha, Renato Deitos, Bianca Pasqualini e Mariana Donner da Costa

---

P968a

Proust, Marcel, 1871-1922
Um amor de Swann / Marcel Proust; tradução de Celina Portocarrero. – Porto Alegre: L&PM, 2011.
256 p. ; 18 cm. (Coleção L&PM POCKET; v. 448).

ISBN 978-85-254-1434-2

1. Literatura francesa-Romances. I.Título. II. Série.

CDD 843
CDU 821.133.1-3

Catalogação elaborada por Izabel A. Merlo, CRB 10/329.

Rua Comendador Coruja, 314, loja 9 – Floresta – 90.220-180
Porto Alegre – RS – Brasil / Fone: 51.3225.5777 – Fax: 51.3221.5380

Pedidos & Depto. Comercial: vendas@lpm.com.br
Fale conosco: info@lpm.com.br
www.lpm.com.br

Impresso pela Meta Brasil
2021

Marcel Proust
(1871-1922)

Marcel Proust nasceu no bairro de Auteil, em Paris, a 10 de julho de 1871, em meio aos bombardeios da Guerra Franco-Prussiana. Seu pai, Louis Proust, era um grande cirurgião e professor de medicina agraciado com a Legião da Honra, e sua mãe, Jane Weil, era de uma culta família burguesa judia-parisiense. Criança de saúde frágil, Marcel estudou primeiramente no Liceu Condorcet, frequentado por filhos de famílias ricas. Aos nove anos, manifestou a doença que o perturbaria até a morte: a asma. Fez um ano de serviço militar, chegou a se matricular na Escola de Direito e na Escola de Ciências Políticas, mas acabou por se licenciar em Letras na Sorbonne. Em 1895, trabalhou como voluntário na Biblioteca Mazzarine (a mais antiga biblioteca pública da França). No início da década de 1890, flertou com o jornalismo, fundando a revista *Le Banquet* e publicando alguns textos em outros periódicos, como *La revue blanche.*

Os primeiros textos de Proust – pequenos relatos e poemas em prosa – foram reunidos com prefácio de Anatole France sob o título de *Les plaisirs et le jours* (*O prazer e os dias*), em 1896, e valeram-lhe a reputação de mundano. Em 1895, Proust iniciou, sem no entanto terminar, um vasto romance autobiográfico, *Jean Santeuil* (publicado postumamente, em 1952), considerado um esboço daquela que seria sua grande obra, *À la recherche du temps perdu.*[1]

1. *À la recherche du temps perdu*, ou *Em busca do tempo perdido*, consiste em sete volumes: *No caminho de Swann* (*Du côté de chez Swann*), publicado em 1913; *À sombra das raparigas em flor* (*À l'ombre des jeunes filles en fleur*), publicado

A morte do seu pai, em 1903, tornou mais assídua a presença de Proust nos círculos da sociedade parisiense; já a da sua mãe, em 1905, o afastou das atividades sociais. Ambas perdas foram cruciais na vida do escritor. Após uma temporada em uma casa de saúde, devido sobretudo a crises asmáticas que lhe obrigavam a uma quase total reclusão, Proust instalou-se no apartamento dos pais, no Boulevard Haussmann, onde mandou preparar o seu famoso quarto com paredes revestidas de cortiça para reduzir a propagação de ruídos. Os esboços do que viria a ser *Em busca do tempo perdido* se multiplicaram. Em 1908, ele redigiu as páginas que seriam o verdadeiro início do romance, embora ainda hesitasse quanto à forma a ser dada ao projeto. Escreveu, nesse meio-tempo, *Contre Sainte-Beuve*, em que rebatia a visão crítica do então célebre crítico literário francês Sainte-Beuve – calcada na vida dos escritores –, pois para Proust o "eu profundo" do artista nada tem a ver com a sua existência mundana. O livro, entretanto, não encontrou editor, e Proust ficou livre para tocar seu projeto romanesco. A partir de 1909, ele arquitetou o início e o fim do livro: o último capítulo do último volume foi escrito imediatamente após o primeiro capítulo do primeiro volume. Tudo o que há no meio foi escrito depois. Em 1912, ele tentou, novamente, ser publicado. Tinha setecentas páginas datilografadas, intituladas *Le temps perdu* (O tempo perdido), que representavam, aos seus olhos, metade do ciclo romanesco. Três editoras francesas, entre as quais a reputadíssima Gallimard, cujo editor era então o também escritor André Gide, recusaram

---

em 1919; *O caminho de Guermantes* (*Le côté de Guermantes*), publicado entre 1920 e 1921; *Sodome et Gomorrhe* (*Sodoma e Gomorra*), publicado entre 1921 e 1922; *A prisioneira* (*La prisonnière*), publicado em 1923; *A fugitiva* (*Albertine disparue*), publicado em 1925, e *O tempo redescoberto* (*Le temps retrouvé*), publicado em 1927. Quando de seu surgimento, o romance foi publicado em um total de treze volumes, que compõem, juntos, estas sete partes nas quais o livro é hoje mais comumente dividido.

o romance, até que Bernard Grasset o aceitou, mas somente às expensas do autor. Proust imaginava um díptico: *Temps perdu/ Temps retrouvé* (Tempo perdido/ Tempo reencontrado), sob o título geral de *Les intermitences du coeur* (As intermitências do coração). Mas o livro ainda sofreria mudanças antes de ser publicado. *Du côté de chez Swann* (No caminho de Swann) surgiu em novembro de 1913. Nessa época, Proust vivia acontecimentos que perturbariam a sequência do romance e fariam nascer o "ciclo de Albertine" (ou seja, *La prisonnière* e *Albertine disparue*, introduzidos por *Sodome et Gomorrhe*), um bom terço da *Recherche*, que não estava previsto inicialmente. Trata-se da morte acidental, no verão de 1913, de Alfred Agostinelli, que partilhava do apartamento de Proust na qualidade de motorista e que fizera nascer no escritor um intenso ciúme – sentimento que seria explorado em vários pontos de *Em busca do tempo perdido* – mais especificamente, na parte intitulada *Um amor de Swann.* A editora Gallimard, reconhecendo seu erro de avaliação, convenceu Proust a abandonar seu primeiro editor e recomprou os direitos para publicar *Du côté de chez Swann*, assim como *À l'ombre des jeunes filles en fleur*, que foi impresso durante o armistício e colocado à venda em junho de 1919. A Primeira Guerra Mundial (1914-1918) deu sua contribuição à literatura e sobretudo ao livro de Proust: durante o decorrer do conflito, o lado cômico e romanesco, às vezes até mesmo rocambolesco, foi muito desenvolvido, e a homossexualidade tornou-se um dos assuntos principais.

Proust tornou-se um escritor conhecido e reconhecido, sobretudo depois que *À l'ombre des jeunes filles en fleur* ganhou o prêmio Goncourt, em novembro de 1919. Seus últimos anos de vida foram de intensa luta contra a doença e a ameaça de morte. Mas ele não abandonou suas febris atividades mundanas e literárias, publicando ainda *Pastiches et mélanges* (1919), que reúne textos e prefácios. Proust foi nomeado Cavalheiro da Legião da Honra e chegou a pensar na Academia Francesa de Letras, enquanto uma nova geração de escritores o admirava como um grande mestre: Jean Cocteau, Jean Giraudoux, François Mauriac, entre outros. Ele queria publicar de uma só vez todo o restante da *Recherche*, mas *Le côté de Guermantes*, o terceiro dos sete volumes, é publicado em duas partes em 1920 e 1921, sendo a segunda delas seguida da primeira parte de *Sodoma e Gomorra*. Proust escreveu, também, vários artigos de crítica sobre Flaubert (1920) e Baudelaire (1921). A segunda parte de *Sodoma e Gomorra* é publicada em abril de 1922, quando Proust teria confiado à Celeste (sua célebre governanta, que cuidou dele até a morte) a escrita da palavra *fim*. Não conseguiu terminar de revisar as provas de *A prisioneira*; ditou apenas algumas alterações para a sua criada. Morreu em 18 de novembro daquele mesmo ano, de uma gripe não tratada que evoluiu para uma pneumonia. *Albertine disparue* e *Le temps retrouvé* apareceriam em 1925 e 1927, respectivamente. Como resultado de um ciclo de mais de vinte anos entre o início da redação e o término da publicação do romance, tem-se uma obra estruturalmente simétrica, que seria reverenciada pelas gerações que seguiram como um dos pilares do modernismo.

Em 1909, Proust perguntava-se se escreveria um romance ou um estudo filosófico. "Há um senhor que conta a história e que diz *eu*", registrou ele, em 1913. Este *eu* não é o mesmo *eu* de memórias nem o da autobiografia, mas um narrador de um gênero novo, em busca da verdade, transformando sua vida em um romance. Sua narrativa é, por um lado, a crônica de quase meio século de vida parisiense (com a devida importância dada à decadente classe aristocrática e à emergente nova burguesia), mas também um *bildungsroman*, ou seja, um romance de formação.

O narrador-protagonista retraça sua infância, seus amores, suas amizades, sua vida mundana, mas também a grande e trágica paixão que altera o curso de sua existência. Ele deve experimentar e então afastar as ilusões da mundanidade e do amor antes de encontrar seu destino de artista. O dândi Swann, o primeiro modelo de artista na vida do narrador-protagonista, nunca deixará o estado de amador esclarecido, apesar de sua profunda sensibilidade artística e dons, por não conseguir dissipar a ilusão que é tentar viver a vida como uma obra de arte. Para muitos comentadores, esta é toda a intriga de *À la recherche.* Os numerosos personagens que cercam o narrador-protagonista (Gilberte, Saint-Loup, Charlus, a duquesa de Guermantes, Albertine) representam símbolos e significados que ele (e o leitor) tem de descobrir aos poucos. O romance se desenrola como uma busca quase mística ao fim da qual seu criador descobre seu *eu* mais profundo na solidão. Signos da redenção por meio da criação artística marcam toda a obra, assim como a força da memória involuntária (da qual é exemplar o episódio de *No caminho de Swann*, em que uma sensação do paladar – o ato de comer uma Madeleine – causa no narrador lembranças epifânicas da infância); tal ideia sobre a memória era caríssima a Proust, e ele a retratou como ninguém até então. Outro aspecto fundamental da obra, que se conjuga com a memória involuntária, é a peculiar elaboração do tempo. Nisso Proust mostra influência do filósofo francês e Prêmio Nobel de Literatura de 1927 Henri Bergson (1859-1941), que postulava a percepção da passagem do tempo como algo pessoal. Proust opõe-se aos naturalistas e funda-se na ideia de que o requinte da linguagem – e poucas são tão requintadas quanto a sua – pode transmitir a riqueza dos eventos que acontecem não em sequência, mas simultaneamente, como a percepção da mente humana. Assim, é seguro dizer que a modernidade de Proust e sua obra-prima residem menos nos assuntos por eles tratados do que por colocar em primeiro plano uma consciência múltipla e móvel, que seria a grande marca da literatura do século XX. A seguinte frase resume um pouco a visão de experiência e de indivíduo do autor: "Aquilo que não tivemos de decifrar, de elucidar por nosso próprio esforço, o que já era claro antes de ser olhado por nós, não é nosso".

O próprio Proust comparava *Em busca do tempo perdido* a uma catedral gótica que, vista de baixo, parece estender-se para cima infinitamente, e o crítico norte-americano Edmund Wilson comparou-o a uma sinfonia. Harold Bloom considera que Proust e seu *Em busca do tempo perdido* desafiam o poder shakespeariano de representação de personagens e faz notar que as personagens proustianas, assim como as de Shakespeare, resistem a qualquer tentativa de redução psicológica. "A grande força de Proust, entre tantas outras, é a caracterização: nenhum romancista do século XX pode igualar seu rol de personalidades vívidas", afirmou. Já Edmund Wilson chamou o romance de Proust de "a maior representação literária da nossa época" e salientou, naquela que é, segundo ele, "a grande obra da autocriação", "a crença no poder da arte disputar com o tempo".

Um amor de Swann é a segunda das três partes que compõem *No caminho de Swann*, por sua vez o primeiro volume dos sete de *Em busca do tempo perdido*. Neste volume, é retratada a infância do narrador-personagem, e em *Um amor de Swann* o narrador conta a história de Swann, rico e ocioso vizinho de sua família que se apaixona por uma mulher inferior, Odette de Crécy. Por meio das frases longas e do estilo refinado do autor, os leitores são levados a acompanhar, em um nível psicológico muito profundo, todas as nuanças e transformações na mente e nos sentimentos de Swann. Embora Proust antecipe em *Um amor de Swann* temáticas que serão aprofundadas ao longo de todo o romance – o ciúme, a incomunicabilidade, a indefectível solidão humana, o valor redentor da arte –, trata-se de uma peça ficcional que tem valor autônomo, isto é, funciona autonomamente. Por isso tem sido editada em separado (não apenas dentro de *Em busca do tempo perdido*), como se fosse um pequeno romance independente, pois seu enredo de certa forma se desvincula do resto do romance.

Em 1984, *Um amor de Swann* foi levado às telas do cinema em uma produção franco-alemã com direção de Volker Schlöndorff e estrelada por Jeremy Irons, Ornella Mutti, Fanny Ardant e Alain Delon.

UM AMOR
DE SWANN

Para fazer parte do "pequeno núcleo", do "grupinho", do "pequeno clã" dos Verdurin, uma condição era suficiente porém necessária: era preciso aderir tacitamente a um credo do qual um dos mandamentos era o de que o jovem pianista, protegido pela sra. Verdurin naquele ano e a respeito de quem ela dizia: "Não deveria ser permitido saber tocar Wagner desse jeito!", "apagava" ao mesmo tempo Planté[1] e Rubinstein[2] e que o dr. Cottard fazia diagnósticos melhor do que Potain[3]. Qualquer "novo recruta" a quem os Verdurin não conseguiam persuadir de que as noites daqueles que não frequentavam a sua casa eram aborrecidas como a chuva via-se imediatamente excluído. Sendo nesse aspecto as mulheres mais rebeldes do que os homens quanto a abandonar qualquer curiosidade mundana e o desejo de verificar por si mesmas a aprovação dos outros salões e, por outro lado, sentindo os Verdurin que tal espírito de exame e tal demônio de frivolidade poderia, por contágio, ser fatal à ortodoxia da igrejinha, foram levados a rejeitar sucessivamente todas as "fiéis" do sexo feminino.

1. Francis Planté (1839-1934), músico e pianista francês. (N.T.)

2. Arthur Rubinstein (1887-1982), pianista e compositor americano de origem polonesa, considerado por muitos o maior pianista do século XX. (N.T.)

3. Pierre Carl Edouard Potain (1825-1901), célebre médico francês, inventor do esfigmomanômetro (aparelho de pressão ainda usado atualmente). (N.T.)

Além da jovem esposa do médico, estavam naquele ano reduzidas quase que exclusivamente (embora a sra. Verdurin fosse ela própria virtuosa e de uma respeitável família burguesa, extraordinariamente rica e totalmente obscura, com a qual pouco a pouco cortara todas as relações) a uma pessoa quase do submundo, a sra. de Crécy, a quem a sra. Verdurin tratava pelo primeiro nome, Odette, e declarava ser "um amor", e à tia do pianista, que sem dúvida conhecera dias melhores; pessoas ignorantes do mundo e a cuja ingenuidade havia sido tão fácil fazer crer que a princesa de Sagan e a duquesa de Guermantes eram obrigadas a pagar pobres-coitados para ter convidados em seus jantares que, se lhes tivesse sido oferecido um convite para a casa daquelas duas grandes damas, a antiga porteira e a meretriz teriam desdenhosamente recusado.

Os Verdurin não convidavam para jantar: tinha-se em sua casa "seu talher à mesa". Para o sarau, não havia programa. O jovem pianista tocava, mas apenas se lhe "desse na veneta", pois ninguém era forçado e, como dizia o sr. Verdurin: "Tudo pelos amigos, viva os camaradas!". Se o pianista queria tocar a cavalgada da *Valquíria* ou o prelúdio de *Tristão*[4], a sra. Verdurin protestava; não que a música lhe desagradasse, mas, ao contrário, porque lhe causava uma impressão forte demais. "Então fazem questão de que eu tenha uma enxaqueca? Bem sabem que é a mesma coisa sempre que ele toca isso. Eu sei o que me espera! Amanhã quando eu quiser me levantar, adeus, não sou mais ninguém!" Se ele não tocava, conversava-se, e um dos amigos, na maior parte das vezes seu pintor favorito do momento, "soltava", como dizia o sr. Verdurin, "uma enorme asneira que fazia todos explodirem de rir", sobretudo a sra. Verdurin, cujo maxilar – tão grande era seu hábito de levar ao

4. *A Valquíria* (*Die Walkuere*, 1870) e *Tristão e Isolda* (*Tristan und Iseulte*, 1865), óperas de Richard Wagner (1813-1883). (N.T.)

pé da letra as expressões figuradas de suas emoções – o dr. Cottard (na época um jovem principiante) precisou recolocar no lugar, pois ela o deslocara por ter rido demais.

O traje a rigor era proibido porque se estava entre "companheiros" e para não se parecer com os "aborrecidos", dos quais se fugia como da peste e que só se convidava para os grandes saraus, realizados o mais raramente possível e apenas se aquilo fosse capaz de divertir o pintor ou tornar conhecido o músico. No resto do tempo, contentavam-se em brincar de charadas, com jantares a fantasia, mas sempre entre eles, não introduzindo estranho algum no pequeno "núcleo".

Mas, à medida que os "camaradas" ocupavam mais espaço na vida da sra. Verdurin, os aborrecidos, os reprovados eram todos aqueles que retivessem seus amigos longe dela, tudo o que às vezes os impedia de estarem livres, fosse a mãe de um, a profissão de outro, a casa de campo ou o problema de saúde de um terceiro. Se o dr. Cottard pensava que devia partir ao sair da mesa a fim de voltar para junto de um doente em risco de vida: "Quem sabe", dizia-lhe a sra. Verdurin, "não lhe trará mais benefícios se não perturbá-lo esta noite; ele passará uma boa noite sem o senhor: amanhã pela manhã irá bem cedo e o encontrará curado". Desde o início de dezembro ela adoecia com a ideia de que os fiéis a "abandonariam" no dia de Natal e no 1º de janeiro. A tia do pianista exigia que ele fosse jantar em família naquele dia, na casa de sua mãe:

– Como se sua mãe fosse morrer – exclamou duramente a sra. Verdurin –, se o senhor não jantasse com ela no primeiro do ano, como no interior!

Sua inquietação renascia na Semana Santa:

– O senhor, doutor, um sábio, um espírito forte, o senhor naturalmente virá na Sexta-Feira Santa como num dia qualquer? – disse ela a Cottard no primeiro ano, num tom seguro, como se não pudesse duvidar da resposta. Mas tremia à espera do que fosse dito, pois, se ele não viesse, ela correria o risco de ficar sozinha.

– Virei na Sexta-Feira Santa... para me despedir, pois vamos passar as festas da Páscoa em Auvergne.

– Em Auvergne? Para ser comido pelas pulgas e piolhos, pois passe muito bem!

E, depois de um silêncio:

– Se ao menos nos tivesse dito, teríamos tratado de organizar tudo e faríamos a viagem juntos, em condições confortáveis.

Da mesma forma, se um "fiel" tivesse um amigo, ou uma "frequentadora" um namorado que poderia fazê-los às vezes "falhar", os Verdurin, que não se horrorizavam se uma mulher tivesse um amante, contanto que o tivesse na casa deles, que o amasse por eles e que não o preferisse a eles, diziam: "– Pois muito bem! Traga o seu amigo". E o punham à prova, para ver se seria capaz de não ter segredos para com a sra. Verdurin, se poderia ser agregado ao "pequeno clã". Se não o fosse, chamava-se à parte o fiel que o havia apresentado e lhe era prestado o favor de intrigá-lo com seu amigo ou sua amante. Caso contrário, o "novato" tornava-se por sua vez um fiel. Assim, quando a semimundana contou ao sr. Verdurin que conhecera um homem encantador, o sr. Swann, e insinuou que ele ficaria muito feliz sendo recebido em sua casa, o sr. Verdurin transmitiu de imediato o pedido à sua esposa. (Ele jamais tinha opinião antes de sua mulher, sendo seu papel especial pôr em execução os desejos dela, assim como os desejos dos fiéis, com grandes recursos de engenhosidade.)

– Eis aqui a sra. de Crécy, que tem um pedido a lhe fazer. Ela gostaria de apresentar-lhe um de seus amigos, o sr. Swann. O que acha?

– Mas ora, por acaso se pode recusar algo a uma

coisinha perfeita como essa? Cale-se, sua opinião não nos interessa, eu afirmo que você é uma perfeição.

– Se a senhora assim deseja – respondeu Odette em tom afetado, e acrescentou: – A senhora sabe que não estou *fishing for compliments*[5].

– Pois muito bem! Traga seu amigo, se ele é agradável.

Evidentemente, o "pequeno núcleo" em nada se parecia com a sociedade à qual Swann estava habituado, e os verdadeiros homens do mundo teriam achado que não valeria a pena ocupar como ele uma posição excepcional para se fazer apresentar aos Verdurin. Mas Swann amava a tal ponto as mulheres que, a partir do dia em que havia conhecido praticamente todas as da aristocracia e elas nada mais tinham a lhe ensinar, ele não mais se importou com aquelas certidões de naturalização, quase títulos de nobreza, que lhe haviam sido concedidas pelo Faubourg Saint-Germain[6], senão como a uma espécie de nota de câmbio, de carta de crédito, em si mesma desprovida de valor mas que lhe possibilitava improvisar para si mesmo uma ocupação num mísero recanto do interior ou num ambiente obscuro de Paris, onde a filha do fidalguete ou do escrivão lhe parecesse bonita. Pois o desejo ou o amor lhe dava então um sentimento de vaidade do qual estava agora isento na rotina da vida (embora sem dúvida tenha sido o que o dirigira outrora para aquela carreira mundana em cujos prazeres frívolos desperdiçara os dons de sua alma e pusera sua erudição em matéria de arte a serviço do aconselhamento das damas da sociedade em suas compras de quadros e na escolha dos móveis de seus aposentos) e que o fazia desejar brilhar, aos olhos de uma desconhecida pela qual se encantara, com uma elegância que o nome de

5. Em inglês no original, expressão que significa "pedindo elogios". (N.T.)

6. Bairro parisiense no qual vivia a aristocracia da época. (N.T.)

Swann, por si só, não pressupunha. Desejava-o, sobretudo, se a desconhecida fosse de condição humilde. Assim como não é perante outro homem inteligente que um homem inteligente receará parecer bobo, não é por um distinto cavalheiro, e sim por um beócio, que um homem elegante temerá ver ignorada sua elegância. A maior parte das frases de efeito e de mentiras por vaidade que foram gastas desde que o mundo é mundo por pessoas a quem estas apenas diminuíam foram empregadas com inferiores. E Swann, que era simples e negligente com uma duquesa, tremia à ideia de ser desprezado, pavoneava-se, quando diante de uma camareira.

Ele não era como tantas pessoas que, por preguiça, ou por um resignado sentimento de obrigação, criado pela grandeza social de continuar acorrentado a certos limites, se abstêm dos prazeres que a realidade lhes apresenta fora da posição mundana na qual vivem acuadas até a morte, contentando-se afinal em chamar de prazeres, na falta de termo melhor, já que a eles conseguiram se habituar, as medíocres distrações ou os suportáveis aborrecimentos nela contidos. Swann não se esforçava para achar bonitas as mulheres com as quais passava o tempo e sim para passar o tempo com as mulheres que ele, antes de tudo, achara bonitas. E tratava-se com frequência de mulheres de uma beleza um tanto vulgar, pois as qualidades físicas que buscava sem se dar conta eram absolutamente opostas àquelas que lhe tornavam admiráveis as mulheres esculpidas ou pintadas por seus mestres preferidos. A profundidade, a melancolia da expressão gelavam seus sentidos, para cujo despertar bastava, ao contrário, uma carne sadia, abundante e rosada.

Se em viagem encontrava uma família com a qual teria sido mais elegante não tentar travar relações, mas na qual determinada mulher se apresentava a seus olhos munida de um encanto que lhe era ainda desconhecido, permanecer no "seu lugar" e burlar o desejo que ela fizera nascer, substituir por um outro prazer o prazer que com ela poderia conhecer, escrevendo a uma antiga amante para que fosse ao seu encontro, teria a ele parecido uma tão covarde abdicação diante da vida, uma tão estúpida renúncia a uma nova felicidade quanto se, em vez de visitar a região, se tivesse confinado em seu quarto olhando imagens de Paris. Não se encerrava no edifício das suas relações, mas criara com ele, para poder reerguê-lo em qualquer lugar onde uma mulher lhe agradasse, uma dessas tendas desmontáveis como as que os exploradores levam consigo. Quanto ao que não era transportável ou trocável por um novo prazer, ele o dava a troco de nada, por mais desejável que parecesse a outros. Quantas vezes de seu crédito junto a uma duquesa, proveniente do desejo por ela acumulado anos a fio de lhe ser agradável sem que para tal tivesse tido chance, ele se desfizera de um só golpe ao lhe pedir, por indiscreta mensagem, uma recomendação telegráfica que o pusesse em imediato contato com um dos administradores cuja filha observara no campo, como faria um esfomeado que trocaria um diamante por um pedaço de pão! E com isso, mais tarde, chegava mesmo a se divertir, pois havia nele, disfarçada sob raras delicadezas, uma certa impertinência. Além disso, pertencia àquela categoria de homens inteligentes que viveram no ócio e buscam um consolo e talvez uma desculpa na ideia de que tal ócio oferece à sua inteligência objetos tão dignos de interesse quanto poderiam ser a arte ou o estudo, que a "vida" contém situações mais interessantes, mais romanescas do que todos os romances. Assim pelo menos afirmava e facilmente persuadia seus mais refinados amigos mundanos, sobretudo o barão de Charlus, que ele gostava de entreter com o relato das aventuras picantes que lhe aconteciam, fosse porque, tendo encontrado numa viagem de trem uma mulher a quem logo levara para sua casa, viesse a descobrir que se tratava da irmã de um soberano cujas mãos detinham no momento todos os fios da política europeia a respeito da qual se mantinha assim informado de um modo muito agradável, fosse porque, pelo jogo complexo das circunstâncias, iria depender da escolha que faria o conclave o fato de ele vir ou não a se tornar o amante de uma cozinheira.

Não era, aliás, apenas a brilhante falange de virtuosas viúvas, generais e acadêmicos aos quais era especialmente ligado que Swann com tanto cinismo obrigava a lhe servir de intermediária. Todos os seus amigos tinham o hábito de receber de tempos em tempos cartas suas nas quais uma palavra de recomendação ou de apresentação lhes era solicitada com uma habilidade diplomática que, persistindo através dos amores sucessivos e pretextos diferentes, acusava, mais do que teria feito a falta de jeito, um temperamento imutável e objetivos idênticos. Fiz com que me contassem diversas vezes, muitos anos mais tarde, quando começava a me interessar por sua personalidade devido às semelhanças que sob vários aspectos apresentava em relação à minha, que, quando ele escrevia a meu avô (que não o era ainda, pois foi na época de meu nascimento que teve início a grande ligação de Swann, que interrompeu por muito tempo tais práticas), este, ao reconhecer no envelope a letra de seu amigo, exclamava: "Aí vem Swann pedir alguma coisa: atenção!". E, fosse por desconfiança, fosse pelo sentimento inconscientemente diabólico que nos leva a só oferecer algo às pessoas que não o desejam, meus avós opunham-se com obstinada decisão a satisfazer os pedidos mais fáceis de atender que ele lhes endereçava, como apresentá-lo a uma moça que jantava todos os domingos em nossa casa e que, sempre que Swann voltava a mencionar, se viam obrigados a fingir não mais ter visto, enquanto durante toda a semana se perguntavam quem poderiam convidar para servir de companhia a ela, acabando muitas vezes por não encontrar alguém, por culpa de não terem acenado àquele que teria ficado tão feliz em fazê-lo.

Às vezes, um casal de amigos de meus avós que até então se queixava de nunca estar com Swann declarava com satisfação, e talvez com certo desejo de provocar inveja, que ele se transformara em tudo o que havia de mais encantador e que estava sempre com eles. Meu avô não lhes desejava perturbar o prazer, mas olhava para minha avó murmurando:

> Mas que mistério é esse, afinal?
> Não consigo compreender.

Ou:

> Visão fugidia...

Ou:

> Nesses assuntos
> o melhor é nada ver.

Alguns meses depois, se meu avô perguntava ao novo amigo de Swann: "E Swann, continuam a estar sempre com ele?", o rosto do interlocutor se alongava: "Jamais pronuncie tal nome na minha frente!". "Mas pensei que fossem muito amigos...". Assim, havia ele sido durante alguns meses amigo íntimo dos primos de minha avó, jantando quase diariamente em casa deles. Subitamente deixou de aparecer, sem avisar. Imaginaram-no doente, e a prima de minha avó ia mandar alguém pedir notícias quando no escritório encontrou uma carta dele inadvertidamente esquecida dentro do livro de contas da cozinheira. Nela anunciava àquela mulher que iria sair de Paris e não poderia mais ir lá. Ela era sua amante e, por ocasião do rompimento, havia sido a única a quem considerara útil prevenir.

Quando sua amante do momento, ao contrário, pertencia à sociedade ou era ao menos alguém cuja família demasiado humilde ou posição demasiado irregular não impedia que ele pudesse fazer receber pela sociedade, então por ela ele voltava, mas somente na órbita particular onde ela circulava ou na qual ele a havia introduzido. "É inútil esperar por Swann esta noite", diziam, "sabemos todos que é o dia de ópera com sua americana." Ele a fazia ser convidada em salões especialmente fechados nos quais tinha seus hábitos, seus jantares semanais, seu pôquer; todas as noites, depois que uma leve ondulação aplicada a seus cabelos vermelhos temperara com alguma doçura a vivacidade de seus olhos verdes, ele escolhia uma flor para a lapela e saía para encontrar sua amante jantando em casa de uma ou outra amiga de seu círculo; então, pensando na admiração e na amizade que as pessoas da moda que lá iria encontrar, para as quais ele era o ar que respiravam, iriam prodigalizar-lhe diante da mulher que amava, reencontrava encanto naquela vida mundana da qual se havia enfastiado, mas cuja matéria, penetrada e calidamente colorida por uma chama insinuada que ali brincava, parecia-lhe preciosa e bela desde que se lhe incorporara um novo amor.

Mas, ainda que cada uma de suas ligações, cada um de seus flertes, tivesse sido a realização mais ou menos completa de um sonho nascido da visão de um rosto ou de um corpo que Swann, espontaneamente e sem para tanto se esforçar, achara encantadores, em compensação, quando foi apresentado no teatro a Odette de Crécy por um de seus amigos de outrora que lhe falara a respeito dela como uma mulher encantadora com a qual ele poderia talvez chegar a alguma coisa, mas pintando-a como mais difícil do que na realidade era a fim de parecer ter ele próprio realizado algo bem mais gentil fazendo-o conhecê-la, ela parecera a Swann certamente não sem beleza, mas com um tipo de beleza que lhe era indiferente, que não lhe inspirava qualquer desejo, que até mesmo lhe provocava uma espécie de repulsa física, daquelas mulheres que existem para todos, diferentes para cada um, e que são o oposto do tipo que nossos sentidos preferem. Ela tinha um perfil acentuado demais, a pele frágil demais, as maçãs do rosto salientes demais, os traços repuxados demais para agradá-lo. Os olhos eram belos, mas tão grandes que sucumbiam sob seu próprio tamanho, cansavam o resto do rosto e sempre lhe davam o aspecto de estar mal-humorada. Algum tempo depois dessa apresentação no teatro, ela lhe havia escrito para pedir que a deixasse ver suas coleções que tanto a interessavam, "ela, ignorante que apreciava as coisas belas", dizendo que lhe parecia que o conheceria melhor quando o tivesse visto em "seu *home*"[7], no qual o imaginava "tão confortável com seu chá e seus livros", ainda que não lhe ocultasse sua surpresa ao sabê-lo vivendo naquele bairro que deveria ser tão triste e "que era tão pouco *smart*[8] para ele que o era tanto". E, depois que ele lhe permitiu visitá-lo, comentara ao sair seu desapontamento por ter permanecido tão pouco naquela casa na qual ficara feliz por entrar, falando dele como se fosse para ela algo mais do que os outros seres que conhecia, e parecendo estabelecer entre ambos uma espécie de elo de união romanesca que o havia feito sorrir. Mas, na idade já um pouco desiludida da qual se aproximava Swann e na qual uma pessoa sabe se contentar em estar apaixonada pelo simples prazer de estar, sem fazer demasiadas exigências de reciprocidade, tal aproximação de corações, se não é mais, como na primeira juventude, o objetivo para o qual tende necessariamente o amor, permanece em compensação unida por uma associação de ideias tão intensa que pode dele se tornar a causa, caso antes

7. Lar. Em inglês no original. (N.T.)

8. Inteligente. Em inglês no original. (N.T.)

dele se apresente. Sonhava-se outrora possuir o coração da mulher pela qual se estava apaixonado; mais tarde, sentir que se possui o coração de uma mulher pode bastar para que se fique apaixonado. Assim, na idade na qual pareceria, já que se busca sobretudo no amor um prazer subjetivo, que a parte do apreço pela beleza de uma mulher deve ser a maior de todas, o amor pode nascer – amor dos mais físicos – sem que tenha existido, na base, um desejo preliminar. Nessa época da vida, já fomos muitas vezes atingidos pelo amor; ele não mais evolui apenas de acordo com as suas próprias leis desconhecidas e fatais diante de nosso coração surpreso e passivo. Nós vamos em seu auxílio, nós o falseamos com a memória, com a sugestão. Reconhecendo um de seus sintomas, lembramos, fazemos renascer os outros. Como possuímos sua canção inteira em nós gravada, não precisamos que uma mulher nos diga o início – repleto da admiração que a beleza inspira – para encontrarmos a continuação. E se ela começa pelo meio – lá onde os corações se aproximam, onde se fala de não mais existirmos senão um para o outro –, estamos bastante habituados à música para irmos de imediato ao encontro de nossa parceira, no trecho em que ela nos espera.

Odette de Crécy voltou a visitar Swann, depois amiudou suas visitas; e sem dúvida cada uma delas renovava nele a decepção que sentia ao se ver diante daquele rosto cujos detalhes havia esquecido no intervalo e do qual não se lembrava tão expressivo nem, apesar de sua juventude, tão desgastado; lamentava, enquanto ela conversava com ele, que a grande beleza que ela possuía não fosse como aquelas que ele teria espontaneamente preferido. É preciso aliás dizer que o rosto de Odette parecia mais magro e mais proeminente porque a testa e o alto das faces, aquela superfície uniforme e mais plana, era recoberta pela massa de cabelos que se usavam então prolongados em franjas, suspensos em cachos, esparsos em mechas loucas sobre as orelhas; e, quanto ao seu corpo, que era admiravelmente benfeito, era difícil perceber-lhe a continuidade (devido à moda da época e ainda que ela fosse uma das mulheres de Paris que melhor se vestia), já que o espartilho, avançando em ângulo como sobre um ventre imaginário e terminando bruscamente em ponta enquanto sob ele começava a crescer o balão das saias duplas, dava à mulher a aparência de ser composta de peças diferentes mal-ajustadas umas às outras; já que as pregas, os babados, o colete, acompanhavam em total independência, conforme a fantasia de seu desenho ou a consistência de seu tecido, a linha que os conduzia aos laços, aos tufos de renda, às franjas perpendiculares de azeviche, ou que os guiava ao longo das barbatanas mas em nada se aproximavam do ser vivo que, conforme a arquitetura de tais enfeites se aproximasse ou se afastasse por demais da sua, ali ficava disfarçado ou perdido.

Mas, quando Odette saía, Swann sorria ao pensar que ela lhe dissera como custaria a passar o tempo até que ele lhe permitisse voltar; lembrava-se do ar inquieto, tímido com o qual ela uma vez pedira que não demorasse demais, e de seus olhares naquele momento, fixos nele numa súplica temerosa e que a tornavam emocionante sob o buquê de flores de amores-perfeitos artificiais preso na frente de seu chapéu redondo de palha branca com fitas de veludo preto. "E você", dissera ela, "não viria uma vez à minha casa tomar chá?" Ele alegara trabalhos começados, um estudo – na verdade, abandonado há anos – sobre Vermeer de Delft[9]. "Compreendo que nada posso fazer, pobre de mim, ao lado de grandes sábios como você", respondera ela. "Eu ficaria como o burro diante do palácio. E, no entanto, eu gostaria tanto de me instruir, saber, ser iniciada. Como

9. Jan (ou Johannes) Vermeer (ou Ver Meer) van Delft (1632-1675), pintor barroco holandês. (N.T.)

deve ser divertido ler livros, enterrar o nariz em papéis velhos!", acrescentara com o ar de contentamento consigo mesma que uma mulher elegante assume para afirmar que sua alegria é se entregar sem medo de se sujar a uma tarefa pouco limpa, como cozinhar "botando ela mesma as mãos na massa". "Você vai rir de mim, eu nunca tinha ouvido falar desse pintor que o impede de me ver (ela queria se referir a Vermeer), ele ainda está vivo? Pode-se ver suas obras em Paris, para que eu possa ter ideia daquilo que você ama, adivinhar um pouco o que há sob essa grande testa que trabalha tanto, nessa cabeça que se percebe estar sempre refletindo, dizer a mim mesma: é isso, é nisso que ele está pensando? Que sonho seria estar envolvida em seus estudos!" Ele se desculpara por seu medo de amizades novas, o que chamara, por galanteria, de seu medo de ser infeliz. "Tem medo de um afeto? Como é engraçado, para mim que não busco senão isso, que daria minha vida para encontrar um", dissera ela com uma voz tão natural, tão convicta, que o perturbara. "Deve ter sofrido por causa de uma mulher. E acredita que as outras são como ela. Ela não soube compreendê-lo, você é alguém tão especial. Foi o que primeiro amei em você, senti que não era como todo mundo." "E aliás você também", dissera ele, "bem sei que, como são as mulheres, você deve ter uma série de ocupações, ter pouco tempo livre." "Eu nunca tenho o que fazer! Estou sempre livre, sempre estarei livre para você. A qualquer hora do dia ou da noite em que me ver lhe puder ser agradável, mande me buscar e ficarei contentíssima por vir. Fará isso? Sabe o que seria gentil? Seria que o apresentassem à sra. Verdurin, em casa de quem vou todas as noites. Acredite! Se nos encontrássemos lá e se eu pensasse que é um pouco por mim que você está lá!"

E, sem dúvida, lembrando-se assim de suas conversas, pensando nela quando estava sozinho, ele fazia apenas desfilar sua imagem entre muitas outras imagens de mulheres em devaneios românticos; mas se, graças a uma circunstância qualquer (ou talvez mesmo sem ser graças a ela, a circunstância que se apresenta no momento em que um estado, até então latente, se declara, podendo em nada tê-lo influenciado), a imagem de Odette de Crécy viesse absorver todos esses devaneios, se não mais fossem os mesmos separáveis de sua lembrança, então a imperfeição de seu corpo não mais teria qualquer importância, nem que tal corpo fosse, mais ou menos do que qualquer outro, do gosto de Swann, já que, tornado o corpo daquela que ele amava, seria desde então o único capaz de lhe provocar alegrias e tormentos.

Meu avô conhecera justamente, o que não se poderia dizer de quaisquer de seus amigos atuais, a família daqueles Verdurin. Mas perdera completamente o contato com aquele a quem chamava o "jovem Verdurin" e que considerava, grosso modo, como tendo caído – mesmo tendo conservado inúmeros milhões – na boemia e na ralé. Um dia, recebeu uma carta de Swann perguntando-lhe se não poderia pô-lo em contato com os Verdurin: "Atenção! Atenção!", exclamara meu avô, "isso absolutamente não me espanta, era bem por lá que Swann deveria acabar. Belo ambiente! Em primeiro lugar, não posso fazer o que ele me pede, porque não conheço mais esse senhor. E depois, por trás disso deve haver uma mulher, não me envolvo nesses assuntos. Muito bem! Vamos ter novidades, se Swann se encantar pelos Verdurin".

E, com a resposta negativa de meu avô, foi a própria Odette quem levou pessoalmente Swann à casa dos Verdurin.

Os Verdurin tiveram como convidados para jantar, no dia em que Swann lá esteve pela primeira vez, o dr. Cottard e sua esposa, o jovem pianista com sua tia e o pintor que então recebia seus favores, aos quais se juntaram à noite alguns outros fiéis.

O dr. Cottard nunca sabia ao certo em que tom deveria responder a alguém, se seu interlocutor queria rir ou falava a sério. E acrescentava ao acaso, a todas as suas expressões de fisionomia, a dádiva de um sorriso condicional e provisório cuja sutileza expectante o isentaria da acusação de ingenuidade, caso fosse espirituosa a intenção que para com ele tivessem tido. Mas como, para enfrentar a hipótese oposta, não ousava deixar tal sorriso se consolidar claramente em seu rosto, via-se nele flutuar perpetuamente uma incerteza na qual se lia a pergunta que ele não ousava fazer: "Fala sério ao dizer isso?". Não estava também certo quanto à maneira adequada de se comportar na rua e mesmo na vida em geral, ou num salão, e podia ser visto apresentando aos transeuntes, às carruagens, aos acontecimentos, um malicioso sorriso que de antemão excluía de sua atitude qualquer impropriedade, já que provava, se a ela não fosse adequada, que ele bem o sabia e que, se a havia adotado, era por brincadeira.

Sob todos os aspectos, entretanto, em que uma pergunta franca lhe parecia permitida, o médico não se furtava a se esforçar para reduzir o campo de suas dúvidas e completar seu aprendizado.

Assim era que, seguindo os conselhos que lhe havia dado uma mãe previdente quando ele saíra de sua província, jamais deixava passar uma expressão ou um nome próprio que lhe fossem desconhecidos sem tratar de se documentar a respeito deles.

No que dizia respeito às expressões, era insaciável por esclarecimentos e, supondo por vezes terem um sentido mais preciso do que realmente têm, fazia questão de saber o que se queria exatamente dizer com aquelas que ouvia com maior frequência serem empregadas: como o diabo gosta, sangue azul, levar a vida na flauta, a hora da dolorosa, ser a elegância em pessoa, dar carta branca, ser reduzido a trapo etc. E em que casos específicos poderia por sua vez fazê-las constar de suas frases. Na falta delas, usava trocadilhos que aprendera. Quanto aos novos nomes de pessoas pronunciados na sua frente, contentava-se apenas em repeti-los num tom interrogativo que acreditava suficiente para lhe granjear explicações que não daria a impressão de pedir.

Como lhe faltava por completo o senso crítico que acreditava exercer sobre todas as coisas, o refinamento de cortesia que consiste em afirmar a alguém a quem se presta um favor, sem desejar que nisso se acredite, de que é a esse alguém que se deve a gentileza, era perda de tempo com ele, que levava tudo ao pé da letra. Por maior que fosse a cegueira da sra. Verdurin a seu respeito, ela acabara, mesmo continuando a achá-lo muito fino, irritada ao perceber que, quando o convidava para um camarote a fim de assistir Sarah Bernhardt[10], dizendo, para ser ainda mais gentil: "É muita amabilidade de sua parte ter vindo, doutor, ainda mais porque estou certa de que já viu Sarah Bernhardt diversas vezes e ademais talvez estejamos muito perto do palco", o dr. Cottard, que entrara no camarote com um sorriso que esperava, para se acentuar ou desaparecer, que alguém autorizado o informasse quanto ao valor do espetáculo, respondia: "Realmente estamos perto demais e Sarah Bernhardt já começa a ser cansativa. Mas a senhora exprimiu o desejo de que eu viesse. Para mim, seus desejos são ordens. Estou muito feliz por lhe fazer este favor. O que não faríamos para lhe ser agradáveis, a senhora é tão boa!". E acrescentava: "Sarah Bernhardt é aquela da voz de ouro, não é mesmo? Escrevem também frequentemente que ela faz o teatro pegar fogo. Expressão estranha, não é mesmo?", na esperança de comentários que não vinham.

10. Sarah Bernhardt (1844-1923), atriz de teatro francesa de renome universal. (N.T.)

– Sabe – dissera a sra. Verdurin a seu marido –, acho que cometemos um erro quando por modéstia depreciamos o que oferecemos ao doutor. Ele é um sábio que vive fora da vida prática, não tem conhecimento do valor das coisas e se atém ao que lhe dizemos.

– Não tive coragem de lhe dizer, mas já havia reparado – respondeu o sr. Verdurin.

E no primeiro dia do ano seguinte, em vez de mandar para o dr. Cottard um rubi de três mil francos dizendo-lhe que não era muita coisa, o sr. Verdurin comprou por trezentos francos uma pedra reconstituída, dando a entender que dificilmente se veria outra tão bela.

Quando a sra. Verdurin anunciara que lá estaria, à noite, o sr. Swann:

– Swann? Que Swann? – berrou ele no auge de uma ansiedade que repentinamente se acalmou quando a sra. Verdurin disse:

– O amigo de quem nos falou Odette...

– Ah, bom! Tudo bem, tudo bem – respondeu o médico tranquilizado.

Quanto ao pintor, encantava-se com a admissão de Swann em casa da sra. Verdurin, porque o supunha apaixonado por Odette e gostava de encorajar as ligações.

– Nada me diverte mais do que arranjar casamentos – confiou ele aos ouvidos do dr. Cottard. – Já consegui fazer vários, inclusive entre mulheres!

Dizendo aos Verdurin que Swann era muito "*smart*", Odette lhes fizera recear um "tedioso". Ele causou, ao contrário, excelente impressão, da qual, sem que o soubessem, seu convívio com a sociedade elegante era uma das causas indiretas. Swann exercia, com efeito, sobre os homens, mesmo inteligentes, que nunca frequentaram o mundo, aquela espécie de superioridade que possuem os que nele viveram um pouco, que consiste em não mais transfigurá-lo pelo desejo ou pelo horror que inspira à imaginação, e sim em considerá-lo sem qualquer importância. Sua amabilidade, isenta de qualquer afetação e do medo de parecer amável demais, tornando-se independente, tem a leveza, a graça de movimentos daqueles cujos membros flexíveis executam exatamente o que desejam, sem a participação indiscreta e desajeitada do resto do corpo. A simples ginástica elementar do homem do mundo, estendendo com gentileza a mão ao rapaz desconhecido que lhe é apresentado e inclinando-se com respeito diante do embaixador a quem é apresentado, acabara por se incorporar, sem que ele disso tivesse consciência, a todas as atitudes sociais de Swann, que, diante de pessoas de um meio inferior ao seu como eram os Verdurin e seus amigos, deu instintivamente mostras de uma afabilidade, produziu gestos dos quais, segundo eles, um tedioso se absteria. Ele só teve um momento de frieza, com o dr. Cottard: vendo-o piscar o olho e sorrir-lhe com um ar ambíguo antes que se tivessem falado (mímica que Cottard chamava "deixar fluir"), Swann acreditou que o médico o conhecia sem dúvida por ter estado com ele em algum lugar de prazer, embora ele mesmo os frequentasse muito pouco, nunca tendo vivido no mundo da farra. Considerando a alusão de mau gosto, sobretudo na presença de Odette, que poderia fazer dele uma ideia falsa, simulou um ar glacial. Mas quando soube que a dama que se encontrava a seu lado era a sra. Cottard, pensou que um marido tão jovem não teria pensado em fazer alusão, diante de sua mulher, a divertimentos desse tipo, e deixou de atribuir ao ar cúmplice do médico o significado que temia. O pintor convidou de imediato Swann para ir com Odette a seu ateliê; Swann achou-o gentil.

– Talvez o senhor seja mais favorecido do que nós – disse a sra. Verdurin num tom falsamente irritado – e lhe mostrem o retrato de Cottard – ela o havia encomendado ao pintor. – Lembre-se, "senhor" Biche – sugeriu ela ao pintor, a quem chamar de senhor era uma brincadeira consagrada –, de mostrar os belos olhos, o jeito fino, divertido de olhar. Bem sabe que o que faço questão de ter é o sorriso, o que lhe pedi foi o retrato do sorriso dele.

E como essa frase lhe pareceu muito boa, ela a repetiu bem alto para ter certeza de que diversos convidados a tivessem ouvido e mesmo, sob um vago pretexto, fez primeiro com que alguns se aproximassem. Swann pediu para ser apresentado a todos, até mesmo a um velho amigo dos Verdurin, Saniette, a quem a timidez, a simplicidade e o bom coração haviam feito perder por toda parte a consideração que lhe haviam angariado seus conhecimentos de arquivista, sua grande fortuna e a família importante da qual provinha. Ele tinha na boca, ao falar, uma pastosidade que soava adorável, porque se sentia que traía menos um defeito de fala do que uma qualidade da alma, como um resto de inocência ou da primeira infância que ele jamais perdera. Todas as consoantes que não conseguia pronunciar simbolizavam outras tantas asperezas das quais era incapaz. Pedindo para ser apresentado ao sr. Saniette, Swann teve sobre a sra. Verdurin o efeito de inverter os papéis (a tal ponto que, como resposta, ela disse, sublinhando a diferença: "Sr. Swann, tenha a bondade de me permitir apresentar-lhe nosso amigo Saniette"), mas provocou em Saniette uma simpatia ardorosa que, aliás, os Verdurin jamais revelaram a Swann, pois Saniette os aborrecia um pouco, e eles não queriam conseguir-lhe amigos. Mas em compensação, Swann comoveu-os enormemente por acreditar que deveria pedir de imediato para ser apresentado à tia do pianista. Vestida de preto como sempre, pois acreditava que de preto sempre se está bem e que era o que havia de mais elegante, tinha o rosto excessivamente vermelho como todas as vezes em que acabava de comer.

Inclinou-se diante de Swann com respeito, mas ergueu-se com majestade. Como não possuía qualquer instrução e tinha medo de cometer erros de francês, falava de um modo propositalmente confuso, pensando que, se estropiava uma frase, estaria tal frase atenuada por uma indefinição tamanha que não se poderia distinguir exatamente os erros, de modo que sua conversa era apenas um pigarrear indistinto, do qual emergiam de vez em quando os raros vocábulos dos quais se sentia segura. Swann imaginou poder zombar ligeiramente dela comentando o fato com o sr. Verdurin, que, ao contrário, ficou irritado.

– É uma mulher excelente – respondeu ele. – Concordo que não seja deslumbrante, mas garanto-lhe que é agradável quando se conversa a sós com ela.

– Não tenho dúvidas – apressou-se Swann em condescender. – Queria dizer que ela não me parecia "eminente" – acrescentou ele, enfatizando esse adjetivo –, e afinal isto é um elogio!

– Veja – disse o sr. Verdurin –, vou surpreendê-lo, ela escreve de maneira encantadora. O senhor nunca ouviu o sobrinho dela? É admirável, não é mesmo, doutor? Deseja que eu lhe peça para tocar alguma coisa, sr. Swann?

– Mas será uma alegria... – começava a responder Swann, quando o médico o interrompeu com um ar zombeteiro.

Na verdade, tendo observado que na conversa a ênfase, o emprego de formas solenes eram antiquados, tão logo ouvia uma palavra importante dita seriamente, como acabava de acontecer com a palavra "alegria", imaginava que quem a havia pronunciado acabava de ser presunçoso. E se, além de tudo, acontecia de essa palavra figurar por acaso no que ele chamava de um velho chavão, por mais corrente que fosse tal palavra, o médico supunha que a frase começada era ridícula e a terminava ironicamente com o lugar-comum com o qual pretendia denunciar a intenção do interlocutor, embora este sequer houvesse pensado em tal coisa.

– Uma alegria para a França! – exclamou ele maliciosamente, erguendo os braços com ênfase. O sr. Verdurin não conseguiu deixar de rir.

– Mas como riem essas pessoas, parece que ninguém pode se queixar de melancolia aí nesse cantinho – exclamou a sra. Verdurin. – Se acham que estou me divertindo aqui sozinha de castigo... – acrescentou num tom enfastiado, bancando a criança.

A sra. Verdurin sentava-se numa cadeira alta, sueca, de pinho encerado, que lhe dera um violinista daquele país e que ela conservava, ainda que lembrasse a forma de um cadafalso e destoasse dos belos móveis antigos que possuía, porque fazia questão de manter em evidência os presentes que os fiéis costumavam lhe dar de vez em quando, a fim de que os presenteadores tivessem o prazer de reconhecê-los quando lá voltassem. Tentava também persuadi-los de que se ativessem às flores e aos bombons, que pelo menos se extinguem, mas não conseguia, e havia em sua casa uma coleção de aquecedores de pés, almofadas, relógios de pêndulo, biombos, barômetros, potes, num acúmulo de duplicatas e num disparate de oferendas.

Daquele lugar elevado, ela participava com entusiasmo da conversa dos fiéis e se divertia com seus "teatros", mas desde o acidente com seu maxilar renunciara a se dar ao trabalho de rir de verdade e se entregava, em vez disso, a uma mímica convencional que significava, sem cansaço ou riscos para ela, que estava gargalhando até as lágrimas. À menor palavra dita por um assíduo contra um tedioso ou contra um antigo assíduo relegado ao plano dos tediosos – e para o maior desespero do sr. Verdurin, que tinha tido durante muito tempo a pretensão de ser tão amável quanto sua mulher, mas que, rindo realmente, logo perdia o fôlego e fora posto à margem e vencido por essa farsa de uma incessante e fictícia hilaridade –, dava um gritinho, fechava por completo seus olhos de pássaro que uma catarata começava a velar e subitamente, como se não tivesse tido tempo de ocultar um espetáculo indecente ou escapar a um acesso mortal, mergulhando o rosto entre as mãos que o recobriam e nada mais deixavam ver, parecia esforçar-se para reprimir, anular um riso que, se a ele se abandonasse, a teria feito perder os sentidos. Assim, arrebatada pela alegria de seus fiéis, ébria de cumplicidade, de bisbilhotice e de encorajamento, a sra. Verdurin, suspensa em seu poleiro, qual um pássaro cuja ração tivesse sido mergulhada em vinho quente, soluçava de amabilidade.

Entretanto, o sr. Verdurin, tendo pedido a Swann licença para acender seu cachimbo ("aqui ninguém faz cerimônia, estamos entre amigos"), convidava o jovem artista a se pôr ao piano.

– Ora vamos, não o aborreça, ele não está aqui para ser atormentado – exclamou a sra. Verdurin –, não quero que o atormentem!

– Mas por que acha que isso o aborrece? – disse o sr. Verdurin. – Talvez o sr. Swann não conheça a sonata em fá sustenido que nós descobrimos; ele vai tocar o arranjo para piano.

– Ah, não! Não a minha sonata! – exclamou a sra. Verdurin. Não quero, de tanto chorar, arrumar uma coriza com nevralgias faciais, como da última vez; obrigada pelo presente, absolutamente não quero começar tudo de novo; vocês são ótimos, logo se vê que não serão vocês a ficar oito dias de cama!

Essa pequena cena, que se repetia sempre que o pianista ia tocar, encantava os amigos tanto quanto se fosse nova, como uma prova da sedutora originalidade da "patroa" e de sua sensibilidade musical. Os que estavam perto dela faziam sinal aos que mais longe fumavam ou jogavam cartas para que se aproximassem, que algo se passava, dizendo, como se faz no Reichstag[11] nos momentos interessantes: "Ouçam! Ouçam!". E no dia seguinte apresentavam condolências aos que não haviam podido ir, dizendo-lhes que a cena havia sido ainda mais divertida do que de costume.

– Pois bem, vejamos! Está combinado – disse o sr. Verdurin –, ele só tocará o andante.

– Como, o andante? O que está pretendendo? – exclamou a sra. Verdurin. – É exatamente o andante que me destrói. Mas nosso anfitrião é realmente um gênio! É como se na *Nona*[12] ele dissesse só ouviremos o final, ou nos *Mestres*[13], a *ouverture.*

O médico, entretanto, encorajava a sra. Verdurin a deixar o pianista tocar, não por acreditar serem fingidas as perturbações que lhe provocava a música – reconhecia nelas certos estados neurastênicos –, mas pelo hábito que têm muitos médicos de abrandar imediatamente a severidade de suas prescrições quando está em jogo, o que lhes parece muito mais importante, alguma reunião social da qual fazem parte e da qual a pessoa a quem aconselham esquecer por uma vez sua dispepsia ou sua gripe é um dos fatores essenciais.

– A senhora não ficará doente desta vez, com certeza – disse ele procurando encorajá-la com o olhar. – E, se ficar doente, nós cuidaremos da senhora.

– É verdade – respondeu a sra. Verdurin, como se, diante da esperança de tal favor, não lhe restasse senão capi-

11. Parlamento alemão. (N.T.)

12. A *Nona sinfonia*, composta em 1817-23 por Ludwig van Beethoven (1770-1827). (N.T.)

13. *Der Meistersinger von Nürnberg*, ópera de Wagner conhecida como *Os mestres cantores.* (N.T.)

tular. Talvez também, à força de dizer que ficaria doente, houvesse momentos nos quais ela não mais se lembrava de que era mentira e assumia uma alma de doente. Ora, pessoas assim, cansadas de serem sempre obrigadas a fazer depender de sua sensatez a frequência de seus achaques, gostam de ser levadas a acreditar que poderão fazer impunemente tudo o que lhes agrada e que de praxe lhes faz mal, à condição de se colocarem nas mãos de um ser poderoso que, sem que lhes seja imposto qualquer sacrifício, com uma palavra ou um comprimido lhes devolverá a saúde.

Odette fora sentar-se num canapé estofado que ficava perto do piano:

– A senhora sabe, tenho meu lugarzinho – disse ela à sra. Verdurin.

Esta, vendo Swann numa cadeira, fez com que se levantasse:

– O senhor não está bem aí, venha sentar-se ao lado de Odette, Odette dará espaço para o sr. Swann, não é mesmo?

– Que belo Beauvais[14]! – disse Swann, antes de se sentar, procurando ser amável.

– Ah! Fico contente que o senhor aprecie meu canapé – respondeu a sra. Verdurin. – E previno-o de que, se desejar ter um tão bonito, pode desistir agora mesmo. Nunca fizeram algo parecido. As cadeirinhas são também umas maravilhas. Daqui a pouco irá vê-las. Cada medalhão em bronze corresponde simbolicamente ao motivo do assento; o senhor sabe, terá com que se divertir se quiser observá-las, prometo-lhe bons momentos. Bastam os pequenos frisos dos debruns, veja, a pequena parreira sobre o fundo vermelho de *O urso e as uvas*. É um desenho? O que me diz? Acho que eles sabiam desenhar direitinho! Não é apetitosa, esta parreira? Meu marido alega que não gosto de frutas porque

14. Estofamento em tapeçaria da cidade de Beauvais, França. (N.T.)

as como menos do que ele. Não, sou mais gulosa do que vocês todos, mas não preciso botar as coisas na boca, porque sinto prazer pelos olhos. De que estão rindo, todos vocês? Perguntem ao doutor, ele dirá que estas uvas me purgam. Alguns fazem curas em Fontainebleau, eu faço minha cura particular com Beauvais. Mas, sr. Swann, não irá embora sem antes tocar nos pequenos bronzes dos encostos. Não é suave a pátina? Não, com a mão toda, toque-as direito.

– Ah! Se a sra. Verdurin começar a alisar os bronzes, não ouviremos música esta noite – disse o pintor.

– Cale-se, está sendo mau. No fundo – disse ela, voltando-se para Swann –, nós mulheres somos proibidas de coisas menos voluptuosas do que essa. Mas não há carne que se compare a isso! Quando o sr. Verdurin me dava a honra de ter ciúmes de mim... Vamos, seja ao menos cortês, não diga que nunca teve...

– Mas eu não estou dizendo absolutamente nada. Vamos, doutor, tomo-o como testemunha: eu disse alguma coisa?

Swann apalpava os bronzes por cortesia e não ousava parar de imediato.

– Vamos, o senhor os acariciará mais tarde; agora é o senhor quem vai ser acariciado, vai ser acariciado pelos ouvidos; isso o agrada, imagino; aí está um rapazinho que se encarregará de fazê-lo.

E quando o pianista tocou, Swann foi mais amável ainda com ele do que com as outras pessoas que lá se encontravam. Eis a razão:

No ano anterior, num sarau, ouvira uma obra musical executada por piano e violino. No início, não apreciara senão a qualidade material dos sons emitidos pelos instrumentos. E isso já era um grande prazer quando, sob a pequena linha do violino, leve, resistente, densa e diretriz, ele percebera tentar se elevar repentinamente, numa ondulação líquida, a massa da parte do piano, multiforme, indivisível, plana e entrechocada como a malva agitação das ondas que o luar encanta e bemoliza. Mas num dado momento, sem claramente conseguir distinguir um contorno, dar um nome ao que o agradava, de repente encantado, ele tentara captar a frase ou a harmonia – ele mesmo não sabia – que passava e que lhe havia aberto ainda mais a alma, como certos odores de rosas circulando no ar úmido da noite têm a propriedade de dilatar nossas narinas. Talvez por não conhecer a música tenha podido vivenciar uma sensação tão confusa, uma dessas sensações como talvez sejam apenas as puramente musicais, inextensas, inteiramente originais, irredutíveis a qualquer outra espécie de sensação. Uma impressão desse tipo, por um instante, é por assim dizer *sine materia*[15]. Sem dúvida, as notas que ouvimos então já pretendem, segundo sua altura e quantidade, cobrir diante de nossos olhos superfícies de dimensões variadas, traçar arabescos, dar-nos impressões de amplidão, de tenuidade, de estabilidade, de capricho. Mas as notas desfazem-se antes que tais impressões estejam suficientemente formadas em nós para não serem submersas por aquelas que já despertam as notas seguintes ou mesmo simultâneas. E essa impressão continuaria a envolver com sua liquidez e sua "fusão" os motivos que por instantes dela emergem, quase indiscerníveis, para de imediato mergulharem e desaparecerem, conhecidos apenas pelo prazer particular que dão, impossíveis de descrever, de lembrar, de nomear, inefáveis – se a memória, como um operário que trabalha para lançar bases duradouras em meio a ondas, fabricando para nós fac-símiles dessas frases fugitivas, não nos permitisse compará-las com as que as sucedem e diferenciá-las. Assim, tão logo se havia dissipado a deliciosa sensação que Swann experimentara, sua memória de imediato fornecera

15. Sem matéria. Em latim no original. (N.T.)

uma transcrição sumária e provisória, mas na qual pusera os olhos enquanto o trecho prosseguira, de modo que, quando a mesma impressão de repente voltara, já não mais era inapreensível. Evocava-lhe a extensão, os grupamentos simétricos, a grafia, o valor expressivo; tinha diante de si essa coisa que não é mais música pura, que é desenho, arquitetura, pensamento, e que nos permite recordar a música. Dessa vez, distinguira claramente uma frase elevando-se por alguns instantes acima das ondas sonoras. Ela de imediato lhe sugerira volúpias especiais, das quais nunca suspeitara antes de ouvir, que não poderia vir a conhecer senão através dela, e sentira por ela uma espécie de amor desconhecido.

Num ritmo lento, ela o conduzia primeiro para cá, depois para lá, depois para mais longe, em direção a uma felicidade nobre, ininteligível e precisa. E de repente, no ponto onde havia chegado e de onde ele se preparava para segui-la, após uma pausa de um instante, mudava bruscamente de direção e, num movimento novo, mais rápido, ínfimo, melancólico, incessante e suave, levou-o com ela rumo a perspectivas desconhecidas. Então desapareceu. Ele desejou apaixonadamente revê-la uma terceira vez. E ela de fato reapareceu, mas sem mais lhe falar com clareza, provocando-lhe uma volúpia menos profunda. Mas, de volta à sua casa, ele precisou dela: era como um homem em cuja vida uma passageira que ele entreviu por um momento acaba de fazer entrar a imagem de uma beleza nova que dá à sua própria sensibilidade um valor maior, sem que ele sequer saiba se poderá um dia rever aquela que já ama e de quem ignora até mesmo o nome.

Tal amor por uma frase musical pareceu por um instante poder até mesmo estimular em Swann a possibilidade de uma espécie de rejuvenescimento. Há tanto tempo renunciara a dedicar sua vida a um objetivo ideal e a limitara à busca de satisfações cotidianas, que acreditava, sem jamais confessá-lo formalmente a si mesmo, que aquilo não mais mudaria até a sua morte; além disso, não mais divisando em sua mente ideias elevadas, deixara de acreditar em sua realidade, sem que pudesse, ainda assim, negá-la por completo. Criara também o hábito de se refugiar em pensamentos sem importância que lhe permitiam deixar de lado a profundidade das coisas. Assim como não se perguntava se não faria melhor em não frequentar a sociedade mas, em compensação, sabia com certeza que, se aceitasse um convite, deveria comparecer, e que, caso não fizesse uma visita posterior, seria preciso deixar seu cartão, esforçava-se em suas conversas para jamais expressar com ênfase uma opinião íntima a respeito das coisas, mas para fornecer detalhes materiais que de algum modo valessem por si mesmos e lhe permitissem não lhes determinar a medida. Era extremamente preciso numa receita de um prato, quanto à data de nascimento ou de morte de um pintor, à nomenclatura de suas obras. Por vezes, apesar de tudo, permitia-se emitir um julgamento sobre uma obra, sobre uma forma de compreender a vida, mas dava então a suas palavras um tom irônico como se não aderisse por completo àquilo que dizia. Ora, como alguns doentes em quem, de repente, um país no qual chegaram, uma dieta diferente, às vezes uma evolução orgânica, espontânea e misteriosa, parecem provocar uma tal regressão em sua enfermidade que eles começam a vislumbrar a possibilidade inesperada de começar tardiamente uma vida inteiramente diversa, Swann encontrava em si mesmo, na lembrança da frase que ouvira, em algumas sonatas que pedira para tocar, para ver se nelas não a descobriria, a presença de uma dessas realidades invisíveis nas quais havia deixado de crer e às quais, como se a música tivesse tido sobre a secura moral da qual sofria uma espécie de influência eletiva, sentia de novo em si mesmo o desejo e quase a força de dedicar sua vida. Mas, não tendo chegado a saber de quem era a obra que ouvira, não pudera adquiri-la e acabara por esquecê-la. Chegara a encontrar durante a semana algumas pessoas que como ele estiveram naquele sarau e as havia interrogado; mas muitas haviam chegado depois da música ou partido antes; algumas, entretanto, lá estavam quando era executada, mas haviam ido conversar num outro salão, e outras, mesmo tendo ficado para escutar, não ouviram mais do que as primeiras. Quanto aos donos da casa, sabiam que era uma obra nova que os artistas que contrataram haviam pedido para tocar; tendo estes partido em turnê, Swann não conseguiu saber mais. Tinha diversos amigos músicos, mas mesmo rememorando o prazer especial e intraduzível que lhe havia causado a frase, vendo diante dos olhos as formas que ela desenhava, era-lhe entretanto impossível cantá-la para eles. Depois deixou de pensar nela.

Ora, apenas poucos minutos depois que o pequeno pianista começara a tocar em casa da sra. Verdurin, de repente, depois de uma nota alta longamente sustentada entre dois compassos, ele viu aproximar-se, escapando sob essa sonoridade prolongada e tensa como uma cortina sonora para ocultar o mistério de sua incubação, ele reconheceu, secreta, sussurrante e fragmentada, a frase etérea e odorante que amava. E ela era tão especial, tinha um encanto tão particular e que nenhuma outra poderia substituir, que foi para Swann como se houvesse encontrado num salão familiar uma pessoa que havia admirado na rua e que perdera a esperança de reencontrar algum dia. No final, ela se afastou, condutora, diligente, por entre as ramificações de seu perfume, deixando sobre o rosto de Swann o reflexo de seu sorriso. Mas agora ele podia perguntar o nome de sua desconhecida (disseram-lhe que era o andante da *Sonata para piano e violino*, de Vinteuil), ele a possuía, poderia tê-la em casa tantas vezes quantas quisesse, tentar aprender sua linguagem e seu segredo.

Assim, quando o pianista terminou, Swann aproximou-se dele para expressar um reconhecimento cuja vivacidade em muito agradou à sra. Verdurin.

– Que sedutor, não é verdade? – disse ela a Swann. – Compreende bastante a sua sonata, esse danadinho! O senhor não sabia que o piano poderia chegar a tanto. É tudo, menos piano, palavra de honra! A cada vez me deixo levar, imagino ouvir uma orquestra. É até mesmo mais bonito que a orquestra, mais completo.

O jovem pianista inclinou-se e, sorrindo, sublinhando as palavras como se tivesse criado uma frase de efeito:

– A senhora é muito indulgente comigo – disse ele.

E, enquanto a sra. Verdurin dizia a seu marido: "Vamos, dê-lhe uma laranjada, ele bem que mereceu", Swann contava a Odette como se apaixonara por aquela pequena frase. Quando a sra. Verdurin falou um pouco de longe: "Pois muito bem! Parece-me que estão lhe dizendo coisas bonitas, Odette", ela respondeu: "É, sim, muito bonitas", e Swann achou deliciosa sua simplicidade. Entretanto, pedia informações a respeito de Vinteuil, de sua obra, da época de sua vida na qual compusera aquela sonata, do que teria podido significar para ele a pequena frase, era isso sobretudo o que gostaria de saber.

Mas todas aquelas pessoas que declaravam admirar esse músico (quando Swann dissera que sua sonata era realmente bela, a sra. Verdurin exclamara: "Com certeza é belíssima! Mas não se confessa que não se conhece a sonata de Vinteuil, não se tem o direito de não conhecê-la", e o pintor acrescentara: "Ah! É realmente uma coisa fantástica, não é? Nem é, por assim dizer, uma dessas coisas queridas e populares, não é? Mas causa a maior impressão nos artistas.") pareciam todas elas jamais se ter feito tais perguntas, pois foram incapazes de respondê-las.

Mesmo a uma ou duas observações especiais que fez Swann a respeito de sua frase preferida:

– Ora, é engraçado, nunca tinha prestado atenção; vou lhe dizer que não gosto muito de procurar chifre em cabeça de cavalo nem agulha no palheiro; aqui não se perde tempo dando nó em pingo d'água, não é o estilo da casa – respondeu a sra. Verdurin, a quem o dr. Cottard observava, com admiração beata e zelo estudioso, agitar-se em meio àquela enxurrada de frases feitas. Aliás, ele e a sra. Cottard, com a espécie de bom-senso que também possuem certas pessoas do povo, abstinham-se de dar uma opinião ou simular admiração por uma música a respeito da qual confessaram um ao outro, uma vez em casa, não compreender mais do que a pintura do "sr. Biche". Como o público só conhece do encanto, da graça, das formas da natureza aquilo que deles apreendeu nos chavões de uma arte lentamente assimilada, e como um artista original começa justamente por rejeitar tais chavões, o sr. e a sra. Cottard, nesse caso imagens do público, não encontravam na sonata de Vinteuil ou nos retratos do pintor aquilo que para eles criava a harmonia da música e a beleza da pintura. Parecia-lhes, quando o pianista tocava a sonata, que ele arrancava ao acaso do piano notas que realmente não se ajustavam às formas às quais estavam habituados e que o pintor atirava ao acaso cores sobre as telas. Quando nelas conseguiam reconhecer uma forma, consideravam-na sobrecarregada e vulgarizada (isto é, desprovida da elegância da escola de pintura por meio da qual viam, na rua, até mesmo os seres vivos) e sem verdade alguma, como se o sr. Biche não soubesse como era construído um ombro e que as mulheres não têm os cabelos cor de malva.

Tendo, contudo, os fiéis se dispersado, o médico sentiu que havia ali uma ocasião propícia e, enquanto a sra. Verdurin dizia uma última palavra a respeito da sonata de Vinteuil, ele, como um nadador estreante que se atira à água para aprender mas escolhe um momento no qual não há muita gente para vê-lo, exclamou com brusca determinação:

– Então, é o que se chama um músico *di primo cartello*[16]!

Swann descobriu apenas que a recente aparição da sonata de Vinteuil produzira grande efeito numa escola de tendências muito avançadas, mas era completamente desconhecida do grande público.

– Conheço alguém que se chama Vinteuil – disse Swann, pensando no professor de piano das irmãs de minha avó.

– Talvez seja ele – exclamou a sra. Verdurin.

– Ah, não! – respondeu Swann rindo. – Se o tivesse visto por dois minutos, não faria tal pergunta.

– Então fazer a pergunta é respondê-la? – disse o doutor.

– Mas poderia ser um parente – continuou Swann. – Seria um tanto triste, mas afinal um gênio pode ser primo de uma velha besta. Se assim fosse, confesso que não haveria suplício ao qual não me submetesse para que a velha besta me apresentasse ao autor da sonata: em primeiro lugar, o suplício de conviver com a velha besta, que deve ser terrível.

O pintor sabia que Vinteuil estava naquele momento muito doente e que o dr. Potain temia não poder salvá-lo.

– Como! – exclamou a sra. Verdurin. – Existem ainda pessoas que se tratam com Potain?!

– Ah! Sra. Verdurin – disse Cottard em tom de brincadeira –, esquece-se de que está falando de um de meus confrades, eu deveria dizer até mesmo um de meus mestres.

---

16. Excepcional, de primeira linha. Em italiano no original. (N.T.)

O pintor ouvira dizer que Vinteuil estava ameaçado de alienação mental. E afirmava que tal fato se podia perceber em certas passagens de sua sonata. Swann não achou o comentário absurdo, mas ele o perturbou; pois, como uma obra de música pura não traz consigo as relações lógicas cuja alteração na linguagem denuncia a loucura, a loucura reconhecida numa sonata lhe parecia algo tão misterioso quanto a loucura de uma cadela, a loucura de um cavalo, que, entretanto, observam-se de fato.

– Não venha me perturbar com seus mestres, o senhor sabe dez vezes mais do que ele – respondeu a sra. Verdurin ao dr. Cottard, no tom de uma pessoa que tem a coragem de expressar suas opiniões e que enfrenta bravamente aqueles que não pensam da mesma maneira. – O senhor pelo menos não mata os seus doentes!

– Mas, minha senhora, ele é da Academia – replicou o médico num tom irônico. – Se um doente prefere morrer na mão de um dos príncipes da ciência... É muito mais elegante poder dizer: "Eu me trato com Potain".

– Ah! É mais elegante? – disse a sra. Verdurin. – Então agora existe elegância nas doenças? Eu não sabia... Mas como o senhor é engraçado! – exclamou ela, de repente, mergulhando o rosto entre as mãos. – E eu, bobalhona que falava a sério, sem perceber que o senhor se divertia às minhas custas...

Quanto ao sr. Verdurin, achando que seria um pouco cansativo rir por tão pouco, contentou-se em tirar uma baforada de seu cachimbo pensando com tristeza que não era mais capaz de alcançar sua mulher no terreno da amabilidade.

– Saiba que seu amigo nos agrada muito – disse a sra. Verdurin a Odette, no momento em que ela lhe desejava boa noite. – Ele é simples, encantador; se forem assim todos os amigos que quiser nos apresentar, pode trazê-los.

O sr. Verdurin observou que Swann não apreciara a tia do pianista.

– O homem se sentiu um pouco deslocado – respondeu a sra. Verdurin. – Você não iria mesmo querer que, da primeira vez, ele já pegasse o jeito da casa como Cottard, que faz parte de nosso pequeno clã há vários anos. A primeira vez não conta, foi só para quebrar o gelo. Odette, ficou combinado que ele irá nos encontrar amanhã no Châtelet. E se você fosse buscá-lo?

– Isso não! Ele não quer.

– Ah! Enfim, façam como quiserem. Contanto que ele não desista na última hora!

Para grande surpresa da sra. Verdurin, ele jamais desistiu. Ia encontrá-los em qualquer lugar, algumas vezes nos restaurantes de subúrbio aonde ainda se ia pouco, pois não era a temporada, com mais frequência no teatro, de que a sra. Verdurin gostava muito; e como um dia, em sua casa, ela disse diante dele que para as estreias, as noites de gala, um passe livre lhes teria sido muito útil, que lhes havia aborrecido muito não ter um no dia do enterro de Gambetta[17], Swann, que jamais falava de suas relações brilhantes, mas apenas das mal cotadas que consideraria pouco delicado esconder, e entre as quais adquirira em Saint-Germain[18] o hábito de incluir as relações com o mundo oficial, respondeu:

– Prometo cuidar disso, a senhora o terá a tempo para a volta de *Os Danicheff*[19]; almoço exatamente amanhã com o chefe de polícia no Palácio do Eliseu[20].

17. Léon Gambetta (1838-1882), advogado e homem público francês, um dos proclamadores da Terceira República, em 1879. (N.T.)

18. Bairro de Paris, à margem esquerda do rio Sena, local de moradia preferido pela aristocracia parisiense no século XVII. (N.T.)

19. Drama em cinco atos (1876), de Alexandre Dumas Filho (1824-1895) e Pierre Newsky. (N.T.)

20. Sede do governo francês. (N.T.)

– Como assim, no Eliseu? – gritou o dr. Cottard numa voz estridente.

– É, com o sr. Grévy[21] – respondeu Swann um pouco desconfortável com o efeito que produzira a sua frase.

E o pintor disse ao médico, para fazer graça:

– Isso lhe acontece sempre?

Em geral, uma vez dada a explicação, Cottard dizia: "Ah! Bom, bom, muito bem!" e não mais mostrava traços de emoção. Mas dessa vez as últimas palavras de Swann, em vez de lhe proporcionarem o alívio habitual, levaram ao auge seu espanto de que um homem com quem ele jantava, que não exercia funções oficiais nem tinha qualquer tipo de notoriedade, convivesse com o chefe de Estado.

– Como assim, o sr. Grévy? O senhor conhece o sr. Grévy? – disse ele a Swann com o ar idiota e incrédulo de um funcionário municipal a quem um desconhecido pede para ver o presidente da República e que, compreendendo por tais palavras "com quem está falando", como dizem os jornais, garante ao pobre demente que ele vai ser recebido num instante e o conduz à enfermaria especial da prisão.

– Conheço um pouco, temos amigos em comum – não ousou dizer que se tratava do príncipe de Gales –; aliás, ele faz convites com muita facilidade, e garanto-lhe que esses almoços nada têm de divertidos, são até muito simples, nunca somos mais de oito à mesa – respondeu Swann, que tentava apagar o que parecia haver de excessivamente deslumbrante, aos olhos de seu interlocutor, nas relações com o presidente da República.

No mesmo instante Cottard, reportando-se às palavras de Swann, adotou essa opinião quanto ao valor de um convite para a casa do sr. Grévy, que era coisa muito pouco refinada e estava ao alcance de qualquer um. Desde então, não mais se espantou que Swann, como qualquer

21. Jules Grévy (1807-1891), presidente da França de 1879 a 1887. (N.T.)

outro, frequentasse o Eliseu, e chegava a ter uma certa pena dele por ir a almoços que o próprio convidado confessava serem aborrecidos.

– Ah! Bom, bom, muito bem! – disse ele no tom de um funcionário da alfândega há pouco desconfiado mas que, depois de nossas explicações, nos dá o visto e nos deixa passar sem abrir as malas.

– Ah! Acredito que não devam ser divertidos esses almoços, o senhor tem coragem indo lá – disse a sra. Verdurin, a quem o presidente da República parecia um "tedioso" especialmente terrível porque dispunha de meios de sedução e de coação que, utilizados com os fiéis, teriam sido capazes de afastá-los. – Parece que ele é surdo como um poste e que come com as mãos.

– Realmente, então, o senhor não deve se divertir muito indo lá – disse o médico com uma sombra de comiseração; e, lembrando-se do número de oito convivas: – Tratar-se-ia então de almoços íntimos? – perguntou prontamente, com um zelo de linguista ainda maior do que sua curiosidade de palerma.

Mas o prestígio que tinha a seus olhos o presidente da República acabou por triunfar sobre a humildade de Swann e sobre a animosidade da sra. Verdurin, e, a cada jantar, Cottard perguntava com interesse: "Veremos esta noite o sr. Swann? Ele tem ligações com o sr. Grévy. Não é o que se pode chamar de um cavalheiro?". Chegou até mesmo a lhe oferecer um convite para a exposição odontológica.

– Sua entrada será permitida com as pessoas que o acompanharão, mas não deixam entrar cães. O senhor compreende, digo-lhe isto porque tive amigos que não o sabiam e deram com os burros n'água.

Quanto ao sr. Verdurin, observou o efeito negativo que produzira em sua mulher a descoberta de que Swann tinha amizades poderosas a respeito das quais nunca havia falado.

Se não tivessem combinado uma festa em outro lugar, era em casa dos Verdurin que Swann encontrava o pequeno núcleo, mas ele só ia lá à noite e quase nunca aceitava jantar, apesar dos esforços de Odette.

– Eu poderia até mesmo jantar sozinha consigo, se assim preferisse – dizia ela.

– E a sra. Verdurin?

– Ah! Seria bem simples. Eu só precisaria dizer que meu vestido não ficou pronto, que meu táxi chegou atrasado. Há sempre como dar um jeito.

– Você é gentil.

Mas Swann se dizia que, se demonstrasse a Odette (consentindo em encontrá-la apenas após o jantar) que havia prazeres que ele preferia ao de estar com ela, o encanto que ela sentia por ele não seria tão facilmente saciado. E, por outro lado, preferindo infinitamente à de Odette a beleza de uma operariazinha fresca e enfática como uma rosa na qual estava interessado, achava melhor passar o começo da noite com esta última, tendo a certeza de que veria Odette depois. Pelas mesmas razões, nunca aceitava que Odette viesse buscá-lo para ir à casa dos Verdurin. A operariazinha o esperava perto de sua casa, numa esquina que seu cocheiro Rémi conhecia, embarcava ao lado de Swann e ficava em seus braços até o momento em que a carruagem parava diante da casa dos Verdurin. À sua entrada, enquanto a sra. Verdurin, indicando as rosas que ele lhe havia enviado pela manhã, dizia: "Vou brigar com o senhor" e lhe indicava um lugar ao lado de Odette, o pianista tocava, para ambos, a pequena frase de Vinteuil que era como o hino nacional de seu amor. Começava pela sustentação dos *tremolos* do violino que durante alguns compassos são os únicos a se ouvir, ocupando todo o primeiro plano, então de repente eles pareciam se afastar e, como nos quadros de Pieter de

Hooch[22], que aprofunda o enquadramento estreito de uma porta entreaberta, ao longe, de uma outra cor, no aveludado de uma luz interposta, a pequena frase aparecia, dançante, pastoral, intercalada, episódica, pertencendo a um outro mundo. Passava a movimentos simples e imortais, distribuindo aqui e ali os dons de sua graça, com o mesmo inefável sorriso; mas Swann acreditava ali distinguir agora algum desencanto. Parecia conhecer a futilidade dessa felicidade cujo caminho mostrava. Em sua graça etérea, ela tinha algo de coisa consumada, como o desligamento que sucede ao remorso. Mas pouco lhe importava, ele a considerava menos por si mesma – por aquilo que ela poderia exprimir para um músico que ignorava tanto a existência dele quanto a de Odette quando a compusera e para todos aqueles que a ouviriam ao longo de séculos – do que como uma garantia, uma lembrança de seu amor que, mesmo para os Verdurin e para o pequeno pianista, fazia pensar nele ao mesmo tempo que em Odette, os unia; a um ponto que, quando Odette, por capricho, assim pedira, ele renunciara a seu projeto de mandar tocar por um artista a sonata inteira, da qual continuava conhecendo apenas aquele trecho. "Para que precisa do resto?", dissera-lhe ela. "É esse o nosso pedaço." E mesmo sofrendo ao pensar, no momento em que a frase passava tão perto e contudo no infinito, que, enquanto se dirigia a eles, não os conhecia, ele quase lamentava que ela tivesse um significado, uma beleza intrínseca e fixa, estranha a eles, como em uma joia dada de presente, ou mesmo em cartas escritas por uma mulher amada, aborrecemo-nos com a água da gema e com as palavras da linguagem por não serem feitas unicamente da essência de uma ligação passageira e de um ser em particular.

Muitas vezes acontecia que, tendo se atrasado tanto com a jovem operária antes de ir à casa dos Verdurin,

22. Pieter de Hooch (1629-1684), pintor holandês da escola barroca. (N.T.)

tão logo tivesse a pequena frase sido tocada pelo pianista, Swann percebia que em breve chegaria a hora de Odette partir. Ele a acompanhava até a porta de seu pequeno edifício, na Rue La Pérouse, atrás do Arco do Triunfo. E talvez fosse por isso, para não lhe pedir todos os favores, que ele sacrificava o prazer menos necessário para ele de vê-la mais cedo, de chegar à casa dos Verdurin com ela, em prol deste direito que ela lhe concedia de saírem juntos e ao qual ele dava mais valor porque, graças a isso, tinha a impressão de que ninguém a via, ninguém se colocava entre eles, nem a impedia de estar ainda com ele, depois que ele a tivesse deixado.

Assim voltava ela na carruagem de Swann; uma noite, quando acabava de descer e lhe dizia até amanhã, ela colheu precipitadamente no jardinzinho que precedia a casa um último crisântemo e deu a ele antes que partisse. Ele o manteve apertado contra os lábios durante o trajeto da volta e, quando ao fim de alguns dias a flor murchou, encerrou-a preciosamente em sua escrivaninha.

Mas ele jamais entrava em casa dela. Duas vezes apenas, à tarde, ele fora participar desta operação fundamental para ela: "Tomar chá". O isolamento e o vazio daquelas ruas curtas (feitas quase todas de pequenos imóveis contíguos, cuja monotonia vinha de repente romper alguma vendinha sinistra, testemunho histórico e resto sórdido do tempo em que aqueles bairros ainda eram mal-afamados), a neve que ficara no jardim e nas árvores, a nudez da estação, a proximidade da natureza davam algo ainda mais misterioso ao calor, às flores que ele encontrara ao entrar.

Tendo à esquerda, no térreo acima do nível da rua, o quarto de dormir de Odette, que dava para uma ruazinha paralela, uma escada reta, entre paredes pintadas de cor escura e das quais pendiam tecidos orientais, fios de terços turcos e uma grande lanterna japonesa suspensa a um cordãozinho de seda (mas que, para não privar os visitantes dos últimos confortos da civilização ocidental, funcionava a gás), levava ao salão e à saleta. A estes precedia um estreito vestíbulo cuja parede quadriculada por uma treliça de jardim, porém dourada, era debruada em todo o seu comprimento por uma caixa retangular na qual floria como numa estufa uma fileira daqueles grandes crisântemos ainda raros naquela época mas bem distantes entretanto dos que os horticultores conseguiram mais tarde obter. Swann sentia-se desconfortável com a moda que desde o ano anterior lhes era imposta, mas tivera prazer, dessa vez, ao ver a penumbra da peça zebrada de rosa, laranja e branco pelos raios perfumados desses astros efêmeros que se acendem nos dias cinzentos. Odette o recebera num penhoar de seda cor-de-rosa, pescoço e braços nus. Ela o fizera sentar-se a seu lado num dos inúmeros nichos misteriosos que estavam dispostos nos recantos do salão, protegidos por imensas palmeiras contidas em cachepôs chineses ou por biombos dos quais pendiam fotografias, laços de fita e leques. Ela dissera: "Você não está confortável, espere, vou acomodá-lo direito" e, com o risinho vaidoso que teria para qualquer achado tipicamente seu, instalara atrás da cabeça de Swann, sob seus pés, almofadas de seda japonesa que amassava como se fosse pródiga daquelas riquezas e inconsciente do seu valor. Mas, quando o criado de quarto viera trazer sucessivamente as inúmeras lâmpadas que, quase todas encerradas em potiches chineses, queimavam isoladas ou aos pares, todas sobre móveis diferentes como se sobre altares, e que no crepúsculo já quase noturno daquele fim de tarde de inverno haviam feito reaparecer um pôr do sol mais durável, mais rosado e mais humano – fazendo talvez sonhar na rua algum apaixonado imobilizado diante do mistério da presença que revelavam e ocultavam simultaneamente as vidraças acesas –, ela de soslaio observara rigorosamente o empregado, para ver se ele as punha no lugar certo. Ela achava que, ficando uma única em lugar inadequado, o efeito de conjunto de seu salão seria destruído e seu retrato, colocado sobre um cavalete oblíquo revestido de pelúcia, ficaria mal-iluminado. Acompanhava também com ardor os movimentos daquele homem grosseiro e o repreendeu com veemência porque ele passara perto demais de duas floreiras a cuja limpeza se dedicava pessoalmente por medo de que alguém as estragasse e que fora olhar de perto para ver se ele não as havia danificado. Via em todos os seus bibelôs chineses formas "divertidas", e também nas orquídeas, nas catleias, sobretudo, que eram, com os crisântemos, suas flores preferidas, porque tinham o grande mérito de não se parecerem com flores, mas serem de seda, de cetim. "Esta aqui parece ter sido recortada do forro do meu casaco", disse ela a Swann mostrando-lhe uma orquídea, com um tom de estima para com aquela flor tão "chique", aquela irmã elegante e imprevista que lhe dava a natureza, tão longe dela na escala dos seres e contudo refinada, mais digna do que muitas mulheres, à qual dera um lugar em seu salão. Mostrando-lhe sucessivamente quimeras com línguas de fogo decorando um potiche ou bordadas numa tela, as corolas de um buquê de orquídeas, um dromedário de prata niquelada com olhos incrustados de rubis que morava sobre a lareira com um sapo de jade, simulava simultaneamente ter medo da devassidão, ou rir da fanfarronice dos monstros, enrubescer com a indecência das flores e sentir um irresistível desejo de beijar o dromedário e o sapo que ela chamava de "queridos". E tais simulações contrastavam com a sinceridade de algumas de suas devoções, em especial a Nossa Senhora de Laghet, que a havia outrora, quando ela vivia em Nice, curado de uma doença mortal e de quem trazia sempre uma medalha de ouro à qual atribuía um poder sem limites. Odette preparou para Swann "seu chá" e perguntou-lhe: "Limão ou creme?", e quando ele respondeu "creme", disse-lhe rindo: "Uma nuvem!". E, como ele o achasse bom: "Bem vê que sei do que gosta". Aquele chá, na verdade, parecera a Swann algo tão precioso quanto ela própria, e o amor tem tanta necessidade de encontrar uma justificativa, uma garantia de duração em prazeres que, de outra forma, sem ele não o seriam e que nele terminam, que, quando a deixara às sete horas para voltar para casa e se vestir, durante todo o trajeto que fez em sua carruagem fechada, não podendo conter a alegria que aquela tarde lhe proporcionara, repetia para si mesmo: "Seria bem agradável ter assim uma criaturinha em cuja casa se pudesse encontrar essa coisa tão rara, um bom chá". Uma hora depois, recebeu um bilhete de Odette e reconheceu imediatamente aquela grande letra na qual uma simulação de rigor britânico impunha uma aparência de disciplina a caracteres disformes que teriam significado talvez para olhos menos prevenidos a desordem do pensamento, a insuficiência da educação, a falta de franqueza e de vontade. Swann esquecera sua cigarreira em casa de Odette. "Se tivesse esquecido também o seu coração, eu não o teria deixado recuperá-lo."

Uma segunda visita que lhe fez teve talvez mais importância. Indo à casa dela naquele dia como sempre que deveria vê-la, de antemão a imaginava; e a necessidade que tinha, para achar bonito o seu rosto, de limitar apenas às maçãs do rosto rosadas e frescas as faces que ela tinha com tanta frequência amarelas, lânguidas, por vezes marcadas por pontinhos vermelhos, o afligia como uma prova de que o ideal é inacessível e a felicidade, medíocre. Levava-lhe uma gravura que ela desejava ver. Ela estava um pouco adoentada; recebeu-o num penhoar de crepe da China cor de malva, tendo sobre o peito, como um casaco, um tecido ricamente bordado. De pé ao lado dele, deixando cair ao longo de suas faces os cabelos que havia soltado, dobrando uma perna numa atitude ligeiramente dançante para poder curvar-se sem se cansar sobre a gravura que olhava, inclinando a cabeça, com seus grandes olhos, tão cansados e velados quando ela não se animava, chocou Swann por sua semelhança com aquela imagem de Zéfora, a filha de Jetro, que se vê no afresco da Capela Sistina. Swann sempre tivera esse prazer especial de gostar de encontrar na pintura dos mestres não apenas as características gerais da realidade que nos circunda, mas o que parece ao contrário ser o menos suscetível de generalidade, os traços individuais dos rostos que conhecemos: assim, na matéria de um busto do Doge Lorédan por Antoine Rizzo[23], a protuberância dos malares, a obliquidade das sobrancelhas, enfim, a semelhança gritante de seu cocheiro Rémi; nas cores de um Ghirlandajo[24], o nariz do sr. de Palancy; num retrato de Tintoretto[25], a invasão da gordura da face pela implantação dos primeiros pelos das suíças, o rasgo do nariz, a penetração do olhar, a congestão das pálpebras do médico de Boulbon. Talvez, tendo desde sempre conservado um remorso por ter limitado sua vida às relações mundanas, à conversa, acreditasse encontrar uma espécie de indulgente perdão, a ele concedido pelos grandes artistas, no fato de que tinham também eles considerado com prazer, feito entrar em sua obra rostos tais que dão a esta um singular certificado de realidade e de vida, um sabor moderno; talvez também se tivesse a tal ponto deixado ganhar pela frivolidade das pessoas do mundo que sentisse a necessidade de encontrar numa obra antiga tais alusões antecipadas e rejuvenescedoras aos nomes próprios de hoje. Talvez, ao

23. Antonio Rizzo (1430-1499), escultor italiano, renascentista. (N.T.)

24. Ghirlandajo, pseudônimo de Domenico Curradi (1449-1494), pintor renascentista italiano. (N.T.)

25. Tintoretto, pseudônimo de Jacopo Robusti (1518-1594), pintor italiano nascido em Veneza. (N.T.)

contrário, tivesse ele suficientemente mantido uma natureza de artista para que tais características individuais lhe provocassem prazer, assumindo um significado mais geral assim que ele as percebia, desenraizadas, libertas, na semelhança de um retrato mais antigo com um original que não o representava. Seja como for, e talvez porque a plenitude de sensações que experimentava já havia algum tempo e que, mesmo lhe tendo chegado sobretudo por meio do amor pela música, enriquecera seu gosto pela pintura, foi mais profundo o prazer – e deveria exercer sobre Swann uma influência duradoura – que naquele momento encontrou na semelhança de Odette com a Zéfora daquele Sandro di Mariano que não mais gostamos de chamar pelo apelido popular de Botticelli[26] agora que este evoca, em lugar da obra verdadeira do pintor, a ideia banal e falsa que dele se vulgarizou. Ele não mais julgou o rosto de Odette segundo a melhor ou pior qualidade de suas faces e pela suavidade puramente carnal que supunha ser necessário encontrar ao tocá-las com seus lábios se jamais ousasse beijá-la, mas como um entrelaçado de linhas sutis e belas que seus olhos desenvolviam, continuando a curva de seus meandros, alcançando a cadência da nuca na efusão dos cabelos e na flexão das pálpebras, como num retrato dela no qual seu tipo se tornava inteligível e claro.

Ele a olhava; surgia em seu rosto e em seu corpo um fragmento do afresco que desde então ele sempre buscou reencontrar, estivesse perto de Odette, estivesse apenas pensando nela; e, embora só se apegasse à obra-prima florentina por reencontrá-la em Odette, sem dúvida tal semelhança também a esta conferia maior beleza, tornava-a mais preciosa. Swann censurou-se por ter desconhecido o valor de um ser que parecera adorável ao grande Sandro e

26. Botticelli, ou Sandro Botticelli (1445-1510), um dos mais importantes pintores renascentistas italianos, cujo nome verdadeiro era Alessandro di Mariano Filipepi. (N.T.)

felicitou-se porque o prazer que tinha ao ver Odette encontrava justificativa em sua própria cultura estética. Disse a si mesmo que, associando a ideia de Odette a seus sonhos de felicidade, não se estava resignando a um expediente tão imperfeito como até então acreditara, uma vez que ela satisfazia seus mais refinados gostos artísticos. Esquecia-se de que Odette não se tornava, por isso, uma mulher mais de acordo com seu desejo, já que, exatamente, seu desejo sempre havia sido orientado num sentido oposto a seu gosto estético. A expressão "obra florentina" prestou um grande serviço a Swann. Permitiu-lhe, como um título, fazer penetrar a imagem de Odette num mundo de sonhos ao qual ela não tivera até então acesso e onde se impregnou de nobreza. E, enquanto a visão puramente carnal que ele tivera dessa mulher, renovando perpetuamente suas dúvidas quanto à qualidade de seu rosto, de seu corpo, de toda a sua beleza, enfraquecia seu amor, tais dúvidas foram destruídas, tal amor consolidado quando em seu lugar teve por base os dados de uma estética definida; sem contar que o beijo e a posse, que pareciam naturais e medíocres se lhe eram concedidos por uma carne devastada, ao coroar a adoração de uma peça de museu pareceram-lhe sobrenaturais e deliciosos.

E quando ficava tentado a lamentar que há meses nada fazia além de ver Odette, dizia-se que era razoável dedicar muito do seu tempo a uma obra-prima inestimável, por uma vez moldada em matéria diferente e especialmente saborosa, num exemplar raríssimo que ele contemplava às vezes com a humildade, a espiritualidade e o desinteresse de um artista, às vezes com o orgulho, o egoísmo e a sensualidade de um colecionador.

Colocou sobre sua mesa de trabalho, como se fosse a fotografia de Odette, uma reprodução da filha de Jetro. Admirava os grandes olhos, o delicado rosto que deixava adivinhar a pele imperfeita, os cachos maravilhosos dos cabelos ao longo das faces cansadas; e, adaptando tudo o que até então considerava belo de um modo estético à ideia de uma mulher viva, transformava-o em méritos físicos que se felicitava por encontrar reunidos num ser que ele poderia possuir. Essa vaga simpatia que nos atrai para uma obra-prima que observamos, agora que ele conhecia o original carnal da filha de Jetro, transformava-se num desejo que ele desde então colocava no lugar daquele que o corpo de Odette não lhe havia a princípio inspirado. Depois de ter por muito tempo observado aquele Botticelli, pensava em seu próprio Botticelli que achava ainda mais belo e, aproximando de si a fotografia de Zéfora, acreditava apertar Odette contra seu coração.

E entretanto não era apenas a lassidão de Odette que ele se empenhava em evitar, era por vezes também a sua própria; sentindo que, desde que Odette passara a ter muita facilidade em encontrá-lo, parecia não ter muita coisa a lhe dizer, ele receava que as maneiras um pouco insignificantes, monótonas e como que definitivamente estabelecidas que eram agora as dela quando estavam juntos acabassem por matar nele aquela esperança romanesca de um dia em que ela lhe declarasse sua paixão, que era tudo o que o havia feito apaixonar-se e o mantivera apaixonado. E para renovar um pouco o aspecto moral, demasiado austero, de Odette, e do qual tinha medo de se cansar, escrevia-lhe num impulso uma carta cheia de decepções falsas e cóleras simuladas que mandava entregar antes do jantar. Sabia que ela iria assustar-se, responder, e esperava que, do aperto que o medo de perdê-lo traria a seu coração, jorrariam palavras que ela nunca antes lhe dissera – e fora na verdade desse modo que ele obtivera as cartas mais ternas que ela já lhe havia escrito, das quais uma, que ela lhe mandara entregar ao meio-dia, enviada da "Maison Dorée" (era o dia da festa de Paris-Múrcia, feita para os flagelados de Múrcia[27]), começava por estas palavras: "Meu amigo, minha mão treme tanto que quase não consigo escrever", e que ele guardara na mesma gaveta que o crisântemo seco. Ou então, se ela não tivesse tido tempo de lhe escrever, quando ele chegasse à casa dos Verdurin, ela iria depressa até ele e diria: "Preciso falar com você", e ele contemplaria com curiosidade em seu rosto e em suas palavras o que ela havia até então escondido de seu coração.

À simples aproximação da casa dos Verdurin, quando divisava, iluminadas pelas lâmpadas, as grandes janelas cujas persianas nunca eram fechadas, ele se enternecia pensando no ser encantador que iria ver, radioso sob sua luz dourada. Às vezes, as sombras dos convidados destacavam-se, finas e escuras, em contraste, na frente das lâmpadas, como aquelas pequenas gravuras que se inserem umas ao lado das outras num abajur translúcido cuja estamparia não é senão claridade. Ele tentava distinguir a silhueta de Odette. Depois, tão logo chegava, sem que se desse conta, seus olhos brilhavam com tanta alegria que a sra. Verdurin dizia ao pintor: "Acho que a coisa está esquentando". E a presença de Odette com efeito acrescentava, para Swann, àquela casa o que não possuíam quaisquer das outras nas quais era recebido: uma espécie de aparelho sensitivo, de rede nervosa que se ramificava por todos os cômodos e trazia excitações constantes a seu coração.

Assim o simples funcionamento daquele organismo social que era o pequeno "clã" fornecia automaticamente para Swann encontros cotidianos com Odette e permitia-lhe simular indiferença ao vê-la, ou mesmo um desejo de não mais encontrá-la, que não lhe fazia correr grandes

27. Povoado da Espanha onde o rio Segura transbordou em 1879, provocando a chamada Inundação de Santa Teresa, tragédia que resultou na morte de 777 pessoas e na perda de 24 mil hectares de plantação. (N.T.)

riscos, uma vez que, não importando o que lhe escrevesse durante o dia, obrigatoriamente a veria à noite e a levaria em casa.

Mas uma vez, tendo pensado com má vontade naquele inevitável retorno juntos, levara até o bosque sua jovem operária para atrasar o momento de ir à casa dos Verdurin, e lá chegou tão tarde que Odette, imaginando que ele não mais viria, já havia partido. Vendo que ela não estava mais no salão, Swann sentiu uma dor no coração; estremecia por ter sido privado de um prazer cuja medida compreendia pela primeira vez, tendo tido até então aquela certeza de encontrá-lo quando quisesse que, no caso de qualquer prazer, reduz ou até mesmo nos impede de lhe perceber por completo a grandeza.

– Viu a cara que ele fez quando percebeu que ela não estava aqui? – disse o sr. Verdurin a sua mulher. – Acho que podemos dizer que ele está fisgado!

– A cara que ele fez? – perguntou com violência o dr. Cottard que, tendo saído por um instante para ver um doente, voltava para buscar sua mulher e não sabia do que se falava.

– Como? Não encontrou à porta o mais belo dos Swann?

– Não. O sr. Swann esteve aqui?

– Oh! Por um instante apenas. Tivemos um Swann muito agitado, muito nervoso. O senhor compreende, Odette havia partido.

– Querem dizer que os dois estão às mil maravilhas, que ela andou lhe acenando com o sétimo céu – disse o médico, experimentando com prudência o sentido de tais expressões.

– Mas não! Absolutamente nada aconteceu e, aqui entre nós, acho que ela faz muito mal e que está agindo como uma boa palerma, que é o que ela é, aliás.

– Ei, ei, ei – disse o sr. Verdurin –, como é que você sabe se há algo ou não? Não fomos lá ver, não é?

– A mim ela teria dito – replicou com orgulho a sra. Verdurin. – Estou dizendo que ela me conta todas as suas coisinhas! Como ela não tem outra pessoa no momento, eu lhe disse que deveria dormir com ele. Ela alega que não pode, que até teve uma queda enorme por ele, mas que ele é tímido com ela, que isso por sua vez a intimida e que além disso ela não o ama dessa maneira, que é um ser ideal, que ela tem medo de corromper o sentimento que tem por ele, e não sei mais o quê. Seria porém exatamente o que ela precisa.

– Você vai me dar licença de discordar – disse o sr. Verdurin. – Esse senhor só me desce pela metade; eu o acho posudo.

A sra. Verdurin imobilizou-se, assumiu uma expressão inerte como se tivesse virado uma estátua, ficção que lhe permitiu fazer de conta não ter ouvido aquela palavra insuportável, posudo, que parecia significar que alguém poderia "fazer pose" diante deles, portanto ser "melhor do que eles".

– Enfim, se nada existe, não penso que seja porque esse senhor a imagina virtuosa – disse ironicamente o sr. Verdurin. – E além do mais, nada se pode dizer, já que ele parece imaginá-la inteligente. Não sei se você ouviu como ele discursou para ela uma noite dessas a respeito da sonata de Vinteuil; gosto de Odette com todo o meu coração, mas, para lhe vir com teorias de estética, é preciso realmente ser um grande paspalho!

– Vamos, não fale mal de Odette – disse a sra. Verdurin, bancando a criança. – Ela é um amor.

– Mas isso não a impede de ser um amor; não estamos falando mal dela, só dizemos que não é um poço de virtudes nem de inteligência. No fundo – disse ele ao pintor –, você faria tanta questão assim de que ela fosse virtuosa? Talvez fosse muito menos encantadora, quem sabe?

Na saída, Swann fora abordado pelo mordomo, que não estava lá no momento em que ele chegara e havia sido encarregado por Odette de lhe dizer – mas havia já mais de uma hora –, caso ele ainda viesse, que iria provavelmente tomar um chocolate no Prévost antes de voltar para casa. Swann partiu para o Prévost, mas a cada passo sua carruagem era parada por outras ou por pessoas que atravessavam, odiosos obstáculos que ele teria tido prazer em derrubar se a reprimenda do guarda não fosse atrasá-lo ainda mais do que a passagem do pedestre. Ele contava o tempo que se passava, acrescentava alguns segundos a todos os minutos para ter a certeza de não tê-los diminuído, o que o teria levado a crer serem maiores do que na realidade eram suas chances de chegar cedo o suficiente e ainda encontrar Odette. E num momento, como um exaltado que acaba de dormir e toma consciência do absurdo das visões que ruminava sem delas se distinguir claramente, Swann de repente percebeu em si mesmo a estranheza dos pensamentos que revolvia desde o momento em que lhe fora dito em casa dos Verdurin que Odette já havia saído, a novidade da dor no coração que sentia, mas que constatou apenas como se acabasse de acordar. O quê? Toda aquela agitação porque não veria Odette senão amanhã, exatamente o que havia desejado, havia uma hora, chegando à casa da sra. Verdurin? Foi obrigado a constatar que naquela mesma carruagem que o levava até o Prévost ele não era mais o mesmo, e que não estava mais sozinho, que um novo ser estava ali com ele, aderente, amalgamado a ele, do qual não poderia talvez se livrar, com quem seria obrigado a usar de estratagemas como com um professor ou com uma doença. E entretanto, desde o momento em que sentia que uma nova pessoa havia assim se juntado a ele, sua vida lhe parecia mais interessante. Mal conseguia afirmar para si mesmo que aquele possível encontro no Prévost (do qual a espera devastava, desnudava a tal ponto os momentos que o precediam que ele não mais encontrava uma só ideia, uma só lembrança atrás da qual pudesse descansar sua mente) seria provavelmente, caso ocorresse, como os outros, que significaria muito pouco. Como todas as noites, tão logo estivesse com Odette, lançando furtivamente sobre seu mutável rosto um olhar retirado com pressa por medo de que ela nele visse a proposta de um desejo e não mais acreditasse em seu desinteresse, deixaria de pensar nela, ocupado demais em encontrar pretextos que lhe permitissem não deixá-la de imediato e ter a certeza, sem parecer se preocupar com aquilo, de que a reencontraria no dia seguinte em casa dos Verdurin: ou seja, prolongar por um instante e renovar por mais um dia a decepção e a tortura que lhe trazia a simples presença daquela mulher da qual se aproximava sem ousar abraçar.

Ela não estava no Prévost; ele quis procurar em todos os restaurantes dos bulevares. Para ganhar tempo, enquanto ia a alguns, mandou para outros seu cocheiro Rémi (o doge Lorédan de Rizzo), a quem foi depois esperar – ele mesmo nada tendo encontrado – no local que lhe havia indicado. A carruagem não voltava e Swann imaginava o momento que se aproximava, no qual Rémi lhe diria: "Aquela senhora está lá", como aquele no qual Rémi lhe diria: "Aquela senhora não estava nos cafés". E assim ele via o fim da noite diante dele, única e contudo alternativa, precedida fosse pelo encontro com Odette, que aboliria sua angústia, fosse pela renúncia forçada a vê-la naquela noite, ou aceitação de voltar para casa sem tê-la visto.

O cocheiro voltou, mas, no momento em que parou diante de Swann, este não lhe disse: "Encontrou aquela senhora?" e sim: "Lembre-me de pensar amanhã em encomendar lenha, acho que o estoque deve estar terminando". Talvez dissesse a si mesmo que, se Rémi tivesse encontrado Odette num café onde ela o esperava, o fim de noite nefasto já estaria dissipado pela realização iniciada do fim de noite alegre e que ele não precisava apressar-se para alcançar uma felicidade capturada e em local seguro, que não mais lhe escaparia. Mas era também por inércia; ele trazia na alma a falta de agilidade que certos seres têm no corpo, aqueles que, no momento de evitar um choque, de afastar uma chama de sua roupa, de fazer um movimento urgente, levam tempo, começam por se deter um segundo na situação na qual estavam antes, como se nela fossem encontrar seu ponto de apoio, seu impulso. E sem dúvida, se o cocheiro o houvesse interrompido dizendo: "A senhora está lá", ele teria respondido: "Ah! É verdade, a missão de que eu o havia encarregado, veja só, não acreditaria..." e teria continuado a falar do estoque de lenha para esconder a emoção que sentira e dar a si mesmo o tempo de romper com a inquietação e se entregar à felicidade.

Mas o cocheiro voltou para lhe dizer que não a havia encontrado em parte alguma e acrescentou seu conselho, como velho servidor:

– Acho que o senhor nada pode fazer além de voltar para casa.

Mas a indiferença que Swann fingia facilmente quando Rémi nada mais tinha a alterar na resposta que trazia desmoronou, quando ele o viu tentando fazê-lo renunciar à esperança e à busca:

– Absolutamente! – exclamou. – Precisamos encontrar aquela senhora, é da maior importância. Ela ficaria extremamente aborrecida, por conta de um assunto de negócios, e ofendida, se não me visse.

– Não vejo como aquela senhora poderia ficar ofendida – respondeu Rémi –, já que foi ela que partiu sem esperar pelo senhor, se ela disse que iria ao Prévost e não estava lá.

Aliás, as luzes começavam a se apagar por todos os lados. Sob as árvores dos bulevares, numa obscuridade misteriosa, os transeuntes mais raros vagavam, quase irreconhecíveis. Às vezes, a sombra de uma mulher que se aproximava dele, murmurando-lhe uma palavra ao ouvido, pedindo-lhe para levá-la em casa, fazia estremecer Swann. Ele roçava ansiosamente todos aqueles corpos obscuros como se, entre os fantasmas dos mortos, no reino sombrio, estivesse buscando Eurídice.

De todas as formas de produção do amor, de todos os agentes de disseminação do mal sagrado é dos mais eficazes esse grande sopro de agitação que às vezes passa sobre nós. Então, em relação ao ser com o qual estamos encantados no momento, a sorte está lançada, é ele que amaremos. Não seria sequer preciso que ele nos agradasse, até então, mais do que ou mesmo tanto quanto outros. O que seria preciso era que nosso encanto por ele se tornasse exclusivo. E tal condição se realiza quando – naquele momento em que ele nos faltou – à busca dos prazeres que seu consentimento nos proporcionava repentinamente se substitui uma necessidade ansiosa, que tem por objeto esse mesmo ser, uma necessidade absurda, que as leis deste mundo tornam impossível satisfazer e difícil de curar – a necessidade intensa e dolorosa de possuí-lo.

Swann se fez levar aos últimos restaurantes; era a única hipótese de felicidade que vislumbrara com calma; agora ele não mais escondia sua agitação, o preço que atribuía àquele encontro, e prometeu, em caso de sucesso, uma recompensa a seu cocheiro, como se, inspirando-lhe o desejo de ganhar, que viria juntar-se ao que ele mesmo tinha, pudesse fazer com que Odette, caso já tivesse ido para casa dormir, ainda assim se encontrasse num restaurante do bulevar. Foi até a Maison Dorée, entrou duas vezes no Tortoni e, sem a ter visto, acabava de sair do Café

Anglais, andando a passos largos, ar ausente, para voltar à carruagem que o esperava na esquina do Boulevard des Italiens, quando esbarrou numa pessoa que vinha em sentido contrário: era Odette; ela explicou mais tarde que, não tendo encontrado lugar no Prévost, tinha ido cear na Maison Dorée, num reservado no qual ele não a descobrira, e voltava para sua carruagem.

Vê-lo foi tão inesperado que ela fez um movimento de susto. Quanto a ele, correra Paris não porque acreditasse possível encontrá-la, mas porque lhe era por demais cruel renunciar à ideia. Mas aquela alegria que sua razão não deixara de considerar, para aquela noite, irrealizável não lhe parecia agora muito real; pois para ela não havia ele colaborado com a previsão das probabilidades, e ela lhe permanecia exterior; ele não precisava tirá-la de seu espírito para alimentá-la, ela emanava de si mesma, era ela mesma que projetava nele aquela verdade que brilhava a ponto de dissipar como um sonho o isolamento que temera e sobre o qual apoiava, descansava, sem pensar, seu devaneio feliz. Como um viajante que chega num belo dia às margens do Mediterrâneo, incerto da existência dos países dos quais acaba de sair, se deixa deslumbrar o olhar, mais do que lhe lança olhares, pelos raios que emite em sua direção o azul luminoso e resistente das águas.

Subiu na carruagem em que ela estava e disse à sua que os seguisse.

Ela levava na mão um buquê de catleias, e Swann viu, sob sua mantilha de renda, que trazia nos cabelos flores dessa mesma orquídea presas a uma egrete de plumas de cisne. Estava vestida, sob o xale, por uma torrente de veludo negro que, num apanhado oblíquo, descobria num largo triângulo a parte de baixo de uma saia de *faille* branco e deixava entrever um corpete, igualmente em *faille* branco, na abertura da blusa decotada, no qual se encaixavam outras catleias. Ela acabava de se recompor do susto que lhe causara Swann quando um obstáculo sobressaltou o cavalo. Eles haviam sido intensamente sacudidos, ela dera um grito e ficara toda palpitante, sem respiração.

– Não foi nada – disse ele –, não tenha medo.

Segurava-a pelo ombro, mantendo-a de encontro a ele para apoiá-la; então lhe disse:

– Sobretudo, não fale, responda-me apenas por gestos para não perder ainda mais o fôlego. Não se incomoda se eu arrumar as flores de sua blusa que saíram do lugar com o choque? Tenho medo que as perca, gostaria de ajeitá-las um pouco.

Ela, que não estava habituada com tantos cuidados dos homens consigo, disse sorrindo:

– Não, absolutamente não me incomoda.

Mas ele, intimidado por sua resposta, talvez também por parecer ter sido sincero quando usara daquele pretexto, ou mesmo começando a acreditar que fora, exclamou:

– Ah! Não! Sobretudo não fale, vai perder outra vez o fôlego, pode perfeitamente me responder por gestos, eu vou compreender. Sinceramente, não a incomodo? Veja, há um pouco de... acho que é pólen que se espalhou sobre seu corpo; permite que eu o limpe com a mão? Não faço com força demais, não estou sendo brutal demais? Estou talvez fazendo cócegas? Mas é porque não queria tocar o veludo do vestido para não amassá-lo. Mas veja, é realmente necessário prendê-las, elas iriam cair; e assim, empurrando-as um pouco eu mesmo... Realmente, não estou sendo desagradável? E aspirando-as para ver se realmente não têm cheiro, também não? Nunca cheirei, posso? Diga a verdade.

Sorrindo, ela ergueu ligeiramente os ombros, como para dizer: "Está louco, bem vê que isso me agrada".

Ele erguia sua outra mão ao longo do rosto de Odette; ela o olhou fixamente, com o ar lânguido e grave que têm as mulheres do mestre florentino com as quais ele havia encontrado semelhança; trazidos para a borda das pálpebras, seus olhos brilhantes, compridos e estreitos, como os delas, pareciam prestes a cair, bem como duas lágrimas. Ela inclinava o pescoço como vemos todas fazerem, nas cenas pagãs como nos quadros religiosos. E numa atitude que sem dúvida lhe era habitual, que ela sabia adequada àqueles momentos e que prestava atenção para não se esquecer de assumir, parecia precisar de toda a sua força para segurar seu rosto, como se uma força invisível a atraísse para Swann. E foi Swann quem, antes que ela o deixasse cair como se a contragosto sobre seus lábios, o reteve por um instante, a alguma distância, entre suas mãos. Ele quisera dar ao seu pensamento o tempo de chegar, de reconhecer o sonho que ele havia por tanto tempo acalentado e assistir à sua realização, como uma parenta que chamamos para tomar parte no sucesso de uma criança que ela amou muito. Talvez também Swann detivesse sobre aquele rosto de Odette ainda não possuída, sequer beijada por ele, que via pela última vez, aquele olhar com o qual, num dia de partida, se desejaria levar uma paisagem que se vai deixar para sempre.

Mas ele era tão tímido com ela que, tendo conseguido possuí-la naquela mesma noite, começando por arrumar suas catleias, fosse por receio de amassá-la, fosse por medo de parecer ter retrospectivamente mentido, fosse por falta de audácia para formular uma exigência maior do que aquela (que ele poderia renovar já que não havia aborrecido Odette da primeira vez), nos dias seguintes usou o mesmo pretexto. Se ela trazia catleias em seu corpete, ele dizia: "É uma pena, esta noite as catleias não precisam ser arrumadas, não saíram do lugar como no outro dia, parece-me, entretanto, que esta aqui não está direita. Posso ver se não cheiram mais do que as outras?". Ou então, se ela não as trazia: "Ah! Não há catleias esta noite, não tenho como me dedicar a minhas arrumações". De tal modo que, durante algum tempo, não foi mudada a ordem que ele seguira na primeira noite, principiando por leves toques de dedos e lábios no pescoço de Odette, e era ainda por eles que começavam todas as vezes as suas carícias; e muito mais tarde, quando a arrumação (ou o simulacro ritual de arrumação) das catleias há muito tempo caíra em desuso, a metáfora "fazer catleia", transformada num simples vocábulo que eles empregavam sem pensar quando queriam falar do ato da posse física – no qual aliás nada se possui –, sobreviveu na linguagem deles, por meio da qual celebravam aquela tradição esquecida. E talvez aquela maneira especial de dizer "fazer amor" não significasse exatamente a mesma coisa que seus sinônimos. É inútil estar farto das mulheres, considerar a posse das mais diferentes como sendo sempre a mesma e de antemão conhecida; torna-se, ao contrário, um novo prazer no caso de mulheres um tanto difíceis – ou como tal por nós imaginadas – para que sejamos obrigados a fazê-la nascer de algum episódio imprevisto de nossas relações com elas, como havia sido da primeira vez para Swann o arranjo das catleias. Ele esperava trêmulo, naquela noite (mas Odette, dizia ele a si mesmo, se não via malícia em sua astúcia, não poderia adivinhar), que fosse a posse daquela mulher o que iria sair de dentro de suas grandes pétalas cor de malva; e o prazer que já sentia e que Odette talvez só tolerasse, pensava ele, porque não o reconhecera, parecia-lhe, por causa disso – como poderia parecer ao primeiro homem que o sentiu entre as flores do paraíso terrestre –, um prazer que não havia existido até então, que ele procurava criar, um prazer – assim como o nome especial que ele lhe deu guardou-lhe a marca – inteiramente especial e novo.

Agora, todas as noites, quando ele a levava em casa, era preciso que entrasse, e muitas vezes ela saía de penhoar e o levava até sua carruagem, beijava-o sob os olhos do cocheiro, dizendo: "Que mal isto pode me fazer, que importância têm os outros?". Nas noites em que não ia à casa dos Verdurin (o que às vezes acontecia, já que podia vê-la de outra maneira), nas noites cada vez mais raras em que ia à sociedade, ela lhe pedia para ir vê-la antes de voltar para casa, fosse a que horas fosse. Era primavera, uma primavera pura e gelada. Saindo do sarau, ele subia na sua vitória, estendia uma coberta sobre as pernas, respondia aos amigos que saíam ao mesmo tempo e o chamavam para voltar com eles que não podia, que não ia para o mesmo lado, e o cocheiro partia num trote apressado sabendo aonde ir. Eles se surpreendiam, e, de fato, Swann não era mais o mesmo. Nunca mais se recebiam cartas suas pedindo para conhecer uma mulher. Ele não mais dava atenção a mulher alguma, abstinha-se de ir aos locais onde são encontradas. Num restaurante, no campo, tinha a atitude inversa àquela pela qual, ainda ontem, teria sido reconhecido e que parecera dever ser sempre a sua. De tal forma uma paixão existe em nós como um caráter momentâneo e diferente, que se substitui ao outro e abole os sinais até então invariáveis pelos quais se exprimia! Em compensação, o que era agora invariável era que, onde quer que Swann estivesse, não deixava de ir ao encontro de Odette. O trajeto que o separava dela era o que ele percorria inevitavelmente e como se fosse a própria vertente, irresistível e rápida, de sua vida. Para dizer a verdade, tendo muitas vezes ficado até mais tarde nas festas, ele teria preferido voltar diretamente para casa sem percorrer aquele longo trajeto e só vê-la no dia seguinte; mas o próprio fato de numa hora anormal se dar ao trabalho de ir à casa dela, de adivinhar que os amigos que o deixavam se diziam: "Ele está muito solicitado, há com certeza uma mulher que o obriga a ir à casa dela a qualquer hora", fazia-o sentir que levava a vida dos homens que têm um caso de amor em sua existência e nos quais o sacrifício que fazem de seu descanso e de seus interesses a favor de um devaneio voluptuoso faz nascer um charme interior. Depois, sem que se desse conta, a certeza de que ela o esperava, de que não estava em outro lugar com outras pessoas, de que não voltaria sem tê-la visto neutralizava aquela angústia esquecida, mas sempre pronta a renascer, que sentira na noite em que Odette não mais estava na casa dos Verdurin e cujo alívio atual era tão doce que se poderia chamar felicidade. Talvez devesse àquela angústia a importância que Odette assumira para ele. Os seres nos são, de hábito, tão indiferentes que, quando colocamos num deles tais possibilidades de sofrimento e de alegria para nós, esse ser nos parece pertencer a um outro universo, cerca-se de poesia, faz de nossa vida uma espécie de extensão emocionante na qual estará mais ou menos próximo de nós. Swann não podia perguntar-se sem sobressalto no que se transformaria Odette para ele nos anos que viriam. Por vezes, naquelas belas noites frias, ao ver, de sua vitória, a lua brilhante que derramava sua claridade entre seus olhos e as ruas desertas, pensava naquela outra figura clara e levemente rosada como a da lua que, um dia, havia surgido diante de seu pensamento e que, desde então, projetava sobre o mundo a luz misteriosa dentro da qual ele o via. Se chegava depois da hora em que Odette mandava os criados dormir, antes de tocar à porta do jardinzinho, ele ia primeiro à rua para a qual dava, no térreo, entre as janelas todas iguais mas escuras dos prédios contíguos, a janela, a única iluminada, do quarto dela. Batia na vidraça e ela, prevenida, respondia e ia esperá-lo do outro lado, na porta de entrada. Ele encontrava abertos sobre o piano alguns dos trechos que ela preferia: a *Valsa das rosas* ou *Pobre louco*, de Tagliafico[28] (que deveria, con-

28. Joseph Dieudonne Tagliafico (1821-1900), compositor francês. (N.T.)

forme sua vontade por escrito, ser executada em seu enterro), pedia-lhe para tocar, em seu lugar, a pequena frase da sonata de Vinteuil, embora Odette tocasse muito mal, mas a visão mais bela que nos fica de uma obra é com frequência aquela que se eleva acima dos sons destoantes tirados por dedos inábeis de um piano desafinado. A pequena frase continuava a se associar, para Swann, ao amor que tinha por Odette. Ele sentia que aquele amor era algo que não correspondia a alguma coisa externa, constatável por outros que não ele; dava-se conta de que as qualidades de Odette não justificavam que ele desse tanto valor aos momentos passados a seu lado. E frequentemente, quando apenas a inteligência positiva reinava absoluta em Swann, ele desejava deixar de sacrificar tantos interesses intelectuais e sociais àquele prazer imaginário. Mas a pequena frase, tão logo a ouvia, sabia liberar nele o espaço que para ela era necessário, as proporções da alma de Swann se viam por ela alteradas; uma margem lá ficava reservada para um prazer que também não correspondia a nenhum objeto externo e que ainda assim, em lugar de ser puramente individual como o do amor, impunha-se a Swann como uma realidade superior às coisas concretas. Essa sede de um encanto desconhecido, a pequena frase despertava nele, mas nada lhe trazia de preciso para saciá-la. De modo que, aquelas partes da alma de Swann das quais a pequena frase apagara a preocupação com os interesses materiais, as considerações humanas e válidas para todos, ela deixara vazias e em branco, e ele ficava livre para ali inserir o nome de Odette. Então, àquilo que o afeto de Odette poderia ter de um pouco escasso e decepcionante, a pequena frase vinha acrescentar, amalgamar sua essência misteriosa. Vendo-se o rosto de Swann enquanto ele ouvia a frase, dir-se-ia que estava absorvendo um anestésico que dava mais amplitude à sua respiração. E o prazer que lhe dava a música e que em breve criaria nele uma verdadeira necessidade parecia-se na verdade, em tais momentos, com o prazer que ele teria sentido experimentando perfumes, entrando em contato com um mundo para o qual não somos feitos, que nos parece sem forma porque nossos olhos não o percebem, sem significado porque escapa à nossa inteligência, que só atingimos por meio de um único sentido. Grande repouso, misteriosa renovação para Swann – para ele cujos olhos, embora delicados amantes de pintura, cujo espírito, embora fino observador de costumes, traziam para sempre a marca indelével da secura da vida –, a de se sentir transformado numa criatura estranha à humanidade, cega, desprovida de faculdades lógicas, quase um fantástico unicórnio, uma criatura quimérica que só percebe o mundo pela audição. E quando na pequena frase ele buscava entretanto um sentido ao qual sua inteligência não podia descer, que estranha embriaguez sentia ele em despojar sua alma mais profunda de qualquer amparo do raciocínio e em deixá-la passar sozinha pelo corredor, pelo filtro obscuro do som! Começava a se dar conta de tudo o que havia de doloroso, talvez até mesmo de secretamente intranquilo no fundo da doçura daquela frase, mas não podia sofrer. Que importava se ela lhe dizia que o amor é frágil, o seu era tão forte! Ele brincava com a tristeza que ela semeava, ele a sentia passar sobre ele, mas como uma carícia que tornava mais profundo e mais doce o sentimento que ele tinha de sua felicidade. Ele a fazia ser tocada dez vezes, vinte vezes, por Odette, exigindo que ao mesmo tempo ela não parasse de beijá-lo. Cada beijo chama um outro beijo. Ah! Nesses primeiros tempos em que se ama, os beijos nascem tão naturalmente! Brotam tão apressados uns depois dos outros; e seria tão difícil contar os beijos dados em uma hora quanto as flores de um campo no mês de maio. Então ela fazia de conta que iria parar, dizendo: "Como você quer que eu toque assim se está me segurando? Não posso fazer tudo ao mesmo tempo, resolva ao menos o que quer, devo tocar a frase ou fazer carinhos?". Ele se zangava, e ela explodia num riso que se modificava e caía sobre ele, numa chuva de beijos. Ou então ela o olhava com um ar aborrecido e ele revia um rosto digno de figurar na *Vida de Moisés*, de Botticelli, nela a situava, dava ao pescoço de Odette a inclinação necessária; e, tendo-a então pintado a têmpera, no século XV, na muralha da Sistina, a ideia de que ela, entretanto, ali ficara, junto ao piano, no momento atual, prestes a ser beijada e possuída, a ideia de sua materialidade e de sua vida vinha inebriá-lo com tal força que, com o olhar alucinado, as mandíbulas tensas como para devorar, precipitava-se sobre aquela virgem de Botticelli e punha-se a lhe apertar as faces. Então, depois de deixá-la, não sem voltar para beijá-la ainda porque se havia esquecido de levar em sua lembrança alguma particularidade de seu cheiro ou de seus traços, enquanto voltava para casa em sua vitória, bendizia Odette por lhe permitir aquelas visitas diárias que ele sentia que não deviam a ela causar tão grande alegria, mas que, preservando-o de sentir ciúmes – tirando-lhe a oportunidade de sofrer novamente do mal que nele se declarara na noite em que não a encontrara na casa dos Verdurin –, o ajudariam a chegar, sem ter outra daquelas crises das quais a primeira havia sido tão dolorosa e permaneceria a única, ao final daquelas horas singulares de sua vida, horas quase encantadas, como aquelas nas quais atravessava Paris ao luar. E, observando, durante a volta, que o astro estava agora deslocado em relação a ele e quase no final do horizonte, sentia que seu amor obedecia, também ele, a leis imutáveis e naturais, e se perguntava se aquele período no qual havia entrado duraria ainda muito tempo, se em breve seu pensamento só veria o rosto querido ocupando uma posição longínqua e diminuída e prestes a deixar de irradiar encanto. Pois Swann o encontrava nas coisas, desde que estava apaixonado, como no tempo em que, adolescente, acreditava-se artista; mas não era mais o mesmo encanto; este, somente Odette lhes conferia. Ele sentia renascer em si as inspirações de sua juventude que uma vida frívola havia dissipado, mas traziam todas o reflexo, a marca de um ser especial; e nas longas horas em que agora encontrava um delicado prazer ficando em casa, a sós com sua alma em convalescença, voltava pouco a pouco a ser ele mesmo, mas com uma outra alma.

Ele só ia à casa de Odette à noite, e nada sabia do emprego do tempo dela durante o dia, não mais do que de seu passado, a tal ponto que lhe faltava até mesmo aquela pequena informação inicial que, permitindo-nos imaginar o que não sabemos, nos dá vontade de conhecer. Também não se perguntava o que ela poderia fazer, nem qual havia sido sua vida. Apenas sorria às vezes pensando que há alguns anos, quando não a conhecia, haviam lhe falado a respeito de uma mulher que, se ele bem se lembrava, deveria certamente ser ela, como sendo uma cortesã, uma mulher manteúda, uma daquelas mulheres às quais atribuía ainda, já que pouco com elas convivera, o caráter firme, essencialmente perverso, que por muito tempo lhes atribuiu a imaginação de alguns romancistas. Ele se dizia que tudo o que muitas vezes se pode fazer é ir na direção contrária das reputações que cria a sociedade para julgar com exatidão uma pessoa, quando a tal temperamento opunha o de Odette, boa, inocente, cheia de ideais, quase tão incapaz de não dizer a verdade que, tendo um dia lhe pedido, para poder jantar a sós com ela, que escrevesse aos Verdurin dizendo estar adoentada, no dia seguinte ele a vira, diante da sra. Verdurin que lhe perguntava se estava melhor, enrubescer, balbuciar e refletir sem querer, em seu rosto, a mágoa, o suplício que era para ela mentir e, enquanto multiplicava em sua resposta os detalhes inventados sobre sua pretensa indisposição da véspera, ter o ar de quem pede desculpas, por seus olhares súplices e sua voz desolada, pela falsidade de suas palavras. Alguns dias, contudo, embora raros, ela vinha à sua casa, à tarde, interromper seu devaneio ou aquele estudo de Vermeer ao qual ele voltara ultimamente a se dedicar. Vinham dizer-lhe que a sra. de Crécy estava na saleta. Ele ia ao seu encontro e, quando abria a porta, ao rosto rosado de Odette, tão logo ela percebera Swann, vinha – mudando a forma de sua boca, o olhar de seus olhos, o contorno de suas faces – acrescentar-se um sorriso. Uma vez a sós, ele revia aquele sorriso, o que ela tivera na véspera, um outro com o qual o havia recebido uma ou outra vez, aquele que fora sua resposta, na carruagem, quando ele lhe perguntara se era desagradável arrumando-lhe as catleias; e a vida de Odette durante o resto do tempo, como dela nada conhecia, aparecia-lhe com seu fundo neutro e sem cor, semelhante àquelas folhas de estudos de Watteau[29] onde se veem aqui e ali, em todos os lugares, em todas as direções, desenhados com três lápis sobre papel camurça, incontáveis sorrisos. Mas, às vezes, num canto dessa vida que Swann via completamente vazia, ainda que sua mente lhe dissesse que não o era, porque não a conseguia imaginar, algum amigo, que, desconfiando que se amassem, não se arriscava a lhe dizer a respeito dela nada que não fosse insignificante, descrevia-lhe a silhueta de Odette que vislumbrara, naquela mesma manhã, subindo a pé a Rue Abbatucci num casaquinho enfeitado com peles de gambá, sob um chapéu "à la Rembrandt" e um buquê de violetas no corpete. Esse simples esboço perturbava Swann porque o fazia de repente perceber que Odette tinha uma vida que não era inteiramente dele; queria saber a quem ela havia

29. Jean-Antoine Watteau (1684-1721), pintor francês. (N.T.)

tentado agradar com aquela roupa que ele não conhecia; prometia-se perguntar aonde ela ia, naquele momento, como se em toda a vida incolor – quase inexistente, porque lhe era invisível – de sua amante só houvesse uma única coisa além de todos os sorrisos a ele dirigidos: seu andar, sob um chapéu "à la Rembrandt", com um buquê de violetas no corpete.

A não ser quando lhe pedia a pequena frase de Vinteuil em vez da *Valsa das rosas*, Swann não tentava fazê-la tocar coisas das quais gostava e, tanto na música quanto em literatura, corrigir seu mau gosto. Dava-se perfeitamente conta de que ela não era inteligente. Dizendo-lhe que gostaria tanto que ele lhe falasse dos grandes poetas, ela havia imaginado que iria conhecer de imediato estrofes heroicas e romanescas no gênero daquelas do visconde de Borelli, ou ainda mais emocionantes. A respeito de Vermeer de Delft, perguntou se tinha sofrido por uma mulher, se uma mulher o havia inspirado e, tendo Swann confessado que nada se sabia a respeito, desinteressara-se desse pintor. Ela dizia com frequência: "A poesia, sabe? Acho, naturalmente, que nada existiria de mais belo, se ela fosse verdadeira, se os poetas pensassem tudo o que dizem. Mas muitas vezes ninguém é mais interesseiro do que essas pessoas. Sei o que digo, eu tinha uma amiga que amou uma espécie de poeta. Em seus versos, ele só falava do amor, do céu, das estrelas. Ah! Como foi enganada! Ele lhe devorou mais de trezentos mil francos". Se, então, Swann tentava ensinar-lhe em que consiste a beleza artística, como se deveriam admirar os versos ou os quadros, no fim de um instante ela deixava de ouvir, dizendo: "É... eu não imaginava que seria assim". E ele percebia nela tal decepção que preferia mentir dizendo-lhe que tudo aquilo nada importava, que não passavam de bagatelas, que ele tão tinha tido tempo de chegar ao fundo, que havia outra coisa. Mas ela dizia vivamente: "Outra coisa? O quê?... Diga então", mas ele não dizia, sabendo o quanto aquilo lhe pareceria pequeno e diferente do que ela esperava, menos sensacional e menos tocante, e receando que, desiludida da arte, ela assim ficasse ao mesmo tempo do amor.

E com efeito, ela considerava Swann intelectualmente inferior ao que havia imaginado. "Você mantém sempre o sangue-frio, não consigo defini-lo." Ela se maravilhava muito mais com sua indiferença ao dinheiro, sua gentileza para com todos, sua delicadeza. E na verdade muitas vezes acontece a pessoas mais importantes que Swann, a um sábio, a um artista, quando não injustamente julgados pelos que o cercam, que o sentimento por elas experimentado, que vem provar que a superioridade de sua inteligência a eles se impôs, não é a admiração por suas ideias, pois elas lhe escapam, mas o respeito por sua bondade. Era também respeito que inspirava a Odette a posição que ocupava Swann na sociedade, mas ela não desejava que ele tentasse fazê-la ser recebida. Talvez sentisse que ele não conseguiria, e até mesmo receasse que apenas o simples fato de mencioná-la provocasse revelações que ela temia. Assim fora que ela o fizera prometer jamais pronunciar seu nome. A razão pela qual não queria frequentar a sociedade, dissera-lhe, era uma desavença que tivera outrora com uma amiga que, para se vingar, falara então mal dela. Swann objetava: "Mas nem todo mundo conheceu sua amiga". "Ah! Mas essas coisas deixam marcas profundas, o mundo é tão cruel." Por um lado, Swann não compreendia essa história, mas por outro sabia que tais expressões: "o mundo é tão cruel" e "uma palavra de calúnia se espalha como uma mancha de azeite" são em geral consideradas verdadeiras; deveria haver casos aos quais se aplicavam. Seria Odette um desses casos? Ele assim se perguntava, mas não por muito tempo, pois era sujeito, também, àquela sobrecarga do espírito que pesava sobre seu pai, quando se apresentava um problema difícil. Aliás, aquele mundo que tanto amedrontava Odette não lhe inspirava talvez grandes desejos por ser por demais distante daquele que ela conhecia para que o compreendesse com clareza. Ainda assim, mesmo tendo permanecido, sob certos aspectos, realmente simples (por exemplo, conservara como amiga uma costureirinha aposentada cuja escada íngreme, escura e fétida subia quase todos os dias), ela tinha sede de elegância, mas não fazia desta a mesma ideia que as pessoas da sociedade. Para estas, a elegância é uma emanação de algumas pessoas pouco numerosas que a projetam a um raio bastante amplo – e mais ou menos enfraquecido na medida da distância que se está do centro de sua amizade – no círculo de seus amigos ou dos amigos de seus amigos cujos nomes formam uma espécie de repertório. As pessoas da sociedade possuem-no em sua memória, têm sobre tais assuntos uma erudição da qual extraíram uma espécie de gosto, de tato, tanto que Swann, por exemplo, sem ter necessidade de recorrer a seu saber mundano, caso lesse num jornal os nomes das pessoas que se encontravam num jantar, era capaz de dizer imediatamente o grau de elegância desse jantar, como um letrado, à simples leitura de uma frase, aprecia exatamente a qualidade literária de seu autor. Mas Odette fazia parte daqueles (extremamente numerosos, apesar do que pensam as pessoas da sociedade) que não possuem tais noções, que imaginam uma elegância bem diferente, que se reveste de aspectos diversos conforme o ambiente a que pertence, mas possui como qualidade particular – fosse aquela com a qual sonhava Odette, ou aquela diante da qual se inclinava a sra. Cottard –: ser diretamente acessível a todos. A outra, a elegância das pessoas da sociedade, também é, afinal, acessível, mas requer algum tempo. Odette dizia de alguém:

– Ele só vai a lugares elegantes.

E se Swann lhe perguntava o que ela queria dizer com isso, respondia com um certo desprezo:

– Lugares elegantes, ora bolas! Se na sua idade ainda precisa aprender o que são lugares elegantes, o que você quer que eu diga? Por exemplo, domingo de manhã, a avenida da Imperatriz, às cinco horas, a volta do Lago, quinta-feira, o teatro Éden, sexta-feira, o Hipódromo, os bailes...

– Mas que bailes?

– Os bailes que há em Paris, os bailes elegantes, quero dizer. Veja Herbinger, você sabe, aquele que trabalha numa corretora? Sim, você deve saber, é um dos homens mais conhecidos de Paris, um rapaz alto e louro que é muito esnobe, usa sempre uma flor na lapela, paletós claros, abertos nas costas; vive com aquela figura velhusca que leva a todas as estreias. Pois bem! Ele deu um baile, outra noite, e lá estava tudo o que há de elegante em Paris. Como eu gostaria de ter ido! Mas era preciso apresentar o convite à porta e eu não consegui um. No fundo, prefiro não ter ido, seria uma guerra, eu nada teria visto. Era mais para poder dizer que se esteve em casa de Herbinger. E você sabe, a ostentação! Além disso, a gente pode muito bem dizer que, em cem que dizem ter ido, pelo menos a metade não está falando a verdade... Mas me espanta que você, um homem tão "na moda", não estivesse lá.

Mas Swann absolutamente não tentava fazer com que ela modificasse aquela concepção de elegância; considerando que a sua não era mais verdadeira, que era também tola, desprovida de importância, não via qualquer interesse em ensiná-la à sua amante, se bem que, depois de meses, ela só se interessava pelas pessoas em cujas casas ele ia por causa dos ingressos para as pesagens[30], nas corridas de

30. Pesagem: lugar, num hipódromo, onde se pesam os jóqueis, antes de cada páreo. (N.T.)

cavalos, dos convites para estreias que elas lhe poderiam proporcionar.

Ela desejava que ele cultivasse tão úteis relações, mas por outro lado as achava pouco elegantes, desde que vira passar na rua a marquesa de Villeparisis num vestido de lã preta, com uma touca amarrada no queixo.

– Mas ela parece uma operária, uma porteira velha, *darling*! Aquilo, uma marquesa? Eu não sou marquesa, mas seria preciso me pagar muito caro para me fazer sair vestida daquele jeito!

Ela não compreendia que Swann morasse no prédio do cais de Orléans, que, sem ousar confessar-lhe, considerava indigno dele.

Ela tinha a pretensão de amar as "antiguidades" e assumia um ar encantado e fino para dizer que adorava passar um dia inteiro "garimpando" objetos de arte, procurando "quinquilharias", coisas "de época". Embora insistisse numa espécie de ponto de honra (e parecesse praticar algum preceito familiar) jamais respondendo às perguntas e não "dando satisfações" do emprego de seus dias, falou uma vez a Swann de uma amiga que a tinha convidado e em cuja casa tudo era "de época". Mas Swann não conseguiu fazê-la dizer qual era a época. Ainda assim, depois de ter refletido, ela respondeu que era "medieval". Queria com aquilo dizer que havia peças revestidas em madeira. Algum tempo depois, falou novamente de sua amiga e acrescentou, no tom hesitante e com o ar entendido no qual se cita alguém com quem se jantou na véspera e cujo nome jamais se tinha ouvido, mas que seus anfitriões pareciam considerar tão famoso que espera que o interlocutor saiba perfeitamente de quem se trata: "Ela tem uma sala de jantar... do... século XVIII!". Ela, aliás, achava aquilo horroroso, nu, como se a casa não estivesse terminada, as mulheres ficavam horrorosas ali dentro e aquela moda nunca pegaria. Enfim, uma terceira vez, voltou a tocar no assunto e mostrou a Swann o endereço do homem que havia feito aquela sala de jantar e que ela tinha vontade de mandar chamar, quando tivesse dinheiro, para ver se ele não poderia fazer para ela, claro que não uma igual, mas aquela com a qual sonhava e que infelizmente as dimensões de seu pequeno apartamento não comportavam, com aparadores altos, móveis estilo Renascença e lareiras como no castelo de Blois. Naquele dia, ela deixou escapar diante de Swann o que pensava de sua casa no cais de Orléans; como ele havia comentado que a amiga de Odette caía não no estilo Luís XVI, pois, dizia ele, ainda que aquilo não se fabricasse, poderia ser encantador, e sim no falso antigo: "Você não ia querer que ela vivesse, como você, no meio de móveis quebrados e tapetes usados", disse ela, o respeito humano da burguesia suplantando nela mais uma vez o diletantismo da cortesã.

Daqueles que gostavam de garimpar objetos de arte, que amavam os versos, desprezavam os cálculos mesquinhos, sonhavam com honra e amor, fazia ela uma elite superior ao resto da humanidade. Não era preciso que tivessem realmente tais preferências, contanto que fossem proclamadas; de um homem que lhe confessara num jantar adorar andar a esmo, sujar os dedos nas velhas lojinhas, que nunca seria apreciado por este século comercial pois não dava atenção a seus interesses e que era por isso de uma outra época, ela voltava dizendo: "Mas é uma alma adorável, um sensível, eu nunca tinha imaginado!". E sentia por ele uma imensa e súbita amizade. Mas, em compensação, aqueles que, como Swann, tinham esses gostos, mas deles não falavam, deixavam-na fria. Era sem dúvida obrigada a confessar que Swann não ligava para dinheiro, mas acrescentava num ar amuado: "Mas com ele não é a mesma coisa"; e na verdade o que lhe falava à imaginação não era a prática do desapego, era o seu vocabulário.

Sentindo que muitas vezes não era capaz de realizar o que ela sonhava, tentava ao menos fazer com que ela sentisse prazer a seu lado, não contradizer aquelas ideias vulgares, aquele mau gosto que tinha em tudo, e que ele aliás amava como tudo o que vinha dela, que até mesmo o encantavam, pois eram também traços particulares graças aos quais a essência daquela mulher surgia para ele, tornava-se visível. Assim, quando ela tinha um ar contente porque assistiria *A rainha Topázio*[31], ou seu olhar se tornava sério, inquieto e voluntarioso, se tinha medo de perder a batalha das flores ou simplesmente a hora do chá, com *muffins* e *toasts*[32], no "Chá da Rue Royale" cuja assiduidade acreditava ser indispensável para consagrar a reputação de elegância de uma mulher, Swann, emocionado como ficamos com a naturalidade de uma criança ou a veracidade de um retrato que parece a ponto de falar, sentia tão bem a alma de sua amante aflorar a seu rosto que não podia resistir a tocá-lo com os lábios. "Ah! Ela quer ser levada à festa das flores, a menina Odette, quer ser admirada; pois muito bem, vamos levá-la, tudo o que nos resta fazer é nos curvar." Como a visão de Swann era um pouco fraca, ele precisou resignar-se a usar óculos para trabalhar em casa e a adotar, para sair em sociedade, o monóculo que o desfigurava menos. A primeira vez que ela o viu usando um, não pôde conter sua alegria: "Acho que para um homem, não há o que dizer, isso fica muito chique! Como você fica bem assim! Parece um verdadeiro cavalheiro! Só falta um título!", acrescentou ela, com uma sombra de tristeza. Ele gostava que Odette fosse assim, tanto quanto, se amasse uma bretã, teria ficado feliz em vê-la de touca e ao ouvi-la dizer que acreditava em fantasmas. Até então, como muitos homens cujo gosto pelas artes se desenvolve independentemente da sensuali-

31. *La Reine Topaze* (1856), ópera de Victor Massé (1822-1884). (N.T.)

32. Brioches e torradas, em inglês no original. (N.T.)

dade, um estranho disparate existira entre os prazeres que concedia a um e a outra, desfrutando, na companhia de mulheres cada vez mais rudes, da sedução de obras cada vez mais refinadas, levando uma empregadinha, num camarote reservado, à representação de uma peça decadente à qual tinha vontade de assistir ou a uma exposição de pintura impressionista, aliás persuadido de que uma mulher culta da sociedade não compreenderia muito mais, mas não teria sabido se calar tão gentilmente. Mas, ao contrário, desde que amava Odette, solidarizar-se com ela, tentar ter uma só alma para ambos lhe era tão doce, que ele procurava ter prazer com as coisas de que ela gostava, e encontrava um prazer ainda mais profundo não apenas imitando seus hábitos, mas adotando suas opiniões, porque, não tendo qualquer raiz em sua própria inteligência, lembravam-lhe apenas seu amor, devido ao qual as tinha preferido. Se voltava a *Serge Panine*[33], se procurava oportunidades para ir assistir a Olivier Métra regendo, era pela doçura de ser iniciado em todas as concepções de Odette, de se sentir compartilhando todos os seus gostos. Aquele poder de aproximá-lo dela que tinham as obras ou os lugares que ela amava parecia-lhe mais misterioso do que aquele que é intrínseco a outros mais belos, mas que não lhe falavam dela. Aliás, tendo deixado enfraquecer os credos intelectuais de sua juventude, e seu ceticismo de homem do mundo tendo inadvertidamente neles penetrado, ele pensava (ou pelo menos tinha pensado por tanto tempo que o dizia ainda) que os objetos de nossas preferências não têm em si um valor absoluto, mas que é tudo questão de época, de classe, tudo se resume a modismos, dos quais os mais vulgares se equivalem aos que passam por mais distintos. E, como julgava que a importância dada por Odette a ter

33. Romance do escritor francês Georges Ohnet (1848-1918), publicado em 1881 em Paris. (N.T.)

convites para o *vernissage* não era em si algo mais ridículo do que o prazer que ele sentia outrora em jantar com o príncipe de Gales, do mesmo modo não achava que a admiração que ela professava por Montecarlo ou pelo Righi[34] fosse mais irracional do que a preferência que ele tinha pela Holanda, que ela imaginava feia, e por Versalhes, que ela achava triste. Lá também ele se privava de ir, tendo prazer em afirmar a si mesmo que era por causa dele, que ele não queria sentir, nem amar, senão com ela.

Como de tudo o que cercava Odette e que era de certa forma a única maneira de poder vê-la, falar com ela, ele gostava das reuniões dos Verdurin. Nelas, como por trás de todos os divertimentos, refeições, músicas, jogos, saraus à fantasia, festas no campo, peças de teatro, até mesmo dos raros "grandes saraus" dados para os "tediosos", havia a presença de Odette, a visão de Odette, a conversa com Odette, dádiva inestimável que os Verdurin concediam a Swann, ao convidá-lo; ele se sentia, aliás, melhor no "pequeno núcleo" do que em qualquer outro lugar e procurava atribuir-lhe méritos reais, pois podia assim pensar que, por prazer, o frequentaria por toda a sua vida. Ora, não ousando dizer a si mesmo, por medo de não acreditar, que amaria para sempre Odette, ao menos supondo que frequentaria para sempre os Verdurin (proposição que, *a priori*, levantava menos objeções de princípios por parte de sua inteligência), ele se via no futuro continuando a encontrar Odette todas as noites; aquilo não significava talvez exatamente o mesmo que amá-la para sempre, mas no momento, enquanto ele a amava, acreditar que nunca deixaria de vê-la era tudo o que pedia. "Que ambiente encantador", dizia a si mesmo. "Como é muito mais verdadeira a vida que se leva aqui! Como se é mais inteligente, mais artista do que na sociedade! Como a sra. Verdurin,

34. Pico de Righi, no cantão de Lucerna, Suíça. (N.T.)

apesar de alguns exagerozinhos um pouco risíveis, tem um amor sincero pela pintura, pela música, que paixão pelas obras, que desejo de agradar os artistas! Ela faz uma ideia inexata das pessoas da sociedade; mas afinal convenhamos que o mundo faz uma ideia ainda mais falsa do meio artístico. Talvez eu não tenha grandes necessidades intelectuais a satisfazer na conversa, mas me dou perfeitamente bem com Cottard, ainda que ele faça trocadilhos absurdos. E quanto ao pintor, se sua pretensão é desagradável quando ele tenta impressionar, em compensação é uma das mais belas inteligências que já conheci. E acima de tudo, lá, nos sentimos livres, fazemos o que queremos sem artifícios, sem cerimônia. Quantas demonstrações de bom humor são feitas todos os dias naquele salão! Decididamente, salvo algumas raras exceções, nunca mais frequentarei outro ambiente que não aquele. Lá estabelecerei, cada vez mais, meus hábitos e minha vida."

E, como as qualidades que acreditava intrínsecas aos Verdurin não eram senão o reflexo sobre eles dos prazeres que em sua casa havia experimentado seu amor por Odette, tais qualidades se tornavam mais sérias, mais profundas, mais vitais, quando tais prazeres também o eram. Como a sra. Verdurin dava às vezes a Swann a única coisa que para ele se podia constituir em felicidade; como, na noite em que ficara ansioso porque Odette conversara com um convidado mais do que com outro qualquer, e quando, irritado com ela, não quisera tomar a iniciativa de lhe perguntar se voltaria com ele, a sra. Verdurin lhe trouxera a paz e a alegria dizendo espontaneamente: "Odette, você vai levar o sr. Swann, não é mesmo?"; como, naquele verão que chegava e em que ele a princípio se perguntara com inquietação se Odette se ausentaria sem ele, se poderia continuar a vê-la todos os dias, a sra. Verdurin vinha convidar os dois para passá-lo com ela no campo – Swann, deixando sem perceber o reconhecimento e o interesse se infiltrarem em sua inteligência e influírem em seus pensamentos, chegava ao ponto de proclamar que a sra. Verdurin era uma grande alma. Em relação a algumas pessoas interessantes ou eminentes a respeito das quais algum de seus antigos colegas da escola do Louvre lhe falava: "Prefiro os Verdurin", respondia ele. E, com uma solenidade que lhe era nova: "São pessoas magnânimas, e a magnanimidade é, no fundo, a única coisa que importa e que distingue aqui embaixo. Veja você, há somente duas classes de pessoas: as magnânimas e as outras, e cheguei a uma idade na qual é preciso tomar partido, decidir de uma vez por todas de quem se deseja gostar e a quem se quer desdenhar, ficar com aqueles de quem se gosta e, para reparar o tempo que se desperdiçou com os outros, não mais deixá-los até a morte. Pois bem!", acrescentava ele com aquela leve emoção que se sente quando, mesmo sem se dar inteiramente conta, se diz algo não porque seja verdade, mas porque se tem prazer ao dizê-lo e que se ouve na própria voz como se viesse de fora de si mesmo. "A sorte está lançada, escolhi gostar apenas dos corações magnânimos e viver apenas na magnanimidade. Você me pergunta se a sra. Verdurin é realmente inteligente. Garanto que ela me deu provas de uma nobreza de coração, de uma grandeza de alma que, veja você, não se atinge sem uma igual grandeza de ideias. É verdade que ela tem um profundo conhecimento das artes. Mas talvez não seja essa a razão pela qual ela é mais admirável; e qualquer pequena atitude engenhosamente, deliciosamente boa que ela tenha tido comigo, uma atenção genial, um gesto familiarmente sublime revelam uma compreensão mais profunda da existência do que todos os tratados de filosofia."

Ele teria ainda assim podido afirmar a si mesmo que havia velhos amigos de seus pais tão simples quanto os Verdurin, companheiros de juventude igualmente interessados pela arte, que conhecia outras pessoas de tão bom coração, e que, entretanto, desde que havia optado pela simplicidade, pelas artes e pela magnanimidade, nunca mais vira. Mas aqueles não conheciam Odette, e, se a tivessem conhecido, não se teriam preocupado em aproximá-la dele.

Assim não havia, sem dúvida, em todo o ambiente dos Verdurin, um único fiel que os amasse ou acreditasse amá-los como Swann. E, ainda assim, quando o sr. Verdurin dissera que Swann não lhe agradava, não apenas havia expressado seu próprio pensamento, mas adivinhara o de sua mulher. Sem dúvida, Swann nutria por Odette um afeto por demais particular e do qual negligenciara fazer da sra. Verdurin a confidente diária; sem dúvida a própria prudência com que desfrutava da hospitalidade dos Verdurin, abstendo-se muitas vezes de ir jantar por uma razão da qual não desconfiavam e em cujo lugar viam o desejo de não faltar a um convite dos "tediosos", sem dúvida também – e isso apesar de todas as precauções que ele tomara para lhes ocultar – a progressiva descoberta que faziam de sua brilhante posição social, tudo aquilo contribuía para sua irritação em relação a ele. Mas a razão profunda era outra. Era que eles haviam rapidamente sentido nele um espaço reservado, impenetrável, no qual ele continuava a afirmar silenciosamente para si mesmo que a princesa de Sagan não era grotesca e que os gracejos de Cottard não eram engraçados, enfim, e ainda que ele não se distanciasse de sua amabilidade e não se revoltasse contra seus dogmas, uma impossibilidade de impô-los, de a eles convertê-lo por inteiro, como jamais haviam encontrado em alguém. Eles o teriam perdoado por frequentar os tediosos (aos quais, aliás, no fundo de seu coração, ele preferia mil vezes os Verdurin e todo o pequeno núcleo), se ele tivesse consentido, para dar o exemplo, em renegá-los na presença dos fiéis. Mas compreenderam ser tal negação algo que dele não se poderia arrancar.

Que diferença de um "novo" que Odette lhes pedira para convidar, embora ela só o tivesse encontrado poucas vezes, e no qual tinham grandes esperanças, o conde de Forcheville! (Aconteceu ser ele exatamente o cunhado de Saniette, o que encheu de espanto os fiéis: o velho arquivista tinha modos tão humildes que eles o haviam sempre imaginado de um nível social inferior ao seu e não esperavam saber que pertencia a um mundo rico e relativamente aristocrático.) Sem dúvida, Forcheville era grosseiramente esnobe, enquanto Swann não era; sem dúvida, estava longe de colocar, como ele, o ambiente dos Verdurin acima de todos os outros. Mas não tinha aquela delicadeza de alma que impedia Swann de se associar às críticas obviamente falsas demais que a sra. Verdurin dirigia contra as pessoas que ele conhecia. Quanto às tiradas pretensiosas e vulgares com que se saía, alguns dias, o pintor, aos gracejos de caixeiro-viajante que arriscava Cottard e para os quais Swann, que gostava de ambos, encontrava facilmente desculpas mas não tinha a coragem e a hipocrisia de aplaudir, Forcheville era, ao contrário, de um nível intelectual que lhe permitia ficar atordoado, maravilhado por umas, sem aliás compreendê-las, e deleitar-se com outras. E exatamente o primeiro jantar em casa dos Verdurin ao qual esteve presente Forcheville trouxe à luz todas essas diferenças, ressaltou suas qualidades e precipitou a desgraça de Swann.

Havia em tal jantar, além dos habituais, um professor da Sorbonne[35], Brichot, que havia encontrado o sr. e a sra. Verdurin numa estação de águas e, se suas funções universitárias e seus trabalhos de erudição não houvessem tornado tão raros seus momentos de liberdade, teria com prazer vindo mais vezes à casa deles. Pois tinha aquela curiosidade, aquela superstição da vida que, unida a um certo ceticismo relativo ao objeto de seus estudos, dá, não

35. Universidade de Paris. (N.T.)

importa a profissão, a certos homens inteligentes, médicos que não creem na medicina, professores de liceu que não creem no ensino do latim, a reputação de espíritos liberais, brilhantes e até mesmo superiores. Ele simulava, em casa da sra. Verdurin, buscar suas comparações no que havia de mais atual quando falava de filosofia e de história, primeiro porque acreditava não serem tais disciplinas senão uma preparação para a vida e porque imaginava poder encontrar em ação no pequeno clã aquilo que até então só conhecera nos livros, e talvez também porque, lhe tendo sido outrora inculcado e tendo mantido mesmo sem se aperceber o respeito por alguns assuntos, acreditava despojar-se de seu caráter universitário tomando com eles liberdades que, de outro modo, só lhe pareciam como tal porque ele mantinha esse caráter.

Desde o início do jantar, quando o sr. de Forcheville, sentado à direita da sra. Verdurin, que fizera para o "novo" grandes despesas com sua toalete, dizia-lhe: "Bem original, essa veste branca!", o médico, que não havia deixado de observá-lo, tão curioso estava para saber como era feito aquilo que ele chamava de um "de", e que procurava uma ocasião para chamar sua atenção e dele se aproximar mais, apanhou no ar a palavra "branca" e, sem erguer o nariz de seu prato, disse: "Branca? Branca de Castela?", e então, sem mover a cabeça, lançou furtivamente à direita e à esquerda olhares incertos e sorridentes. Enquanto Swann, pelo esforço doloroso e vão que fez para sorrir, atestou que considerava aquela piada estúpida, Forcheville mostrara a um só tempo que apreciava sua sutileza e que sabia viver, mantendo em adequados limites um contentamento cuja franqueza encantara a sra. Verdurin.

– O que me diz de um sábio como este? – perguntara ela a Forcheville. –Não há como conversar seriamente por dois minutos com ele. Sai-se com estas também em seu hospital? – acrescentara ela, voltando-se para o médico. – Não deve ser aborrecido por lá todos os dias, então. Vejo que vai ser preciso que eu peça para ser admitida lá.

– Acredito ter ouvido o doutor falar daquela velha bruxa da Branca de Castela, se ouso me exprimir assim. Não é mesmo, minha senhora? – perguntou Brichot à sra. Verdurin que, desfalecendo, olhos fechados, precipitou o rosto entre as mãos, de onde escaparam gritos sufocados. – Santo Deus, minha senhora, eu não queria alarmar as almas respeitosas, se as há ao redor desta mesa, *sub rosa*[36]... Reconheço aliás que nossa inefável república ateniense – e quanto! – seria capaz de reverenciar, naquela capetiana[37] obscurantista, o primeiro chefe de polícia de pulso. – Assim é, meu caro anfitrião, assim é, assim é! – continuou ele com sua voz bem timbrada que destacava cada sílaba, em resposta a uma objeção do sr. Verdurin. – A *Crônica de Saint-Denis*, da qual não podemos contestar a veracidade das informações, não deixa dúvida alguma a esse respeito. Ninguém poderia ter sido mais bem escolhida como patrona por um proletariado laicizante do que essa mãe de um santo que ela fez, aliás, passar por maus pedaços, como diz Suger[38] e outros bernardos, pois com ela cada qual recebia o que merecia.

– Quem é este senhor? – perguntou Forcheville à sra. Verdurin. – Parece ser de primeira linha.

– Como? Não conhece o famoso Brichot? Ele é célebre em toda a Europa.

– Ah! É Bréchot – exclamou Forcheville, que não ouvira direito. – Não me diga! – acrescentou, fixando no

36. Confidencialmente, aqui entre nós. Em latim no original. (N.T.)

37. Branca de Castela, da dinastia capetiana, ou seja, da linhagem dos Capeto, terceira dinastia da família real francesa, depois dos merovíngios e dos carolíngios. (N.T.)

38. Suger (1081-1151), historiador e político francês, abade de Saint-Denis e regente de França de 1147 a 1149. (N.T.)

homem célebre seus olhos muito abertos. – É sempre interessante jantar com um homem público. Mas, diga-me, a senhora só tem hoje convidados escolhidos a dedo. Ninguém se aborrece em sua casa.

– Oh! O senhor sabe, o que há de mais importante – disse modestamente a sra. Verdurin – é que eles se sentem seguros. Falam do que querem, e a conversa jorra aos borbotões. E Brichot, esta noite, não está grande coisa: já o vi, o senhor sabe, em minha casa, brilhante, de se ficar de joelhos diante dele, acredite! Na casa dos outros, ele não é o mesmo homem, não tem graça, é preciso arrancar-lhe as palavras, chega a ser aborrecido.

– É curioso! – disse Forcheville espantado.

Um tipo de espírito como o de Brichot teria sido tomado como pura estupidez no ambiente em que Swann passara sua juventude, embora fosse compatível com uma inteligência real. E a do professor, vigorosa e bem-nutrida, poderia provavelmente ter sido invejada por muitas das pessoas da sociedade que Swann considerava espirituosas. Mas essas mesmas pessoas haviam acabado por lhe inculcar tão bem seus gostos e suas aversões, ao menos em tudo o que diz respeito à vida mundana e mesmo em um de seus acessórios, que deveria no entanto pertencer ao terreno da inteligência: a conversa, que Swann só conseguia achar os gracejos de Brichot pedantes, vulgares e inconvenientes até a exaustão. Além disso, ficava chocado, pelo hábito que tinha das boas maneiras, com o tom rude e militar que empregava, dirigindo-se a cada um deles, o fanático universitário. Enfim, talvez tivesse sobretudo perdido, naquela noite, sua boa vontade, ao ver a amabilidade que a sra. Verdurin dispensava àquele Forcheville que Odette tivera a singular ideia de levar consigo. Um pouco sem graça em relação a Swann, ela lhe perguntara ao chegar:

– O que acha do meu convidado?

E ele, percebendo pela primeira vez que Forcheville, a quem conhecia há tempos, poderia agradar a uma mulher e era bastante bem-apessoado, respondera: "Infame!". Certamente não lhe vinha a ideia de sentir ciúmes de Odette, mas ele não se sentia tão feliz quanto de hábito, e quando Brichot, tendo começado a contar a história da mãe de Branca de Castela que "vivera com Henrique Plantageneta[39] durante anos antes de desposá-lo", quis fazer com que Swann lhe pedisse a continuação, dizendo: "Não é mesmo, sr. Swann?" no tom marcial que se adota para estar à altura de um camponês ou para incutir ânimo num soldado, Swann cortou o efeito de Brichot, para grande fúria da dona da casa, respondendo que o desculpariam por se interessar tão pouco por Branca de Castela, mas que tinha algo a perguntar ao pintor. Este, com efeito, havia à tarde visitado a exposição de um artista, amigo da sra. Verdurin, morto havia pouco tempo, e Swann gostaria de saber por ele (pois apreciava seu gosto) se realmente havia naquelas últimas obras algo além da virtuosidade que já surpreendia nas anteriores.

– Sob esse ponto de vista, era extraordinário, mas não me parecia uma arte, como dizem, muito "elevada" – disse Swann sorrindo.

– Elevada... à altura de uma instituição – interrompeu Cottard, erguendo os braços com falsa seriedade.

Toda a mesa estourou de rir.

– Quando eu dizia que não se consegue ficar sério ao lado dele... – disse a sra. Verdurin a Forcheville. – No momento em que menos se espera, ele nos sai com uma asneira.

Mas ela percebeu que apenas Swann não se divertia. Aliás, ele não estava muito satisfeito por Cottard ter feito com que rissem dele diante de Forcheville. Mas o pintor,

39. Henrique Plantageneta (1133-1189), rei da Inglaterra de 1154 a 1189. (N.T.)

em vez de responder de modo interessante a Swann, o que provavelmente teria feito se estivesse a sós com ele, preferiu se fazer admirar pelos convivas saindo-se com uma piada sobre a habilidade do mestre desaparecido.

– Eu me aproximei – disse ele – para ver como aquilo era feito, encostei o nariz. Ah! Pois é! Não se pode dizer se aquilo é feito com cola, com rubis, com sabão, com bronze, com sol, com cocô!

– E um são doze – exclamou tarde demais o médico, cuja interrupção ninguém entendeu.

– Parece ter sido feito de nada – recomeçou o pintor –; o truque é tão impossível de descobrir quanto em *A ronda* ou em *Os regentes* e é ainda mais forte como arte do que Rembrandt e Hals[40]. Tudo está ali, eu lhes juro.

E, como os cantores que atingiram a mais alta nota de que são capazes continuam em voz de cabeça, *piano*, contentou-se em murmurar, rindo, como se na verdade aquela pintura fosse irrisória à força de beleza:

– Aquilo cheira bem, inebria, corta a respiração, dá coceira, e nada de se saber com que é feito; é mágica, é puro truque, é milagre – rindo sem disfarces –: é desonesto! – E parando, erguendo a cabeça com seriedade, assumindo um tom de baixo profundo que procurou tornar harmonioso, acrescentou: – E é tão leal!

Salvo no momento em que dissera "mais forte do que *A ronda*", blasfêmia que provocara um protesto da sra. Verdurin, que considerava *A ronda* como a maior obra-prima do universo, como a *Nona*[41] e a *Samotrácia*[42], e "feito com cocô", que fizera Forcheville lançar um olhar circular pela

40. Rembrandt Harmenszoon van Rijn (1606-1669) e Frans Hals (1580-1666), pintores holandeses da escola barroca. (N.T.)

41. A *Nona sinfonia* de Beethoven. (N.T.)

42. Vitória de Samotrácia, escultura representando a deusa Atena, cujos pedaços foram descobertos em 1863 na ilha de Samotrácia, no mar Egeu, e que ocupa lugar de destaque numa escadaria do Museu do Louvre, em Paris (França). (N.T.)

mesa para ver se a palavra era tolerada e trouxera então à sua boca um sorriso austero e conciliatório, todos os convivas, à exceção de Swann, fixaram no pintor olhares fascinados de admiração.

– Como ele me diverte quando se entusiasma assim! – exclamou, quando ele terminou, a sra. Verdurin, encantada de que a mesa estivesse tão interessante justamente no dia em que o sr. de Forcheville ali comparecia pela primeira vez. – E você, o que é que tem que ficar aí desse jeito, de boca aberta como uma grande besta? – disse ela ao marido. – Você sabe perfeitamente que ele fala bem, até parece que é a primeira vez que o escuta. Se o tivesse visto enquanto ele falava, ele bebia as suas palavras. E amanhã ele nos repetirá tudo o que o senhor nos disse, sem engolir uma palavra.

– Mas não, não estou brincando – disse o pintor, encantado com seu sucesso –, a senhora parece achar que estou me exibindo, que é fingimento; vou levá-la para ver, vai me dizer se exagerei, aposto o quanto quiser como a senhora voltará mais entusiasmada do que eu!

– Mas não estamos achando que o senhor exagera, queremos apenas que coma, e que meu marido também coma; sirvam novamente o linguado normando ao senhor, estão vendo que o dele está frio. Não estamos com tanta pressa, vocês estão servindo como se houvesse um incêndio, esperem um pouco para nos dar a salada.

A sra. Cottard, que era modesta e falava pouco, sabia ainda assim não ficar insegura quando uma feliz inspiração a fazia encontrar uma expressão adequada. Sentia que teria sucesso, isso a deixava confiante, e a empregava menos para brilhar do que para ser útil à carreira de seu marido. Assim, não deixou escapar a palavra salada que acabava de pronunciar a sra. Verdurin.

– Trata-se da salada japonesa? – disse ela a meia-voz, voltando-se para Odette.

E, encantada e confusa com o senso de oportunidade e a ousadia que havia em fazer daquele modo uma alusão discreta, mas clara, à nova e retumbante peça de Dumas, explodiu num riso encantador de ingenuidade, pouco ruidoso, mas tão irresistível que ela permaneceu alguns instantes sem conseguir controlá-lo. "Quem é esta senhora? Ela tem humor", disse Forcheville.

– Não, mas nós a teremos se vierem todos jantar na sexta-feira.

– Vou lhe parecer bem provinciana, senhor – disse a sra. Cottard a Swann –, mas ainda não vi essa famosa *Francillon*[43] da qual todos falam. O doutor já foi (lembro-me até de que ele me disse ter tido o enorme prazer de passar a noite com o senhor), e confesso que não achei razoável que ele comprasse ingressos para voltar comigo. Evidentemente, no Théâtre-Français, nunca se lamenta perder a noite, é sempre um espetáculo tão bem representado, mas como temos amigos muito amáveis – a sra. Cottard raramente pronunciava um nome próprio e contentava-se em dizer "amigos nossos", "uma de minhas amigas", por "distinção", num tom artificial e com o ar de importância de uma pessoa que só nomeia quem quer – que frequentemente possuem camarotes e têm a boa ideia de nos levar a todas as novidades que valem a pena, tenho sempre certeza de que mais cedo ou mais tarde verei *Francillon* e poderei formar uma opinião. Devo entretanto confessar que me sinto um tanto idiota, pois, em todos os salões que frequento, naturalmente não se fala senão nessa infeliz salada japonesa. Começa mesmo a cansar um pouco – acrescentou ela, vendo que Swann não tinha um ar tão interessado quanto imaginaria por tão abrasadora atualidade. – Devemos confessar ainda assim que isso às vezes fornece pretexto para ideias bastante divertidas. Tenho uma amiga que é muito original, embora

43. Peça em três atos (1877) de Alexandre Dumas Filho. (N.T.)

muito bonita, muito bem relacionada, muito conhecida, e que afirma ter feito em sua casa essa salada japonesa, mas colocando tudo o que Alexandre Dumas filho diz na peça. Ela convidou algumas amigas para prová-la. Infelizmente, eu não estava entre as eleitas. Mas ela nos contou tudo logo, no mesmo dia; parece que ficou detestável, ela nos fez chorar de rir. Mas o senhor sabe, tudo está na maneira de contar – disse ela, vendo que Swann mantinha um ar sério.

E supondo que isso talvez acontecesse porque ele não gostava de *Francillon*:

– Aliás, acho que ficarei decepcionada. Não acredito que chegue aos pés de *Serge Panine*, o preferido da sra. de Crécy. Eis pelo menos assuntos que têm profundidade, que fazem refletir; mas dar uma receita de salada no palco do Théâtre-Français! Enquanto *Serge Panine*! Aliás, como tudo o que vem da pena de Georges Ohnet, é sempre tão bem escrito. Não sei se o senhor conhece *Mestre de forjas*[44], que eu ainda preferiria a *Serge Panine*.

– Desculpe-me – disse-lhe Swann em tom irônico –, mas confesso que minha falta de admiração é mais ou menos igual por essas duas obras-primas.

– Realmente? O que o senhor reprova nelas? Trata-se de um preconceito? Talvez ache que é um pouco triste? Aliás, como sempre digo, nunca se deve discutir a respeito de romances ou peças de teatro. Cada um tem sua maneira de ver, e o senhor pode achar detestável aquilo que eu adoro.

Ela foi interrompida por Forcheville que interpelava Swann. Com efeito, enquanto a sra. Cottard falava de *Francillon*, Forcheville expressara à sra. Verdurin sua admiração pelo que havia chamado o pequeno *speech*[45] do pintor.

---

44. Romance de Georges Ohnet (1848-1918), publicado em Paris em 1882. (N.T.)

45. Discurso, em inglês no original. (N.T.)

– Este senhor tem uma facilidade de expressão, uma memória – dissera ele à sra. Verdurin quando o pintor terminara – como raramente encontrei. Ora! Eu gostaria de ter tais qualidades. Ele daria um excelente pregador. Pode-se dizer que, com o sr. Bréchot, a senhora tem aqui dois espetáculos que se equivalem, até nem sei se, como verve, ele não ofuscaria as luzes do professor. As coisas lhe vêm mais naturalmente, ele é menos rebuscado. Ainda que utilize, em seu percurso, algumas expressões um pouco realistas, mas esse é o gosto do momento, não tenho visto muitas vezes alguém segurar o microfone com tanta destreza, como dizíamos no regimento, onde aliás eu tinha um companheiro que este senhor me fazia lembrar. A respeito de qualquer coisa, nem sei como lhe dizer, deste copo, por exemplo, ele podia cacarejar durante horas; não, não a respeito deste copo, o que estou dizendo é estúpido; mas a respeito da batalha de Waterloo, de tudo o que a senhora quiser, e no percurso ele soltava coisas sobre as quais a senhora jamais teria pensado. Aliás, Swann estava no mesmo regimento, deve tê-lo conhecido.

– O senhor está sempre com o sr. Swann? – perguntou a sra. Verdurin.

– Não – respondeu o sr. de Forcheville. E como, para se aproximar com mais facilidade de Odette, desejava ser agradável a Swann, quis, para adulá-lo, aproveitar aquela ocasião de falar de suas belas relações, mas falar como homem do mundo, num tom de crítica cordial e não parecendo felicitá-lo por um sucesso inesperado: – Não é, Swann? Nunca o vejo. Aliás, como fazer para vê-lo? Este animal está o tempo todo enfurnado com os La Trémoïlle, os Laumes, com essa gente!... – Imputação ainda mais falsa, aliás, porque há um ano Swann não ia a outro lugar que não aos Verdurin. Mas o simples nome de pessoas a quem não conheciam era acolhido entre eles por um silêncio reprovador. O sr. Verdurin, receando a lastimável impressão que tais nomes de "tediosos", sobretudo lançados assim sem tato diante de todos os fiéis, teriam produzido em sua mulher, lançou sobre ela, furtivamente, um olhar cheio de inquieta solicitude. Viu então que, em sua resolução de não tomar conhecimento, de não ter sido atingida pela informação que acabava de lhe ser revelada, de não apenas permanecer muda mas de ter ficado surda, como simulamos quando um amigo culpado tenta insinuar na conversa uma desculpa que daríamos a impressão de aceitar pelo simples fato de ouvi-la sem protestar, ou quando é diante de nós pronunciado o nome proibido de um ingrato, a sra. Verdurin, para que seu silêncio não aparentasse ser um consentimento, e sim o silêncio ignorante das coisas inanimadas, havia subitamente despojado seu rosto de qualquer vida, de qualquer mobilidade; sua testa arqueada não era mais do que um belo estudo de relevo no qual o nome daqueles La Trémoïlle, em cuja casa estava Swann sempre enfurnado, não conseguira penetrar; seu nariz levemente franzido deixava ver uma chanfradura que parecia copiada da própria vida. Parecia que sua boca entreaberta iria falar. Não era mais do que uma cera perdida, uma máscara de gesso, a maquete de um monumento, um busto para o Palácio da Indústria, diante do qual o público certamente pararia para admirar como o escultor, ao exprimir a imprescritível dignidade dos Verdurin em contraposição à dos La Trémoïlle e dos Laumes, estes representando assim todos os tediosos da terra, chegara a dar uma majestade quase palpável à brancura e à rigidez da pedra. Mas o mármore acabou por se animar e fez com que ouvissem que era preciso não ter estômago para ir à casa daquela gente, pois a mulher estava sempre bêbada e o marido era tão ignorante que dizia "colhedor" em vez de corredor.

– Nem que me pagassem muito caro eu não deixaria aquilo entrar em minha casa – concluiu a sra. Verdurin, olhando para Swann com um ar imperioso.

Sem dúvida, ela não esperava que ele se submetesse a ponto de imitar a santa simplicidade da tia do pianista que acabava de exclamar: "Acreditam nisso? O que me espanta é que eles ainda encontrem pessoas que consentem em lhes falar! Acho que eu teria medo: todo cuidado é pouco! Como é que existe ainda gente tão estúpida a ponto de correr atrás deles?". Mas que ele respondesse ao menos como Forcheville: "Céus, é uma duquesa; há gente a quem isso ainda impressiona!", o que teria ao menos permitido à sra. Verdurin replicar: "Que façam bom proveito!". Em vez disso, Swann contentou-se em rir com um ar que significava que não podia sequer levar a sério tamanha extravagância. O sr. Verdurin, continuando a lançar sobre sua mulher olhares furtivos, via com tristeza e compreendia bastante bem que ela experimentava a cólera de um grande inquisidor que não consegue extirpar a heresia, e para tratar de levar Swann a uma retratação, considerando que a coragem de suas opiniões parecia sempre calculada e covarde aos olhos daqueles a quem se dirigia, o sr. Verdurin interpelou-o:

– Mas diga francamente o que pensa, não vamos contar a eles.

Ao que Swann respondeu:

– Mas não é absolutamente por medo da duquesa (se é dos La Trémoïlle que está falando). Garanto-lhes que todo mundo adora ir à casa dela. Não lhes digo que seja "profunda" (ele pronunciou profunda como se fosse uma palavra ridícula, pois sua linguagem guardava os traços dos hábitos intelectuais que uma certa renovação, marcada pelo amor da música, fizera-lhe momentaneamente perder): expressava às vezes com ardor suas opiniões, mas, com toda a sinceridade, ela é inteligente, e seu marido, um verdadeiro letrado. São pessoas encantadoras.

Tanto que a sra. Verdurin, sentindo que por aquele único infiel seria impedida de realizar a unidade moral do pequeno núcleo, não conseguiu impedir-se, em sua raiva contra aquele obstinado que não via o quanto suas palavras a faziam sofrer, de gritar-lhe do fundo do seu coração:

– Pense assim se quiser, mas pelo menos não nos diga.

– Tudo depende do que chama de inteligência – disse Forcheville, que queria brilhar por sua vez. – Vejamos, Swann, o que entende por inteligência?

– Pronto! – exclamou Odette. – Aí estão os grandes assuntos sobre os quais peço que me fale, mas ele jamais quer.

– Claro que quero... – protestou Swann.

– Conversa! – disse Odette.

– Pra boi dormir? – perguntou o médico.

– Para o senhor – retomou Forcheville –, a inteligência é a verborragia da sociedade, as pessoas que sabem se insinuar?

– Termine o que está comendo para que possam tirar seu prato – disse a sra. Verdurin num tom amargo dirigindo-se a Saniette, que, absorto em suas reflexões, parara de comer. E, talvez um pouco envergonhada do tom que havia usado: – Não tem importância, coma com calma, mas se digo isso é pelos outros, porque assim não se podem servir.

– Há – disse Brichot martelando as sílabas – uma definição bem curiosa de inteligência naquele doce anarquista que é Fénelon[46]...

46. François Fénelon (1651-1715), teólogo cristão, poeta e escritor francês. (N.T.)

– Ouçam! – disse a Forcheville e ao médico a sra. Verdurin. – Ele vai nos dar a definição de inteligência por Fénelon, é interessante, nem sempre se tem a ocasião de aprender coisas assim.

Mas Brichot esperava que Swann desse a sua. Este não respondeu e, ao se furtar, arruinou o brilhante duelo que a sra. Verdurin adorava estar oferecendo a Forcheville.

– Naturalmente, é como ele faz comigo – disse Odette em tom amuado. – Não fico zangada ao ver que não sou a única que ele não considera à altura.

– Esses La Trémoïlle que a sra. Verdurin nos apresentou como tão pouco recomendáveis – perguntou Brichot articulando com energia – descendem daqueles que aquela boa esnobe da Madame de Sévigné[47] confessava estar feliz por conhecer porque aquilo era bom para os seus camponeses? É verdade que a marquesa tinha outro motivo e que, para ela, esse deveria ser o mais importante, pois, literata até a alma, dava mais importância à escrita do que a qualquer outra coisa. Ora, no diário que enviava regularmente a sua filha, era a sra. de La Trémoïlle, bem documentada por suas grandes alianças, quem fazia a política estrangeira.

– Mas não, não acredito que seja a mesma família – disse ao acaso a sra. Verdurin.

Saniette, que, desde que entregara precipitadamente ao mordomo seu prato ainda cheio, voltara a mergulhar num silêncio meditativo, emergiu enfim para contar, rindo, a história de um jantar em que estivera com o duque de La Trémoïlle na qual ficara claro que o duque não sabia ser George Sand[48] o pseudônimo de uma mulher. Swann, que simpatizava com Saniette, julgou que deveria dar-lhe,

47. Marie de Rabutin-Chantal, marquesa de Sévigné (1626-1696), escritora francesa famosa por sua extensa correspondência, mais conhecida como Madame de Sévigné. (N.T.)

48. Pseudônimo de Aurore Dupin, baronesa de Dudevant (1804-1876), escritora francesa. (N.T.)

a respeito da cultura do duque, detalhes demonstrando que tal ignorância por parte de La Trémoïlle era materialmente impossível, mas de repente parou, acabara de compreender que Saniette não tinha necessidade de tais provas e sabia que a história era falsa pela simples razão de que acabava de inventá-la. Aquele excelente homem sofria por ser considerado tão tedioso pelos Verdurin; e, tendo consciência de ter sido ainda mais sem graça naquele jantar do que de costume, não queria deixá-lo terminar sem que tivesse conseguido dizer algo divertido. Ele capitulou tão depressa, ficou com um ar tão infeliz ao ver falhar o efeito com o qual contara e respondeu num tom tão covarde a Swann para que este não se empenhasse numa contestação aliás inútil: "Tudo bem, tudo bem, em todo caso, mesmo que eu esteja enganado, não é crime, eu acho", que Swann teria gostado de poder dizer que a história era verdadeira e deliciosa. O médico, que os ouvira, teve a ideia de que seria o caso de se dizer: *si non è vero...*[49], mas não estava muito certo das palavras e teve medo de se atrapalhar.

Depois do jantar, Forcheville foi por iniciativa própria até o médico.

– Não deve ter sido feia, essa sra. Verdurin, e, depois, é uma mulher com quem se pode conversar; para mim é o que importa. Evidentemente está começando a dobrar o cabo da Boa Esperança. Mas a sra. de Crécy, eis uma mulherzinha que parece inteligente! Santa mãe de Deus, a gente vê na mesma hora que aquela ali tem olho vivo! Estamos falando da sra. de Crécy – disse ele ao sr. Verdurin, que se aproximava, cachimbo na boca. – Imagino que como corpo de mulher...

– Antes ele do que um raio pra cair na minha cama – disse precipitadamente Cottard, que há alguns instantes esperava em vão que Forcheville tomasse fôlego para encaixar

49. Se não é verdade... Em italiano no original. (N.T.)

aquela velha anedota cuja oportunidade temia que não fosse voltar caso a conversa mudasse de rumo, e que soltou com aquele excesso de espontaneidade e de segurança que tenta mascarar o suor frio e o nervosismo inseparáveis daquele que faz uma citação. Forcheville a conhecia, compreendeu-a e se divertiu. Quanto ao sr. Verdurin, não barganhou seu contentamento, pois havia pouco descobrira para registrá-lo um símbolo que não era empregado por sua mulher, mas que era igualmente simples e claro. Tão logo começava a fazer o movimento de cabeça e ombros de alguém que morre de rir, de imediato se punha a tossir, como se, rindo demais, houvesse engolido a fumaça de seu cachimbo. Ainda o segurando no canto da boca, prolongava indefinidamente o simulacro de sufocação e de hilaridade. Assim ele e a sra. Verdurin, que, à sua frente, ouvindo o pintor a lhe contar uma história, fechava os olhos antes de atirar o rosto entre as mãos, tinham o aspecto de duas máscaras de teatro que de modo diverso ilustravam a alegria.

O sr. Verdurin agiu aliás sabiamente ao não tirar o cachimbo da boca, pois Cottard, que precisava afastar-se por um momento, fez a meia-voz uma brincadeira que aprendera há pouco e que renovava sempre que devia ir ao mesmo lugar: "Preciso ir dar um pouco de atenção ao duque de Aumale", de modo que a tosse do sr. Verdurin recomeçou.

– Vamos, tire o cachimbo da boca, está vendo que vai sufocar prendendo o riso desse modo – disse-lhe a sra. Verdurin, que vinha oferecer licores.

– Que homem encantador é o seu marido, seu humor vale por quatro – declarou Forcheville à sra. Cottard. – Obrigado, senhora, um velho soldado como eu jamais recusa um copo.

– O sr. de Forcheville acha Odette encantadora – disse o sr. Verdurin à sua mulher.

– Mas justamente ela gostaria de almoçar consigo um dia. Vamos combinar isso, mas é preciso que Swann não saiba. O senhor compreende, ele é um desmancha-prazeres. Isso não o impedirá de vir jantar, naturalmente, esperamos tê-lo conosco com muita frequência. Com a bela estação que chega, iremos com frequência jantar ao ar livre. Não o aborrecem os jantares no bosque? Muito bem, será muito agradável. E você, não vai tratar de fazer seu trabalho? – exclamou ela ao pequeno pianista, a fim de dar uma demonstração, diante de um novato da importância de Forcheville, ao mesmo tempo de seu humor e de seu poder tirânico sobre os fiéis.

– O sr. de Forcheville estava falando mal de você – disse a sra. Cottard a seu marido, quando ele voltou ao salão.

E ele, perseguindo a ideia da nobreza de Forcheville que o mantinha ocupado desde o início do jantar, disse-lhe:

– Tenho atualmente sob meus cuidados uma baronesa, a baronesa de Putbus; os Putbus estiveram nas Cruzadas, não é mesmo? Eles têm, na Pomerânia, um lago que é dez vezes maior do que a praça da Concorde. Cuido dela por conta de uma artrite seca, é uma mulher encantadora. Ela aliás conhece a sra. Verdurin, acho eu.

O que permitiu a Forcheville, quando se viu, um momento depois, a sós com a sra. Cottard, completar o julgamento favorável que havia emitido sobre seu marido:

– E além do mais ele é interessante, vê-se que conhece muita gente. Nossa, os médicos sabem tanta coisa!

– Vou tocar a frase da sonata para o sr. Swann – disse o pianista.

– Ah! Céus! Não será a "frase do peito"? – perguntou o sr. de Forcheville para fazer graça.

Mas o dr. Cottard, que nunca havia escutado o trocadilho, não o compreendeu e imaginou ser um erro do sr. de Forcheville. Aproximou-se rapidamente para consertá-lo:

– Não, não é frase do peito que se diz, é frase de efeito – disse ele em tom zeloso, impaciente e triunfal.

Forcheville explicou-lhe o trocadilho. O médico enrubesceu.

– Confesse que é engraçado, doutor...

– Ah! conheço isso há tanto tempo – respondeu Cottard.

Mas eles se calaram. Sob a agitação dos *tremolos* de violino que a protegiam de sua conduta vacilante a duas oitavas dali – e como numa região montanhosa, por trás da imobilidade aparente e vertiginosa de uma cascata, percebe-se, duzentos pés abaixo, a forma minúscula de uma andarilha –, a pequena frase acabava de aparecer, longínqua, graciosa, protegida pelo longo desdobramento da cortina transparente, incessante e sonora. E Swann, em seu coração, dirigiu-se a ela como a uma confidente de seu amor, como a uma amiga de Odette que deveria com certeza lhe dizer para não dar atenção àquele Forcheville.

– Ah! Você está chegando tarde – disse a sra. Verdurin a um fiel que só havia sido convidado para depois do jantar. – Tivemos um Brichot incomparável, de uma eloquência! Mas ele já foi. Não é mesmo, sr. Swann? Acho que foi a primeira vez que o senhor se encontrou com ele – disse ela para fazê-lo perceber que lhe devia o fato de conhecê-lo. – Não é verdade que o nosso Brichot estava delicioso?

Swann inclinou-se polidamente.

– Não é? Ele não o interessou? – perguntou-lhe secamente a sra. Verdurin.

– Mas é claro que sim, minha senhora, fiquei encantado. Ele talvez seja um pouco peremptório e um pouco jovial para o meu gosto. Eu gostaria que tivesse às vezes um pouco de hesitação e de suavidade, mas sente-se que ele conhece muitas coisas e parece ser um excelente homem.

Todos se retiraram muito tarde. As primeiras palavras de Cottard à sua mulher foram:

– Poucas vezes vi a sra. Verdurin tão inspirada como esta noite.

– O que é exatamente essa sra. Verdurin, uma mulher leviana? – disse Forcheville ao pintor, a quem propusera voltarem juntos. Odette com pena o viu afastar-se, ela não ousou não voltar com Swann, mas foi de mau humor, e quando ele perguntou se deveria entrar em sua casa, respondeu "é claro", dando de ombros com impaciência. Quando saíram todos os convidados, a sra. Verdurin disse a seu marido:

– Você reparou como Swann riu amarelo quando falamos da sra. La Trémoïlle?

Ela reparara que Swann e Forcheville haviam várias vezes suprimido a partícula "de". Não duvidando de que tinha sido para mostrar que não se intimidavam com títulos, desejava imitar-lhes a altivez, mas não havia compreendido exatamente por meio de que forma gramatical ela se expressava. Além disso, com sua maneira viciosa de falar anulando sua intransigência republicana, ela dizia ainda os "de La Trémoïlle", ou melhor, por uma abreviação em uso nas palavras das canções de café-concerto e nas legendas dos caricaturistas, que dissimulava o "de", os "d'La Trémoïlle", mas corrigia-se dizendo "sra. La Trémoïlle".

– "A duquesa", como diz Swann – acrescentou ironicamente com um sorriso que provava que ela estava apenas citando e não endossava uma denominação tão ingênua e ridícula.

– Digo que o achei extremamente bobo.

E o sr. Verdurin respondeu:

– Ele não é franco, é um senhor cauteloso, sempre em cima do muro. Ele quer sempre acender uma vela a Deus e outra ao Diabo. Que diferença de Forcheville! Eis ao menos um homem que diz claramente o que pensa. Agrade ou não agrade. Não é como o outro que nunca é nem carne nem peixe. Aliás, Odette parece preferir lindamente o Forcheville, e eu lhe dou razão. E tem mais, ora, já que Swann quer bancar o homem do mundo pra cima de nós, o defensor das duquesas, pelo menos o outro tem o título, afinal, é o conde de Forcheville – acrescentou ele com ar delicado, como se, a par da história daquele condado, sopesasse cuidadosamente seu valor particular.

– Imagine – disse a sra. Verdurin – que ele resolveu lançar contra Brichot algumas insinuações venenosas e bastante ridículas. Naturalmente, como ele viu que Brichot era querido na casa, era uma maneira de nos atingir, de estragar nosso jantar. Se vê logo o grande amigo que vai sair falando mal da gente.

– Mas eu já disse – respondeu o sr. Verdurin. – Aquilo é um frustrado, um sujeitinho invejoso de tudo o que é um pouco grande.

Na verdade, não havia um só fiel que não fosse mais malévolo do que Swann; mas todos tinham a precaução de temperar suas maledicências com gracejos conhecidos, com uma pontinha de emoção e de cordialidade, enquanto a menor reserva que se permitia Swann, desprovida das fórmulas convencionais do tipo "Não que estejamos falando mal" às quais ele não aceitava se rebaixar, parecia uma perfídia. Há autores originais cuja menor ousadia causa revolta porque eles não adularam primeiro o gosto do público e não lhe serviram os lugares-comuns aos quais está acostumado; da mesma forma, Swann deixava indignado o sr. Verdurin. No caso de Swann, como no deles, era a novidade da linguagem o que levava a crer na perversidade de suas intenções.

Swann ainda ignorava a desgraça que o ameaçava em casa dos Verdurin e continuava a ver seus modos ridículos com boa vontade, através das lentes de seu amor.

Ele só encontrava Odette, pelo menos na maioria das vezes, à noite; mas durante o dia, por medo de fazê-la cansar-se dele indo à sua casa, preferia ao menos não deixar de ocupar seu pensamento e a todo momento procurava encontrar uma ocasião para se fazer presente, mas que fosse de uma maneira agradável para ela. Se, diante de um florista ou de um joalheiro, a visão de uma planta ou de uma joia o encantava, imediatamente pensava em enviá-los a Odette, imaginando o prazer que lhe haviam proporcionado, ao ser sentido por ela, fazendo aumentar a ternura que ela lhe dedicava, e mandava-os levar imediatamente à Rue La Pérouse, para não retardar o instante em que, quando ela dele recebesse algo, ele de algum modo se sentiria junto dela. Queria sobretudo que ela os recebesse antes de sair, para que a gratidão por ela sentida valesse a ele uma acolhida mais terna quando o visse em casa dos Verdurin, ou até, quem sabe?, se o fornecedor fosse bastante diligente, talvez uma carta que ela lhe enviaria antes do jantar, ou sua ida pessoalmente à casa dele, numa visita extra, para agradecer-lhe. Como outrora, quando percebia na natureza de Odette reações de despeito, procurava, por meio das de gratidão, tirar dela parcelas íntimas de sentimento que ela não lhe havia ainda revelado.

Com frequência, tinha ela problemas de dinheiro e, pressionada por uma dívida, rogava-lhe que a ajudasse. Ele ficava feliz, como sempre que podia dar a Odette uma boa ideia do amor que lhe dedicava, ou simplesmente de sua influência, da utilidade que poderia ter para ela. Sem dúvida, se lhe tivessem dito no início: "É a sua situação que a agrada", e agora: "É pela sua fortuna que ela o ama", ele não teria acreditado, e não teria aliás ficado muito zangado se a imaginassem ligada a ele – que os sentissem unidos um ao outro – por algo tão forte quanto o esnobismo ou o dinheiro. Mas, ainda que tivesse pensado ser verdade, talvez não sofresse ao descobrir no amor de Odette por ele aquele esteio mais durável do que os encantos ou as qualidades que nele pudesse encontrar: o interesse, o interesse que para sempre impediria a chegada do dia em que ela pudesse ficar tentada a deixar de vê-lo. No momento, cumulando-a de presentes, prestando-lhe favores, podia descansar, sobre vantagens externas à sua pessoa, à sua inteligência, do exaustivo cuidado de agradar-lhe por si mesmo. E aquela volúpia de estar apaixonado, de só viver de amor, da realidade da qual por vezes duvidava, o preço que, em suma, pagava, na qualidade de diletante de sensações imateriais, aumentava-lhe o valor – como se veem pessoas, na dúvida de que o espetáculo do mar e o barulho das ondas sejam deliciosos, convencerem-se disso, assim como da rara qualidade de seus prazeres desinteressados, quando alugam a cem francos por dia o quarto de hotel que lhes permite apreciá-los.

Um dia em que reflexões desse tipo levavam-no uma vez mais de volta à lembrança do tempo em que lhe haviam falado de Odette como de uma mulher manteúda e quando ainda se divertia em comparar tal personificação estranha, a mulher manteúda – indistinta amálgama de elementos desconhecidos e diabólicos, incrustada, como uma aparição de Gustave Moreau[50], de flores venenosas entrelaçadas a joias preciosas –, com aquela Odette em cujo rosto vira passar os mesmos sentimentos de piedade por um infeliz, de revolta contra uma injustiça, de gratidão por um favor, que vira outrora serem sentidos por sua própria mãe, por seus amigos, aquela Odette cuja conversa tantas vezes se referia às coisas que lhe eram mais familiares, suas coleções,

50. Pintor simbolista francês (1826-1898). (N.T.)

seu quarto, seu velho criado, um banqueiro com quem guardava seus títulos, aconteceu que essa última imagem, a do banqueiro, o fez pensar que deveria ir buscar dinheiro. Com efeito, se naquele mês ajudasse menos Odette em suas dificuldades materiais do que fizera no mês anterior, quando lhe dera cinco mil francos, e se não lhe oferecesse um colar de diamantes que ela desejava, não renovaria nela aquela admiração que ela sentia por sua generosidade, aquele reconhecimento que o deixava tão feliz, e estaria até mesmo se arriscando a fazê-la acreditar que seu amor por ela, cujas demonstrações ela veria tornarem-se menores, havia diminuído. Então, de repente, perguntou-se se aquilo não seria exatamente "mantê-la" (como se, com efeito, aquela noção de manter pudesse ser extraída de elementos não misteriosos ou perversos, mas pertencentes ao fundo cotidiano e privado de sua vida, tais como aquela nota de mil francos, doméstica e familiar, rasgada e remendada, que seu criado de quarto, depois de ter pago as contas do mês e o aluguel, deixara na gaveta da velha escrivaninha de onde Swann a apanhara para enviá-la, com quatro outras, a Odette) e se não se poderia aplicar a Odette, desde que ele a conhecia (pois ele nem por um instante suspeitou de que ela pudesse jamais ter recebido dinheiro de alguém antes dele), essa expressão que ele acreditara tão inconciliável com ela, de "mulher manteúda". Não conseguiu aprofundar essa ideia, pois um acesso de preguiça mental, que nele era congênita, intermitente e providencial, veio naquele momento apagar todas as luzes em sua inteligência, tão bruscamente quanto mais tarde, quando se instalou em toda parte a iluminação elétrica, teria sido possível cortar a eletricidade de uma casa. Seu pensamento tateou por um instante na escuridão, ele retirou os óculos, enxugou as lentes, passou a mão nos olhos e só reviu a luz quando se deparou com uma ideia completamente diferente, ou seja, que era preciso tratar de enviar no mês seguinte seis ou sete mil francos a Odette, em vez de cinco, por causa da surpresa e da alegria que aquilo nela provocaria.

À noite, quando não ficava em casa à espera da hora de encontrar Odette nos Verdurin ou num dos restaurantes de verão dos quais gostavam no Bois[51] e sobretudo em Saint-Cloud[52], ia jantar em algumas daquelas casas elegantes das quais fora outrora o convidado habitual. Não queria perder contato com pessoas que – sabe-se lá? – poderiam ser um dia úteis a Odette e graças às quais, por enquanto, ele muitas vezes conseguia ser-lhe agradável. Além disso, a convivência que por muito tempo tivera com a sociedade e o luxo, deles lhe trouxera, simultânea ao desprezo, a necessidade, de modo que, a partir do momento em que os recintos mais modestos lhe pareceram pertencer exatamente ao mesmo plano que as mais principescas moradas, seus sentidos estavam a tal ponto habituados às segundas que ele sentia um certo mal-estar ao se encontrar nos primeiros. Tinha a mesma consideração – num grau de identidade que eles não acreditariam – pelos pequeno-burgueses que dançavam no quinto andar de uma escadaria D, patamar à esquerda, do que pela princesa de Parma, que dava as mais belas festas de Paris; mas, permanecendo com os homens no quarto de dormir da dona da casa, não tinha a sensação de estar num baile, e a visão dos lavabos recobertos de toalhas, dos leitos transformados em vestiários, sobre cujas colchas se amontoavam sobretudos e chapéus, dava-lhe a mesma sensação de sufocação que pode hoje causar a pessoas habituadas a vinte anos de eletricidade o cheiro de um candeeiro que carboniza ou de uma lamparina que vaza.

No dia em que jantava na cidade, mandava atrelar o carro para as sete e meia; vestia-se pensando em Odette e

---

51. Bois de Boulogne: parque parisiense onde localizam-se até hoje restaurantes elegantes. (N. E.)

52. Parque de Saint-Cloud, a oeste de Paris. (N.T.)

assim não se sentia sozinho, pois a lembrança constante de Odette dava aos momentos em que estava longe dela o mesmo encanto especial daqueles nos quais ela estava presente. Subia na carruagem, mas sentia que aquela lembrança pulava para dentro ao mesmo tempo que ele e se instalava sobre seus joelhos como um animal amado que se leva a toda parte e que ele manteria consigo à mesa, a despeito dos convivas. Ele a acariciava, aquecia-se nela e, sentindo uma espécie de langor, deixava-se levar por um leve tremor que crispava seu pescoço e seu nariz, e aquilo era novo para ele, enquanto fixava em sua lapela o buquê de aquilégias. Sentindo-se indisposto e triste há algum tempo, sobretudo desde que Odette apresentara Forcheville aos Verdurin, Swann teria gostado de ir descansar um pouco no campo. Mas não teria tido a coragem de sair de Paris por um só dia enquanto Odette ali estivesse. O ar estava quente, eram os mais belos dias da primavera. E era inútil atravessar uma cidade de pedra para ir a alguma residência fechada, se o que havia sem cessar diante de seus olhos era um parque que possuía perto de Combray onde, desde as quatro horas, antes de chegar à plantação de aspargos, graças ao vento que vem dos campos de Méséglise, se podia aproveitar sob uma aleia arborizada tanto frescor quanto à beira do lago rodeado de miosótis e gladíolos e onde, quando ele jantava, entrelaçadas por seu jardineiro, circundavam a mesa as groselhas e as rosas.

Após o jantar, se o encontro no Bois ou em Saint-Cloud fosse cedo, ele partia tão depressa ao levantar da mesa – sobretudo se a chuva ameaçava cair e fazer com que voltassem para casa mais cedo os "fiéis" – que, uma vez, a princesa de Laumes (em cuja casa se havia jantado tarde e de onde Swann saíra antes de ser servido o café para encontrar os Verdurin na ilha do Bois) disse:

– Francamente, se Swann tivesse trinta anos a mais e

uma doença da bexiga, nós o desculparíamos por correr assim. Mas, desse jeito, ele está zombando de todo mundo.

Ele dizia a si mesmo que aquele encanto da primavera, que não podia ir aproveitar em Combray, encontraria pelo menos na ilha dos Cisnes ou em Saint-Cloud. Mas como ele só conseguia pensar em Odette, nem mesmo sabia se sentira o perfume das flores, se houvera luar. Era acolhido pela pequena frase da sonata tocada no jardim ao piano do restaurante. Se ali não havia um, os Verdurin se davam ao trabalho de mandar descer algum de um quarto ou de uma sala de jantar: não que Swann tivesse novamente caído em suas graças, pelo contrário. Mas a ideia de organizar um prazer engenhoso para alguém, mesmo para alguém de quem não gostassem, desenvolvia neles, durante os momentos necessários a tais preparativos, sentimentos efêmeros e ocasionais de simpatia e cordialidade. Às vezes, ele dizia a si mesmo que era mais uma nova noite de primavera que se ia, obrigava-se a dar atenção às árvores, ao céu. Mas a agitação em que o colocava a presença de Odette e também um leve mal-estar febril que não o abandonava há algum tempo privavam-no da calma e do bem-estar que são o fundo indispensável para as impressões que pode proporcionar a natureza.

Uma noite em que Swann aceitara jantar com os Verdurin, quando durante o jantar ele acabava de dizer que no dia seguinte teria um banquete com antigos companheiros, Odette respondera-lhe em plena mesa, diante de Forcheville, que era agora um dos fiéis, diante do pintor, diante de Cottard:

– É, eu sei que tem o seu banquete, só o verei então na minha casa, mas não chegue tarde demais.

Embora Swann nunca se tivesse considerado seriamente ameaçado pela amizade de Odette por esse ou aquele fiel, sentira uma profunda doçura ao ouvi-la admitir assim diante de todos, com aquele tranquilo despudor, seus encontros cotidianos de cada noite, a situação privilegiada que ele ocupava em sua casa e a preferência por ele que ali estava implícita. Não há dúvidas de que Swann pensara muitas vezes que Odette não era de modo algum uma mulher notável, e a supremacia por ele exercida sobre um ser que lhe era tão inferior nada tinha que lhe devesse parecer tão lisonjeiro ver proclamar na frente dos "fiéis", mas, desde que percebera que para muitos homens Odette parecia uma mulher brilhante e desejável, o encanto que para eles tinha seu corpo despertara nele uma dolorosa necessidade de ter um total domínio das mínimas partes de seu coração. E ele passara a atribuir um valor inestimável àqueles momentos passados em casa dela à noite, quando a sentava em seu colo, fazia com que dissesse o que pensava a respeito de uma coisa e outra, e quando recenseava os únicos bens a cuja posse ele agora se apegava na terra. Assim, após aquele jantar, chamando-a à parte, não deixou de lhe agradecer com efusão, buscando fazê-la compreender, conforme os graus de reconhecimento que lhe testemunhava, a escala de prazeres que ela lhe podia dar e cujo apogeu era protegê-lo, pelo tempo que duraria seu amor e o tornaria vulnerável, dos ataques do ciúme.

Quando, no dia seguinte, saiu do banquete, chovia torrencialmente, e ele só tinha à sua disposição a carruagem aberta; um amigo propôs levá-lo para casa em seu cupê e, como Odette, pelo fato de lhe ter pedido que fosse, dera-lhe a certeza de que não esperava outra pessoa, seria com o espírito tranquilo e o coração contente que, em vez de partir assim na chuva, ele iria para casa dormir. Mas talvez, caso ela visse que ele não parecia fazer questão de passar sempre com ela, sem qualquer exceção, o fim da noite, ela deixasse de reservá-lo para ele exatamente numa vez em que ele o teria especialmente desejado.

Chegou à casa dela depois das onze horas e, quando se desculpava por não ter podido chegar mais cedo, ela se queixou de que era com efeito muito tarde, a tempestade a deixara indisposta, ela estava com dor de cabeça e preveniu-o que não o receberia por mais do que meia hora, que à meia-noite o mandaria embora; e pouco depois sentiu-se cansada e desejou ir dormir.

– Então, sem catleias esta noite? – disse ele. – E eu que esperava uma boa catleiazinha.

E, com um ar um pouco amuado e nervoso, ela respondeu:

– Ah! Não, meu benzinho, nada de catleias esta noite, você está vendo que estou indisposta.

– Talvez pudesse fazê-la melhorar, mas, enfim, não vou insistir.

Ela lhe pediu que apagasse a luz antes de sair, ele mesmo fechou o cortinado da cama e partiu. Mas, quando voltou para sua casa, veio-lhe bruscamente a ideia de que talvez Odette esperasse alguém naquela noite, que apenas simulara o cansaço e que só lhe pedira para apagar as luzes para que ele acreditasse que ela iria dormir, que tão logo ele saíra ela as acendera e fizera entrar aquele que deveria passar a noite com ela. Olhou a hora. Havia cerca de hora e meia que a tinha deixado, voltou a sair, apanhou um fiacre e mandou-o parar bem perto da casa dela, numa ruazinha perpendicular àquela para a qual davam os fundos do imóvel e na qual ia às vezes bater à janela de seu quarto de dormir para que ela lhe abrisse a porta. Desceu da carruagem, tudo estava deserto e escuro naquele bairro, só precisou dar alguns passos e desembocou quase diante da casa dela. Por entre a escuridão de todas as janelas há muito apagadas na rua, viu uma única da qual transbordava – pelas persianas que lhe comprimiam a polpa misteriosa e dourada – a luz que enchia o quarto e que, tantas outras noites, do ponto mais distante do qual a entrevia ao chegar à rua, o alegrava e anunciava: "Lá está ela à espera" e que agora o torturava dizendo: "Lá está ela com aquele por quem esperava". Quis saber quem era, deslizou ao longo do muro até a janela, mas, pelas lâminas oblíquas das persianas, nada podia ver; ouvia apenas no silêncio da noite o murmúrio de uma conversa.

Sem dúvida, sofria ao ver aquela luz na atmosfera dourada na qual se movia por trás dos caixilhos o casal invisível e detestado, ao ouvir o murmúrio que revelava a presença daquele que chegara depois de sua partida, a falsidade de Odette, a felicidade que ela estava sentindo com ele. E ainda assim estava contente por ter vindo: o tormento que o forçara a sair de casa perdera sua acuidade ao perder sua indefinição, agora que a outra vida de Odette, da qual tivera, naquele momento, a brusca e impotente suspeita, ali estava, iluminada por inteiro pela lâmpada, prisioneira sem o saber naquele quarto no qual, quando quisesse, entraria para surpreendê-la e capturá-la; ou talvez fosse bater nas persianas como fazia com frequência quando chegava muito tarde; assim pelo menos Odette saberia que ele soubera, que vira a luz e ouvira a conversa, e ele, que há pouco a imaginara rindo com o outro de suas ilusões, agora os via, confiantes em seu erro, enganados em suma por ele que acreditavam bem longe daqui, por ele que já sabia que iria bater às persianas. E talvez aquilo que naquele momento ele sentia de quase agradável fosse algo mais do que o apaziguamento de uma dúvida e de uma dor: um prazer da inteligência. Se, desde que estava apaixonado, as coisas haviam recuperado um pouco do delicioso interesse que nelas encontrava outrora, mas apenas nos pontos em que eram iluminadas pela lembrança de Odette, agora era uma outra faculdade de sua estudiosa juventude que seu ciúme reanimava, a paixão pela verdade, mas por uma verdade, ela também, interposta entre ele e sua amante, só dela recebendo sua luz, verdade inteiramente individual que tinha como objeto único, de valor infinito e quase de uma beleza desinteressada, as ações de Odette, suas relações, seus projetos, seu passado. Em qualquer outra época de sua vida, os pequenos fatos e gestos cotidianos de uma pessoa sempre haviam parecido a Swann sem valor: se os comentavam, ele os achava insignificantes, e, enquanto ouvia, não era senão sua mais vulgar atenção que por aquilo se interessava; era para ele um dos momentos em que se sentia mais medíocre. Mas nesse estranho período do amor, o individual assume algo de tão profundo que aquela curiosidade que sentia nele despertarem as mínimas ocupações de uma mulher era a mesma que tivera outrora pela história. E tudo aquilo de que se teria envergonhado até então, espionar diante de uma janela, quem sabe amanhã, talvez, fazer habilmente falar os indiferentes, subornar os empregados, ouvir atrás das portas, não lhe parecia mais, tanto quanto o decifrar dos textos, a comparação dos testemunhos e a interpretação dos monumentos, nada além do que métodos de investigação científica de verdadeiro valor intelectual e apropriados à busca da verdade.

Prestes a bater às persianas, teve um momento de vergonha ao pensar que Odette saberia que ele tivera suspeitas, que voltara, que se postara na rua. Ela lhe falara muitas vezes do horror que tinha aos ciumentos, aos amantes que espionam. O que ele iria fazer era bem desatinado, e ela iria detestá-lo dali por diante, enquanto naquele momento ainda, enquanto não havia batido, talvez, mesmo o enganando, ela o amasse. Quantas felicidades possíveis cuja realização assim se sacrifica à impaciência de um prazer imediato! Mas o desejo de conhecer a verdade era mais forte e lhe pareceu mais nobre. Sabia que a realidade das circunstâncias, pelas quais teria dado a vida para reconstituir exatamente, era legível por trás daquela janela estriada de luz, como sob a capa iluminada a ouro de um daqueles manuscritos preciosos à cuja própria riqueza artística o sábio que os consulta não pode ficar indiferente. Experimentava uma volúpia de conhecer a verdade que o apaixonava naquele exemplar único, efêmero e precioso, de uma matéria translúcida, tão quente e tão bela. E, além disso, a vantagem que sentia ter – que tanto precisava sentir ter – sobre eles era talvez menos a de saber do que a de poder mostrar-lhes que sabia. Ergueu-se na ponta dos pés. Bateu. Não o ouviram, bateu de novo com mais força, a conversa interrompeu-se. Uma voz de homem, que ele tentou descobrir a qual dos amigos de Odette que ele conhecia poderia pertencer, perguntou:

– Quem está aí?

Não tinha certeza de poder reconhecê-la. Bateu mais uma vez. Abriram a janela, depois as persianas. Agora não havia mais como recuar e, como ela iria saber de tudo, para não parecer demasiado infeliz, demasiado ciumento e curioso, ele se contentou em gritar num tom negligente e alegre:

– Não se incomode, eu passava por aqui, vi luz, quis saber se não estava mais indisposta.

Olhou. Diante dele, dois velhos senhores estavam à janela, um segurando uma lâmpada, e então ele viu o quarto, um quarto desconhecido. Tendo o hábito, quando vinha à casa de Odette muito tarde, de reconhecer sua janela pelo fato de ser a única iluminada entre as janelas todas iguais, ele se enganara e batera à janela seguinte, que pertencia à casa vizinha. Afastou-se pedindo desculpas e voltou para casa, feliz por ter a satisfação de sua curiosidade deixado seu amor intacto e, depois de ter simulado por tanto tempo em relação a Odette uma espécie de indiferença, por não lhe ter dado, com seu ciúme, aquela prova de que a amava demais que, entre dois amantes, dispensa, para todo o sempre, aquele que a recebe de amar o suficiente.

Não lhe falou daquela desventura, nem ele mesmo se lembrava mais. Mas por momentos um movimento de seu pensamento levava-o de encontro à lembrança à qual não dera atenção, nela esbarrava, aprofundava-a, e Swann sentia uma dor brusca e profunda. Como se fosse uma dor física, os pensamentos de Swann não podiam atenuá-la, mas ao menos sobre a dor física, por ser independente do pensamento, pode o pensamento deter-se, constatar que diminuiu, que cessou momentaneamente. Mas aquela dor o pensamento, apenas por pensar nela, recriava. Querer não pensar era pensar de novo, sofrer de novo. E quando, conversando com amigos, esquecia seu mal, de repente uma palavra que lhe era dita fazia com que mudasse de rosto, como um ferido cujo membro dolorido um desajeitado acaba de tocar sem prestar atenção. Quando deixava Odette, estava feliz, sentia-se calmo, lembrava-se dos sorrisos que ela dera, irônicos ao falar de um ou outro e ternos para ele, o peso de sua cabeça que ela destacara de seu eixo para inclinar, deixá-la cair, quase sem querer, sobre seus lábios, como fizera na primeira vez na carruagem, os olhares lânguidos que lhe lançara quando estava em seus braços, comprimindo friorentamente contra o ombro a cabeça inclinada.

Mas de imediato seu ciúme, como se fosse a sombra de seu amor, complementava-se com a cópia daquele novo sorriso que ela lhe dirigira naquela noite – e que, ao inverso agora, zombava de Swann e se enchia de amor por outro – com aquela inclinação de sua cabeça, mas dirigida para outros lábios e, dadas a outro, todas as marcas de ternura que lhe dera. E todas as recordações voluptuosas que trazia de sua casa eram como tantos esboços, tantos "projetos" semelhantes àqueles que nos submete um decorador, e permitiam a Swann fazer uma ideia das atitudes ardentes ou lânguidas que ela poderia ter com outros. A tal ponto que chegava a lamentar cada prazer que sentia ao lado dela, cada carícia inventada cuja doçura ele tivera a imprudência de ressaltar, cada graça que lhe descobria, porque sabia que, um instante depois, iriam enriquecer com novos instrumentos o seu suplício.

Suplício esse que era tornado ainda mais cruel quando voltava a Swann a lembrança de um rápido olhar que surpreendera, há alguns dias e pela primeira vez, nos olhos de Odette. Fora após o jantar, em casa dos Verdurin. Fosse porque Forcheville, sentindo que Saniette, seu cunhado, não gozava da simpatia dos donos da casa, tivesse querido pô-lo na berlinda e brilhar diante deles às suas custas, fosse porque tivesse ficado irritado com uma frase desastrada que ele acabava de lhe dizer e que, aliás, passara despercebida para os ouvintes que não sabiam que alusão desagradável poderia encerrar, embora não fosse essa a intenção de quem a pronunciara sem malícia alguma, fosse enfim porque buscasse há algum tempo uma ocasião para fazer sair da casa alguém que o conhecia bem demais e a quem sabia ser por demais delicado para não se sentir, em alguns momentos, embaraçado pela sua simples presença, Forcheville respondera à frase desastrada de Saniette com tal grosseria, pondo-se a insultá-lo, exaltando-se, à medida que vociferava, com o pavor, a dor, as súplicas do outro, que o infeliz, após ter perguntado à sra. Verdurin se deveria ficar e não tendo obtido resposta, retirara-se balbuciando, com lágrimas nos olhos. Odette assistira impassível àquela cena, mas, quando a porta se fechou sobre Saniette, fazendo de algum modo baixar em vários graus a expressão habitual de seu rosto, para poder se colocar, na baixeza, em pé de igualdade com Forcheville, pusera em suas pupilas o brilho de um sorriso sorrateiro de felicitações pela audácia que ele tivera, de ironia para com quem dela fora vítima; ela lhe lançara um olhar de cumplicidade malévola que tão bem queria dizer "Eis uma execução, ou muito me engano. Você viu seu ar sem graça? Chegou a chorar", que Forcheville, quando seus olhos encontraram aquele olhar, subitamente liberto da cólera ou da simulação de cólera com a qual ainda estava exaltado, sorriu e respondeu:

– Ele só precisava ter sido amável e ainda estaria aqui, um bom castigo pode ser útil em qualquer idade.

Um dia em que Swann havia saído no meio da tarde para fazer uma visita, não encontrando a pessoa que procurava, teve a ideia de ir à casa de Odette naquela hora em que jamais ia, mas na qual sabia estar ela sempre em casa fazendo a sesta ou escrevendo cartas antes da hora do chá, e quando teria o prazer de vê-la um pouco sem atrapalhar. O porteiro disse-lhe que acreditava que ela estava em casa; ele tocou, achou ter ouvido barulho, ter ouvido passos, mas a porta não foi aberta. Ansioso, irritado, foi até a ruazinha para onde dava o outro lado do prédio, colocou-se diante da janela do quarto de Odette; as cortinas o impediam de ver, bateu com força à vidraça, chamou; ninguém abriu. Viu que os vizinhos o olhavam. Foi embora, pensando que afinal talvez se tivesse enganado ao achar que ouvira passos, mas ficou tão preocupado que não conseguia pensar em outra coisa. Uma hora depois, voltou. Encontrou-a; ela lhe disse que estava em casa quando ele tocara, mas dormia; a campainha a acordara, ela adivinhara que era Swann, correra atrás dele, mas ele já tinha ido embora. Ela bem que ouvira baterem às vidraças. Swann reconheceu de imediato naquela frase um daqueles fragmentos de um episódio verdadeiro que os mentirosos desprevenidos se consolam fazendo entrar na composição do episódio falso que inventam, acreditando representar seu papel e roubar à verdade sua semelhança. Sem dúvida, quando Odette acabava de fazer algo que não queria revelar, ocultava-o bem no fundo de si mesma. Mas, quando se via diante daquele a quem queria mentir, era tomada por uma perturbação, todas as suas ideias desmoronavam, suas faculdades de invenção e de raciocínio ficavam paralisadas, nada encontrava em sua cabeça além do vazio, entretanto era preciso dizer alguma coisa e ela via a seu alcance exatamente aquilo que gostaria de dissimular e que, sendo verdadeiro, fora o único a ali ficar. Tirava-lhe um pequeno pedaço, sem importância em si mesmo, dizendo-se que afinal seria melhor assim uma vez que sendo um detalhe verificável, não oferecia os mesmos perigos que um detalhe falso. "Isso pelo menos é verdade", dizia a si mesma, "é sempre garantido, ele pode se informar, reconhecerá que é verdade, não será isso que irá me trair." Enganava-se, era aquilo o que a traía, ela não se dava conta de que aquele detalhe verdadeiro tinha ângulos que somente se podiam encaixar nos detalhes contíguos do fato verdadeiro do qual o havia arbitrariamente destacado e que, quaisquer que fossem os detalhes inventados entre os quais ela o colocasse, revelariam sempre pela matéria excedente e pelos vazios não preenchidos que não havia sido retirado daquele local. "Ela confessa que me ouviu tocar, depois bater, e que imaginou que era eu, que teve vontade de me ver", dizia-se Swann. "Mas isso não se encaixa no fato de que ela não mandou abrir."

Mas não lhe falou dessa contradição, pois pensava que, entregue a si mesma, Odette talvez produzisse alguma mentira que seria um frágil indício da verdade; ela falava, ele não a interrompia, recolhia com piedade ávida e dolorosa as palavras que ela lhe dizia e que percebia (com razão, porque ela a ocultava por trás delas ao lhe falar) guardarem vagamente, como o véu sagrado, a marca, esboçarem o incerto molde daquela realidade infinitamente preciosa e, infelizmente, inatingível – o que fazia ela pouco antes, às três horas, quando ele chegara –, da qual ele possuiria apenas para todo o sempre aquelas mentiras, ilegíveis e divinos vestígios, e que não mais existia senão na memória cúmplice daquele ser que a contemplava sem saber apreciá-la, mas que a ele não entregaria. Sem dúvida, suspeitava em alguns momentos que os atos cotidianos de Odette não eram apaixonadamente interessantes e que as relações que ela pudesse ter com outros homens não exalavam naturalmente, de modo universal e para todos os seres pensantes, uma tristeza mórbida, capaz de trazer a febre do suicídio. Dava-se então conta de que aquele interesse, aquela tristeza, só existiam nele como uma doença e que, quando essa estivesse curada, os atos de Odette, os beijos que ela poderia ter dado voltariam a ser inofensivos como os de tantas outras mulheres. Mas o fato de que a curiosidade dolorosa que Swann a isso agora dedicava fosse causada apenas por ele mesmo não bastava para lhe fazer achar irracional considerar tal curiosidade como importante e tudo fazer para satisfazê-la. É que Swann havia chegado a uma idade na qual a filosofia – favorecida por aquela da época e também pela do ambiente em que ele tanto vivera, pelo séquito da princesa de Laumes, no qual se convencionava ser alguém inteligente na medida em que se duvidava de tudo, e só era considerado real e incontestável o gosto de cada um – não mais era a da juventude, mas uma filosofia positiva, quase médica, de homens que, em lugar de exteriorizar os objetos de suas aspirações, tentam resgatar de seus anos já decorridos um resíduo fixo de hábitos e paixões que possam considerar em si mesmos como característicos e permanentes e pelos quais, deliberadamente, velarão antes de tudo para que o gênero de existência que adotam possa satisfazer. Swann achava justo aceitar em sua vida a parte de sofrimento que sentia ao ignorar o que fizera Odette tanto quanto ter a parte de agravamento que um clima úmido provocava em seu eczema; prever em seu orçamento uma soma importante a fim de obter sobre o emprego dos dias de Odette informações sem as quais ficaria infeliz, tanto quanto reservava para outras paixões, pelo menos antes de estar enamorado, como as coleções e a boa cozinha.

Quando quis despedir-se de Odette e voltar para casa, ela pediu-lhe que não se fosse ainda e chegou a retê-lo com vivacidade, segurando-lhe o braço, no momento em que ele ia abrir a porta para sair. Mas ele não percebeu, pois na multiplicidade de gestos, frases, pequenos incidentes que preenchem uma conversa, é inevitável que passemos, sem nada notar que nos desperte a atenção, por aqueles que ocultam uma verdade que nossas dúvidas buscam ao acaso, e que nos detenhamos, ao contrário, naqueles sob os quais nada existe. Ela repetia todo o tempo: "Que pena, você nunca vem à tarde e, quando uma vez isso aconteceu, não pude vê-lo". Ele bem sabia que ela não estava apaixonada por ele o bastante para lamentar tão intensamente ter perdido sua visita, mas, como ela era boa, desejava agradá-lo e muitas vezes se entristecia por tê-lo contrariado, ele achou muito natural que assim se sentisse daquela vez por tê-lo privado do prazer de passarem uma hora juntos, que era muito grande, não para ela, mas para ele. Era entretanto algo tão pouco importante que o ar doloroso que ela continuava a manter acabou por surpreendê-lo. Ela assim lhe recordava ainda mais do que de hábito as figuras das mulheres do pintor da *Primavera*. Tinha naquele momento um rosto como o delas, abatido e desolado, que parece sucumbir sob o peso de uma dor que lhes é pesada demais, quando simplesmente deixam o menino Jesus brincar com uma romã ou observam Moisés despejar água numa gamela. Já lhe vira uma vez em tal tristeza, mas não mais sabia quando. E, de súbito, lembrou-se: fora quando Odette mentira ao falar com a sra. Verdurin, no dia seguinte ao jantar em que não comparecera sob o pretexto de estar doente e na realidade para ficar com Swann. Ora, fosse ela a mais escrupulosa das mulheres e ainda não poderia sentir remorsos por uma mentira tão inocente. Mas os que habitualmente acometiam Odette eram menores e serviam para impedir descobertas que lhe teriam podido criar, com uns ou com outros, terríveis dificuldades. Assim, quando mentia, tomada de medo, sentindo-se pouco armada para se defender, incerta do sucesso, ela tinha vontade de chorar, por cansaço, como algumas crianças que não dormiram. E depois sabia que sua mentira lesava em geral seriamente o homem a quem se destinava e à mercê do qual talvez caísse caso mentisse mal. Sentia-se então ao mesmo tempo humilde e culpada diante dele. E, quando precisava dizer uma mentira insignificante e mundana, por associação de sensações e lembranças, experimentava o mal-estar de uma estafa e o remorso de uma devassidão.

Que deprimente mentira estaria dizendo a Swann para que tivesse aquele olhar doloroso e aquela voz lacrimosa que pareciam curvar-se sob o esforço que ela se impunha e pedir perdão? Veio-lhe a ideia de que não era apenas a verdade quanto ao incidente da tarde que ela se esforçava por esconder, mas algo mais atual, talvez não ainda acontecido e a tudo relacionado, e que poderia esclarecê-lo quanto àquela verdade. Naquele momento, ouviu um toque de campainha. Odette não parou mais de falar, mas suas palavras eram apenas um gemido: seu pesar por não ter visto Swann à tarde, por não lhe ter aberto a porta, tornara-se um verdadeiro desespero.

Ouviu-se a porta de entrada ser fechada e o ruído de uma carruagem, como se partisse uma pessoa – provavelmente aquela que Swann não deveria encontrar – a quem fora dito que Odette havia saído. Então, imaginando que pelo simples fato de chegar numa hora na qual não tinha o hábito havia perturbado tantas coisas que ela não gostaria que ele soubesse, experimentou um sentimento de desencorajamento, quase de angústia. Mas, como amava Odette, como tinha o hábito de voltar para ela todos os seus pensamentos, a piedade que teria podido inspirar a si mesmo foi por ela que sentiu, e murmurou: "Coitadinha!". Quando a deixou, ela apanhou várias cartas que tinha sobre a mesa e perguntou-lhe se poderia colocá-las no correio. Ele as levou e, uma vez em casa, percebeu que havia guardado as cartas consigo. Voltou até o correio, tirou-as do bolso e, antes de jogá-las na caixa, olhou os endereços. Eram todas para fornecedores, exceto uma para Forcheville. Segurava-a na mão. Dizia a si mesmo: "Se eu visse o que há aí dentro, saberia como ela o chama, como fala com ele, se há algo entre os dois. Talvez mesmo não a lendo eu cometa uma indelicadeza para com Odette, pois esta é a única maneira de me livrar de uma suspeita talvez caluniosa para ela, destinada de qualquer modo a fazê-la sofrer e que nada mais poderia destruir depois que a carta partisse". Voltou para casa ao sair do correio, mas guardara consigo aquela última carta. Acendeu uma vela e aproximou desta o envelope que não ousara abrir. De início nada conseguiu ler, mas o envelope era fino, e fazendo-o aderir ao cartão duro que nele estava incluso, foi capaz de, através de sua transparência, ler as últimas palavras. Era uma fórmula final muito fria. Se, em vez de ter sido ele a olhar a carta endereçada a Forcheville, fosse Forcheville quem tivesse lido uma carta endereçada a Swann, ele teria podido, pelo contrário, ver palavras ternas! Manteve imóvel o cartão que dançava no envelope maior do que ele e então, fazendo-o deslizar com o polegar, levou sucessivamente as diversas linhas para a parte do envelope que não era forrada, a única através da qual se podia ler.

Apesar disso, não via bem. Aliás, não tinha importância, pois vira o bastante para se dar conta de que se tratava de um pequeno acontecimento sem valor e que em nada se aproximava de relações amorosas; era algo que dizia respeito a um tio de Odette; Swann lera perfeitamente no início da linha: "Eu estava certa", mas não compreendia em que Odette estivera certa quando, de repente, uma palavra que antes não conseguira decifrar surgiu e esclareceu o sentido da frase inteira: "Eu estava certa ao abrir, era meu tio". Ao abrir! Então Forcheville estava lá quando Swann tocara, e ela o fizera sair, daí o barulho que ouvira.

Leu então toda a carta; no final ela se desculpava por ter agido com ele daquela forma sem cerimônia e dizia ter ele esquecido os cigarros em sua casa, a mesma frase que escrevera a Swann numa das primeiras vezes em que ele lá fora. Mas para Swann ela acrescentara: "Tivesse deixado também o seu coração, eu não o teria deixado recuperá-lo". Para Forcheville, nada parecido: nenhuma alusão que pudesse fazer supor um envolvimento entre ambos. Para dizer a verdade, aliás, Forcheville era em tudo aquilo mais enganado do que ele, pois Odette lhe escrevia para fazê-lo acreditar que o visitante era seu tio. Em suma, era ele, Swann, o homem a quem ela dava importância e por quem mandara o outro embora. E, no entanto, se nada havia entre Odette e Forcheville, por que não abriu imediatamente, por que disse: "Fiz bem em abrir, era meu tio"? Se ela nada fazia de errado naquele momento, como o próprio Forcheville poderia explicar-se a razão pela qual ela não pudera abrir? Swann ali ficava, desolado, confuso e contudo feliz, diante daquele envelope que Odette lhe entregara sem receio, tanto era absoluta a confiança que tinha em sua delicadeza, mas através de cujo invólucro transparente se lhe revelava, com o segredo de um incidente que ele jamais teria acreditado ser possível conhecer, um pouco da vida de Odette, como numa fina incisão luminosa aberta no desconhecido. Então seu ciúme se regozijava, como se aquele ciúme tivesse uma vitalidade independente, egoísta, voraz de tudo o que a nutrisse, mesmo que fosse às expensas dele próprio. Agora tinha um alimento, e Swann poderia começar a se inquietar a cada dia com as visitas que Odette recebera por volta das cinco horas, a tentar descobrir onde se encontrava Forcheville naquela hora. Pois a ternura de Swann continuava a manter a mesma característica que lhe haviam ao mesmo tempo imprimido desde o início a ignorância na qual estava quanto ao emprego dos dias de Odette e a preguiça cerebral que o impedia de substituir a ignorância pela imaginação. Não sentiu a princípio ciúmes de toda a vida de Odette, mas daqueles únicos momentos nos quais uma circunstância, talvez mal-interpretada, o levara a supor que Odette poderia enganá-lo. Seu ciúme, como um polvo que lança primeiro um, depois um segundo, depois um terceiro tentáculo, agarrou-se solidamente àquele momento das cinco horas da tarde, depois a outro, depois ainda a um outro. Mas Swann não sabia inventar seus sofrimentos. Eles não passavam da lembrança, da perpetuação de um sofrimento vindo de fora.

Mas tudo ali o fazia sofrer. Quis afastar Odette de Forcheville, levá-la por alguns dias para o sul. Mas acreditava que ela era desejada por todos os homens que estavam no hotel e que ela mesma os desejava. Então ele, que outrora em viagem buscava pessoas novas, reuniões apinhadas, era visto sendo selvagem, fugindo da sociedade dos homens como se esta o tivesse ferido cruelmente. E como não teria ele sido misantropo, quando em todo homem via um amante possível para Odette? E assim seu ciúme, ainda mais do que fizera o desejo voluptuoso e risonho que tivera a princípio por Odette, alterava o temperamento de Swann e mudava por completo, aos olhos dos outros, os próprios sinais exteriores por meio dos quais tal temperamento se manifestava.

Um mês depois do dia em que lera a carta endereçada por Odette a Forcheville, Swann foi a um jantar que os Verdurin ofereciam no Bois. No momento em que se preparava para sair, percebeu conciliábulos entre a sra. Verdurin e diversos convidados e imaginou compreender que lembravam ao pianista para ir no dia seguinte a uma festa em Chatou; ora, ele, Swann, não havia sido convidado.

Os Verdurin só a haviam mencionado a meia-voz e em termos vagos, mas o pintor, sem dúvida distraído, exclamou:

– Não será preciso luz alguma; que ele toque a *Sonata ao luar* no escuro para que vejamos as coisas mais claras.

A sra. Verdurin, vendo que Swann estava a dois passos, assumiu aquela expressão em que o desejo de calar aquele que fala e manter um ar inocente aos olhos daquele que ouve neutraliza-se numa intensa nulidade do olhar, no qual o imóvel sinal de inteligência do cúmplice se dissimula sob os sorrisos do ingênuo e que, enfim, comum a todos os que se dão conta de uma gafe, revela-a instantaneamente senão aos que a cometem ao menos àquele que dela é objeto. Odette assumiu de súbito o ar de uma desesperada que renuncia a lutar contra as dificuldades esmagadoras da vida, e Swann contava ansiosamente os minutos que o separavam do momento em que, depois de ter saído daquele restaurante, durante a volta com ela, poderia pedir-lhe explicações, saber que ela não iria no dia seguinte a Chatou ou que conseguira que ele fosse convidado, e acalmar nos braços dela a angústia que sentia. Finalmente, foram pedidas as carruagens. A sra. Verdurin disse a Swann:

– Então, adeus, até breve, não é mesmo? – tentando, com a amabilidade do olhar e o constrangimento do sorriso, impedi-lo de perceber que ela não lhe dizia, como sempre fizera até então: "Até amanhã em Chatou e depois de amanhã em minha casa", o sr. e a sra. Verdurin fizeram subir com eles Forcheville, estando a carruagem de Swann parada atrás da deles, cuja partida ele esperava para fazer subir Odette na sua.

– Odette, vamos levá-la – disse a sra. Verdurin –, temos um lugarzinho para você ao lado do sr. de Forcheville.

– Pois não, minha senhora – respondeu Odette.

– Como? Mas eu pensei que a levaria para casa – exclamou Swann, dizendo sem dissimulação as palavras necessárias, pois a porta estava aberta, os segundos eram contados e ele não podia voltar sem ela no estado em que estava.

– Mas a sra. Verdurin me pediu...

– Ora, vamos, o senhor pode muito bem voltar sozinho, nós a deixamos para o senhor muitíssimas vezes – disse a sra. Verdurin.

– Mas eu tinha algo importante a lhe dizer.

– Pois escreva...

– Adeus – disse Odette estendendo-lhe a mão.

Ele tentou sorrir, mas tinha um ar aterrado.

– Viu os modos que Swann se permite ter agora conosco? – disse a sra. Verdurin a seu marido quando chegaram em casa. – Achei que ele iria me comer, porque nós levamos Odette. É de uma inconveniência, realmente! Então, que ele diga logo que mantemos uma casa de encontros! Não entendo como Odette suporta tais maneiras. Ele tem absolutamente o ar de dizer: você me pertence. Direi o que penso a Odette, espero que ela compreenda.

E ainda acrescentou um instante depois, com raiva:

– Ah! Mas essa não, que animal imundo! – empregando, sem se dar conta e talvez obedecendo à mesma obscura necessidade de se justificar, como Françoise em Combray quando o frango não queria morrer, as palavras que provocam os últimos sobressaltos de um animal inofensivo que agoniza ao camponês que o está aniquilando.

E quando a carruagem da sra. Verdurin partiu e a de Swann se adiantou, seu cocheiro, ao vê-lo, perguntou se estava doente ou se lhe acontecera alguma desgraça.

Swann mandou-o embora, queria andar, e foi a pé, pelo Bois, que voltou para casa. Falava sozinho, em voz alta, e no mesmo tom um pouco falso que assumira até então quando enumerava os encantos do pequeno núcleo e exaltava a magnanimidade dos Verdurin. Mas, assim como as frases, os sorrisos, os beijos de Odette se tornavam para ele tão odiosos quanto os achara doces, caso fossem endereçados a outro que não ele, assim também o salão dos Verdurin, que ainda há pouco lhe parecia divertido, onde se respirava um gosto verdadeiro pela arte e até mesmo uma espécie de nobreza moral, agora que era outro que Odette lá iria encontrar, lá amar livremente, exibia para ele seus ridículos, sua imbecilidade, sua ignomínia.

Imaginava com aversão a noite do dia seguinte em Chatou. "Primeiro, essa ideia de ir a Chatou! Como comerciantes que acabam de fechar sua loja! Realmente, essa gente é o cúmulo da burguesia, eles não devem existir realmente, devem ter saído do teatro de Labiche[53]!"

Lá estariam os Cottard, talvez Brichot. "É grotesca demais essa vida de gentinhas que vivem umas sobre as outras, que se acreditariam perdidas, palavra de honra, se não se encontrassem todas amanhã em Chatou." Infelizmente, lá estaria também o pintor, o pintor que adorava "fazer casamentos", que convidaria Forcheville para ir com Odette a seu ateliê. Ele via Odette com uma roupa chique demais para aquela festa no campo, "pois ela é tão vulgar e, sobretudo, coitadinha, é tão burra!!!".

Ouvia os gracejos que faria a sra. Verdurin depois do jantar, gracejos que, fosse qual fosse o tedioso que tivessem como alvo, sempre o haviam divertido, porque via Odette rindo, rindo com ele, quase nele. Agora sentia que seria talvez dele que fariam rir Odette. "Que alegria fétida!",

53. Eugène Labiche (1815-1888), dramaturgo francês, famoso por suas comédias de costumes nas quais ironizava hábitos e personagens da pequena burguesia. (N.T.)

dizia, dando à sua boca uma expressão de nojo tão forte que ele próprio tinha a sensação muscular de sua careta até mesmo no pescoço crispado de encontro ao colarinho de sua camisa. "E como uma criatura cujo rosto é feito à imagem de Deus poderia encontrar material de riso naqueles gracejos repugnantes? Qualquer narina um pouco mais delicada se afastaria com horror para não se deixar ofender por tal fedentina. É realmente inacreditável pensar que um ser humano pode não compreender que, ao se permitir um sorriso em relação a um semelhante que lhe estendeu lealmente a mão, se degrada até uma sarjeta da qual nunca mais poderá erguê-lo a maior boa vontade do mundo. Vivo a milhares de metros de altitude acima da escória na qual se agitam e bradam tais imundas maledicências, para que possa ser respingado por gracejos de uma Verdurin", exclamou levantando a cabeça, empertigando orgulhosamente o corpo. "Deus é testemunha de que eu quis sinceramente tirar Odette dali e elevá-la a uma atmosfera mais nobre e mais pura. Mas a paciência humana tem limites, e a minha está por um fio", disse a si mesmo, como se aquela missão de arrancar Odette de uma atmosfera de sarcasmos datasse de mais tempo do que de alguns minutos e como se não a tivesse assumido apenas porque pensava que tais sarcasmos talvez tivessem a ele próprio como objeto e tentassem dele afastar Odette.

Ele via o pianista prestes a tocar a *Sonata ao luar* e as caras da sra. Verdurin receando o mal que a música de Beethoven faria a seus nervos: "Idiota, mentirosa!", exclamou, "e aquilo acha que gosta de *Arte*!". Ela diria a Odette, depois de lhe ter habilmente insinuado algumas palavras elogiosas a Forcheville, como fizera tantas vezes em relação a ele: "Arranje um lugarzinho a seu lado para o sr. de Forcheville". "No escuro! Cafetina, alcoviteira!" "Alcoviteira" era o nome que dava também à música que os convidaria a calar, a sonharem juntos, a se olharem, a se darem as mãos.

Encontrava boa companhia na severidade contra as artes em Platão[54], Bossuet[55] e na velha educação francesa.

Em suma, a vida que se levava na casa dos Verdurin e que tantas vezes chamara de "a verdadeira vida" parecia-lhe a pior de todas, e seu pequeno núcleo, o último dos ambientes. "É realmente", dizia, "o que há de mais baixo na escada social, o último círculo de Dante. Não há dúvida de que o texto augusto se referia aos Verdurin! No fundo, como as pessoas da sociedade das quais se pode falar mal, mas que são afinal bem diferentes desses bandos de calhordas, demonstram sua profunda sabedoria ao recusar-se a conhecê-los, a sujar sequer a ponta dos dedos com eles! Quanta adivinhação! Quanto acerto naquele *noli me tangere*[56] do Faubourg Saint-Germain!" Deixara as aleias do Bois havia já bastante tempo, estava quase chegando à sua casa e, ainda não liberto de sua dor e da verve de insinceridade em cuja embriaguez era a cada instante mergulhado com maior intensidade por suas entonações mentirosas e pela sonoridade artificial de sua própria voz, continuava a discursar em voz alta no silêncio da noite: "As pessoas da sociedade têm defeitos que ninguém reconhece mais do que eu, mas enfim, ainda assim são pessoas para as quais certas coisas são impossíveis. Uma certa mulher elegante que conheci estava longe de ser perfeita, mas, enfim, ainda assim havia nela um fundo de delicadeza, uma lealdade nas atitudes que a teriam tornado, a qualquer custo, incapaz de uma perfídia e que bastam para colocar abismos entre ela e uma megera como a Verdurin. Verdurin! Que nome! Ah! Pode-se dizer que são completos, que são ótimos na sua espécie! Graças a Deus, era hora de não mais condescender à promiscuidade com aquela infâmia, com aquela patifaria".

---

54. Filósofo grego (427-347 a. C). (N.T.)

55. Jacques Benigne Bossuet (1627-1704), religioso e político francês, defensor do absolutismo. (N.T.)

56. Não me toque. Em latim no original. (N.T.)

Mas, como as virtudes que ainda pouco antes atribuía aos Verdurin não teriam sido suficientes, mesmo se realmente as possuíssem sem que elas tivessem favorecido e protegido seu amor, para provocar em Swann aquela embriaguez na qual se enternecia com a magnanimidade do casal e que, mesmo propagada por meio de outras pessoas, só lhe poderia vir de Odette – assim também a imoralidade, fosse ela real, que hoje encontrava nos Verdurin teria sido impotente, não houvessem eles convidado Odette com Forcheville e sem ele, para desencadear sua indignação e fazê-lo denegrir "aquela infâmia". E sem dúvida a voz de Swann era mais clarividente do que ele próprio quando se recusava a pronunciar tais palavras cheias de repugnância para com o ambiente dos Verdurin e de alegria por ter com ele rompido, a não ser num tom artificial e como se tivessem sido escolhidas mais para apaziguar sua cólera do que para exprimir seu pensamento. Este, com efeito, enquanto se entregava ele a tais injúrias, estava provavelmente, sem que o percebesse, ocupado com um objeto bem diferente, pois uma vez em casa, tão logo fechou o portão, bruscamente deu um tapa na testa e, mandando-o reabrir, saiu exclamando, dessa vez em voz natural: "Acho que encontrei o jeito de me fazer convidar amanhã para o jantar de Chatou!". Mas o jeito não devia ser muito bom, pois Swann não foi convidado: o dr. Cottard que, chamado ao interior por um caso grave, não estivera com os Verdurin há vários dias e não pudera ir a Chatou, disse, no dia seguinte ao daquele jantar, sentando-se à mesa em casa deles:

– Mas, não veremos o sr. Swann esta noite? Ele é bem o que se chama de um amigo pessoal do...

– Espero que não! – exclamou a sra. Verdurin. – Deus nos livre, ele é cansativo, idiota e mal-educado.

Cottard diante de tais palavras manifestou ao mesmo tempo seu espanto e sua submissão, como perante uma verdade contrária a tudo em que havia acreditado até então, mas de uma evidência irresistível; e, baixando com ar emocionado e amedrontado o nariz para seu prato, contentou-se em responder: "Ah! Ah! Ah! Ah! Ah!", atravessando aos recuos, em sua retirada estratégica para o fundo de si mesmo, ao longo de uma gama descendente, todo o registro de sua voz. E não mais se falou de Swann na casa dos Verdurin.

Então aquele salão que reunira Swann e Odette tornou-se um obstáculo a seus encontros. Ela não mais lhe dizia como nos primeiros tempos de seu amor: "Nos veremos de qualquer modo amanhã à noite, há uma ceia nos Verdurin" e sim: "Não poderemos nos ver amanhã à noite, há uma ceia nos Verdurin". Ou então os Verdurin deveriam levá-la à Opéra-Comique para ver *Uma noite de Cleópatra*[57] e Swann lia nos olhos de Odette aquele pavor de que ele lhe pedisse para não ir, que antes fazia com que não deixasse de beijar de passagem o rosto de sua amante e que agora o exasperava. "Não é raiva", entretanto, dizia a si mesmo, "o que sinto ao ver o desejo que ela tem de ir ciscar naquela música escatológica. É pena, certamente não por mim, mas dela, pena por ver que, depois de ter vivido mais de seis meses em contato diário comigo, ela não soube mudar o suficiente para eliminar espontaneamente Victor Massé[58]! Sobretudo por não ter conseguido compreender que há noites em que um ser de uma essência um pouco delicada deve saber renunciar a um prazer, quando lhe é pedido. Ela deveria saber dizer 'não vou', nem que fosse por inteligência, pois, conforme sua resposta, será classificada de uma vez por todas sua qualidade de alma." E, tendo-se persuadido de que na verdade era somente para poder fazer um julgamento mais favorável quanto ao valor espiritual de

57. Ópera de Victor Massé, estreada em Paris em abril de 1885. (N.T.)

58. Compositor francês (1822-1884). (N.T.)

Odette que desejava que naquela noite ela ficasse com ele em vez de ir à Opéra-Comique, apresentava-lhe o mesmo raciocínio, no mesmo grau de insinceridade que a si mesmo, e mesmo num grau mais alto, pois obedecia então ao desejo de atingi-la através do amor-próprio.

– Juro – dizia-lhe, alguns instantes antes que ela saísse para o teatro – que ao pedir que não saia, tudo o que esperaria, se fosse egoísta, seria que recusasse, pois tenho mil coisas a fazer esta noite e cairia eu na armadilha e ficaria bastante aborrecido se contra todas as expectativas você me respondesse que não vai. Mas minhas ocupações, meus prazeres não são tudo, devo pensar em você. Pode chegar o dia em que, vendo-me para sempre afastado, você terá o direito de me censurar por não tê-la advertido nos minutos decisivos nos quais eu sentia que iria fazer a seu respeito um desses julgamentos severos aos quais o amor não resiste por muito tempo. Veja só, *Uma noite de Cleópatra* (que título!) nada representa nas circunstâncias. Resta saber se você é realmente aquele ser que está no último degrau de espírito, e mesmo de encanto, o ser desprezível que não é capaz de renunciar a um prazer. Então, se for isso, como se poderia amá-la, pois você não seria sequer uma pessoa, uma criatura definida, imperfeita, mas pelo menos aperfeiçoável? Seria uma água disforme que corre conforme o declive que se lhe oferece, um peixe sem memória e sem reflexão que, enquanto viver em seu aquário, esbarrará cem vezes por dia no vidro que continuará a achar que é água. Compreenda que não estou dizendo que sua resposta terá como efeito que eu deixe de amá-la imediatamente, é claro, mas que a tornará menos sedutora a meus olhos quando eu compreender que você não é uma pessoa, que está abaixo de todas as coisas e que não poderei colocá-la acima de nenhuma? Evidentemente, eu teria preferido pedir-lhe algo sem importância como renunciar a *Uma noite de Cleópatra* (já que me obriga a emporcalhar meus lábios com esse nome abjeto) na esperança de que ainda assim você fosse. Mas, decidido a fazer tais considerações, a ver tais consequências de sua resposta, achei mais leal preveni-la.

Odette dava há algum tempo sinais de emoção e incerteza. Apesar da falta de sentido daquele discurso, compreendia que ele poderia cair no gênero comum das "arengas" e cenas de censuras ou súplicas, das quais o conhecimento que tinha dos homens lhe permitia, sem se ater aos detalhes das palavras, concluir que eles não as pronunciariam se não estivessem apaixonados, que a partir do momento em que estavam apaixonados era inútil obedecê-los, já que estariam ainda mais depois. Assim, teria escutado Swann com a maior calma se não tivesse percebido que a hora passava e que, por menos que ainda lhe falasse por algum tempo, iria, como lhe disse com um sorriso terno, obstinado e confuso, "acabar perdendo a *ouverture*!".

Outras vezes lhe dizia que aquilo que mais que tudo faria com que ele deixasse de amá-la seria se ela não quisesse renunciar à mentira. "Mesmo sob o simples ponto de vista da vaidade feminina", dizia-lhe, "será que você não compreende o quanto perde de sua sedução rebaixando-se a mentir? Com uma confissão, quantos erros você poderia resgatar! Realmente você é bem menos inteligente do que eu imaginava!" Mas era em vão que Swann assim lhe expunha todas as razões que ela teria para não mentir; elas teriam podido arruinar em Odette um sistema geral da mentira; mas Odette não possuía tal sistema; contentava-se apenas, cada vez que desejava que Swann ignorasse algo que havia feito, em não lhe contar. Assim a mentira era para ela um expediente de ordem particular, e a única coisa que poderia decidir se deveria dele se servir ou confessar a verdade era uma razão também de ordem particular, a maior ou menor possibilidade de que Swann pudesse descobrir que ela não havia dito a verdade.

Fisicamente, ela atravessava uma fase negativa: ganhava peso; e o encanto expressivo e dolente, os olhares surpresos e sonhadores que tinha outrora pareciam ter desaparecido com sua primeira juventude. De modo que havia se tornado tão cara a Swann no momento por assim dizer em que ele a considerava bem menos bonita. Ele a olhava longamente para tentar resgatar o encanto que conhecera e não o reencontrava. Mas saber que sob aquela nova crisálida continuava a viver Odette, com a mesma vontade fugaz, insaciável e dissimulada, bastava a Swann para que continuasse, com a mesma paixão, tentando capturá-la. E então olhava fotografias de dois anos antes, lembrava-se de como havia sido deliciosa. E aquilo o consolava um pouco de todo sofrimento que passava por causa dela.

Quando os Verdurin a levavam a Saint-Germain, a Chatou, a Meulan, muitas vezes, se fazia bom tempo, propunham, lá mesmo, ficar para dormir e só voltar no dia seguinte. A sra. Verdurin tratava de acalmar os escrúpulos do pianista cuja tia ficara em Paris.

– Ela ficará encantada por se ver livre de você por um dia. E como poderia se inquietar, sabendo que está conosco? Aliás, eu assumo toda a responsabilidade.

Mas, se ela não conseguia, o sr. Verdurin saía em campo, encontrava uma agência de telégrafo ou um mensageiro e indagava dos fiéis quem teria alguém a avisar. Odette agradecia e dizia que não tinha qualquer recado a mandar, pois dissera a Swann de uma vez por todas que se comprometeria enviando-lhe algum recado aos olhos de todos. Às vezes se ausentava por vários dias, os Verdurin a levavam para ver os túmulos de Dreux, ou a Compiègne para admirar, a conselho do pintor, os pores do sol na floresta, e esticavam até o castelo de Pierrefonds.

– E pensar que ela poderia visitar monumentos verdadeiros comigo que estudei arquitetura durante dez anos e sou a todo momento solicitado para levar a Beauvais ou a Saint-Loup-de-Naud pessoas da maior importância e que o faria só para ela, e em vez disso vai com os últimos dos imbecis se extasiar sucessivamente diante dos dejetos de Louis-Phillippe[59] e dos de Viollet-le-Duc[60]! Parece-me que não é preciso ser artista para isso e que, mesmo sem um faro especialmente fino, não se escolhe veranear em latrinas para ficar mais à vontade para respirar excrementos.

Mas quando ela partia para Dreux ou para Pierrefonds – infelizmente, sem lhe permitir ir até lá, como se por acaso, pois "teria um efeito deplorável", dizia ela –, ele mergulhava no mais embriagador dos romances de amor, o guia da estrada de ferro, que lhe mostrava os meios de ir ao seu encontro à tarde, à noite, naquela mesma manhã! Os meios? Talvez mais: a autorização. Pois afinal o guia e os próprios trens não eram feitos para cães. Se era levado ao conhecimento do público, por via impressa, que às oito horas da manhã partia um trem que chegava a Pierrefonds às dez horas, isso significava que ir a Pierrefonds era um ato lícito, para o qual a permissão de Odette era supérflua, e era também um ato que poderia perfeitamente ter outra razão que não o desejo de encontrar Odette, já que pessoas que não a conheciam o faziam todos os dias, em número grande o bastante para que valesse a pena aquecer as locomotivas.

Em suma, ela de modo algum poderia impedi-lo de ir a Pierrefonds, se ele assim tivesse vontade! Ora, justamente, ele sentia que tinha vontade e que, se não tivesse conhecido Odette, com certeza já teria ido. Havia muito tempo

59. Louis-Philippe (1773-1850), rei da França de 1830 a 1848. (N.T.)

60. Eugène Emmanuel Viollet-le-Duc (1814-1879), arquiteto e escritor francês. (N.T.)

que gostaria de ter uma ideia mais exata dos trabalhos de restauração de Viollet-le-Duc. E, com o tempo que fazia, sentia um imperioso desejo de um passeio pela floresta de Compiègne. Não tinha a menor graça ela lhe proibir de ir ao único lugar que hoje o tentava. Hoje! Se ele fosse, apesar da proibição, poderia vê-la hoje mesmo! Só que, se ela encontrasse em Pierrefonds alguém indiferente, diria alegremente: "Vejam só! Você por aqui!" e o convidaria para ir ao hotel onde estava hospedada com os Verdurin, mas se o encontrasse, a ele, Swann, ficaria contrariada, diria que estava sendo seguida, iria amá-lo menos, talvez lhe desse as costas com raiva ao avistá-lo. "Então não tenho mais o direito de viajar!", ela lhe diria na volta, ao passo que afinal era ele quem não mais tinha o direito de viajar.

Tivera por um instante a ideia, para poder ir a Compiègne e a Pierrefonds sem parecer que fora para encontrar Odette, de se fazer levar por um de seus amigos, o marquês de Forestelle, que tinha um castelo nas vizinhanças. O marquês, a quem ele comunicara seus planos sem lhe dizer o motivo, não cabia em si de contente e se maravilhava de que Swann, pela primeira vez em quinze anos, finalmente aceitasse ir visitar sua propriedade e, como lhe havia dito que não pretendia lá se demorar, lhe tivesse ao menos prometido fazerem juntos passeios e excursões durante vários dias. Swann já se imaginava lá com o sr. de Forestelle. Mesmo antes de ir ver Odette, mesmo que não conseguisse vê-la, que felicidade sentiria ao colocar os pés sobre aquela terra na qual, não sabendo o lugar exato, em tal momento, de sua presença, sentiria palpitar por toda parte a possibilidade de sua súbita aparição: no pátio do castelo, para ele tornado belo porque era por causa dela que o teria ido ver; em todas as ruas da cidade, que lhe parecia arrebatadora; em cada caminho da floresta, rosada por um poente profundo e terno – abrigos inúmeros e alternativos, nos quais vinha simultaneamente refugiar, na incerta ubiquidade de suas esperanças, seu coração feliz, vagabundo e disperso. "Principalmente", diria ao sr. de Forestelle, "tratemos de não encontrar Odette e os Verdurin; acabo de saber que estão exatamente hoje em Pierrefonds. Temos muito tempo para nos ver em Paris, não valeria a pena sair de lá para não poder dar um passo sem eles." E seu amigo não compreendia por que, uma vez lá, ele mudaria vinte vezes de planos, inspecionaria as salas de jantar de todos os hotéis de Compiègne sem se decidir a ficar em qualquer uma delas nas quais entretanto não se havia visto traço dos Verdurin, parecendo procurar aquilo de que dizia querer fugir e afinal fugindo tão logo encontrasse, pois se tivesse encontrado o pequeno grupo se teria afastado com afetação, contente por ter visto Odette e por ter por ela sido visto, sobretudo por ela tê-lo visto não se ocupando dela. Mas não, ela adivinharia perfeitamente que era por sua causa que ele lá estava. E quando o sr. de Forestelle viesse buscá-lo para partir, diria-lhe: "Infelizmente, não! Não posso ir hoje a Pierrefonds, Odette está exatamente lá". E Swann estava feliz apesar de tudo por sentir que, se era o único dos mortais a não ter o direito de naquele dia ir a Pierrefonds, assim o era por ser, na verdade, para Odette, alguém diferente dos outros, seu amante, e aquela restrição a ele imposta do direito universal de livre circulação nada era senão uma das formas daquela escravidão, daquele amor que lhe era tão caro. Decididamente, era melhor não correr o risco de se indispor com ela, ter paciência, esperar sua volta. Passava os dias debruçado sobre um mapa da floresta de Compiègne como se fosse aquele o mapa do Amor, cercava-se de fotografias do castelo de Pierrefonds. Tão logo chegava o dia em que seria possível que ela voltasse, reabria o guia, calculava que trem ela poderia ter tomado e, caso se atrasasse, aqueles que ainda lhe restariam. Não saía de casa por medo de perder algum recado, não se deitava para o caso em que, tendo voltado no último trem, ela pudesse querer lhe fazer a surpresa de ir vê-lo no meio da noite. Naquele momento, ouvia tocarem à porta da cocheira, parecia-lhe que demoravam para abrir, queria acordar o porteiro, punha-se à janela para chamar Odette se fosse ela, pois, apesar das recomendações que descera para fazer pessoalmente mais de dez vezes, eram capazes de dizer a ela que ele não estava. Era um empregado que voltava da rua. Ele observava o voo incessante dos veículos que passavam, ao qual nunca antes dera atenção. Ouvia cada um deles vir ao longe, aproximar-se, ultrapassar sua porta sem parar e levar mais adiante um recado que não era para ele. Esperava a noite toda, inutilmente, pois, tendo os Verdurin adiantado sua volta, Odette estava em Paris desde o meio-dia; não tivera a ideia de preveni-lo; não sabendo o que fazer, fora passar a noite sozinha no teatro e há muito tempo voltara para casa e agora dormia.

Acontece que ela sequer pensara nele. E tais momentos nos quais se esquecia até mesmo da existência de Swann eram mais úteis a Odette, serviam-lhe para prender Swann mais do que toda a sua sedução. Pois assim Swann vivia naquela dolorosa agitação que já fora forte o bastante para fazer brotar seu amor, quando não encontrara Odette na casa dos Verdurin e por ela procurara a noite toda. E ele não tinha, como eu tive em Combray na minha infância, dias felizes durante os quais se esquecem os sofrimentos que renascerão à noite. Os dias, Swann passava sem Odette; e por instantes ele se dizia que deixar uma mulher tão bonita sair assim sozinha em Paris era tão imprudente quanto deixar um estojo cheio de joias no meio da rua. Então se indignava contra todos os passantes como contra todos os ladrões. Mas seu rosto coletivo e informe escapando à sua imaginação não alimentava seu ciúme. Cansava o pensamento de Swann que, passando a mão sobre os olhos, exclamava: "graças a Deus", como aqueles que, depois de se terem encarniçado a solucionar o problema da realidade do mundo exterior ou da imortalidade da alma, concedem a descontração de um ato de fé a seu cérebro exausto. Mas sempre o pensamento da ausente estava indissoluvelmente mesclado aos atos mais simples da vida de Swann – almoçar, receber a correspondência, sair, deitar-se – pela própria tristeza que tinha de executá-los sem ela, como aquelas iniciais de Felisberto o Belo[61] que, por toda a igreja de Brou, devido à saudade que dele sentia, Margarida da Áustria entrelaçou às suas. Alguns dias, em vez de voltar para casa, ia almoçar num restaurante bastante próximo cuja boa cozinha apreciara outrora e ao qual só ia agora por uma daquelas razões, simultaneamente místicas e grotescas, que são chamadas românticas; é que aquele restaurante (que existe ainda) tinha o mesmo nome que a rua onde morava Odette: *Lapérouse*. Às vezes, quando ela fazia uma viagem curta, só depois de vários dias pensava em lhe mandar dizer que já estava de volta a Paris. E simplesmente lhe dizia, sem mais tomar como outrora o cuidado de se acobertar ao acaso por um pedacinho roubado à verdade, que acabava de voltar naquele instante, pelo trem matinal. Tais palavras eram mentirosas; ao menos para Odette eram mentirosas, inconsistentes, não tendo, como teriam se fossem verdadeiras, um ponto de apoio na lembrança de sua chegada à estação; ela própria não conseguia evocá-las no momento em que as pronunciava, pela imagem contraditória daquilo totalmente diferente que havia feito no momento em que alegava ter descido do trem. Mas no espírito de Swann, ao contrário, tais palavras, que nenhum obstáculo encontravam, vinham incrustar-se e assumir a imobilidade de uma

61. Felisberto II, duque da Savóia (1480-1504), marido de Margarida da Áustria (1480-1530). (N.T.)

verdade tão indubitável que, se um amigo lhe dissesse ter vindo naquele trem e não ter visto Odette, ele estaria persuadido de que era o amigo quem se enganava de dia ou de hora, uma vez que sua afirmação não se conciliava com as palavras de Odette. Estas só lhe teriam parecido mentirosas se estivesse antes desconfiado de que assim fossem. Para que acreditasse que ela mentia, uma suspeita prévia era condição necessária. Era aliás também condição suficiente. Nesse caso, tudo o que Odette dizia lhe parecia suspeito. Se a ouvia citar um nome, era certamente o de um de seus amantes; uma vez tal suposição forjada, passava semanas desolado; contratou até mesmo uma vez uma agência de informações para saber o endereço, o uso do tempo do desconhecido que não o deixaria respirar senão quando viajasse e que terminou sabendo tratar-se de um tio de Odette morto havia vinte anos.

Ainda que ela em geral não lhe permitisse encontrá-la em lugares públicos, dizendo que aquilo daria o que falar, acontecia-lhe estar, em algum sarau para o qual, assim como ela, fora convidado – em casa de Forcheville, do pintor, ou num baile de caridade num Ministério – ao mesmo tempo que ela. Ele a via, mas não ousava ficar por medo de irritá-la dando a impressão de espionar os prazeres que desfrutava com outros e que – enquanto ele voltava para casa solitário e ia deitar-se ansioso como eu mesmo viria a ficar alguns anos mais tarde nas noites em que ele viria jantar em minha casa, em Combray – pareciam-lhe ilimitados porque não lhes vira o final. E uma ou duas vezes conheceu numa dessas noites uma daquelas alegrias que nos sentiríamos tentados, se elas não sofressem tão intensamente com o choque da volta da inquietação bruscamente interrompida, a chamar de alegrias serenas, porque consistem num apaziguamento: ele fora passar alguns momentos numa reunião na casa do pintor e apressava-se em partir; lá deixava Odette transmutada numa resplandecente estranha, em meio a homens a quem seus olhares e sua alegria, que não eram para ele, pareciam falar de alguma voluptuosidade a ser saboreada ali ou em outro lugar (talvez no "Baile dos Incoerentes", ao qual temia que ela fosse mais tarde) e que causava a Swann mais ciúme do que a própria união carnal, porque lhe era mais difícil imaginar; estava pronto para atravessar a porta do ateliê quando se ouviu sendo chamado por estas palavras (que, ao eliminar da festa aquele final que o assombrava, tornavam-na retrospectivamente inocente, faziam do retorno de Odette algo não mais incrível e terrível, mas doce e conhecido e que ficaria a seu lado, semelhante à parte de sua vida de todos os dias, em sua carruagem, e desproviam a própria Odette de sua aparência exageradamente brilhante e alegre, mostravam que tal exagero não passava de um disfarce que ela vestira por um momento apenas para ele e não em vista de misteriosos prazeres, e dos quais já estava cansada), por aquelas palavras que Odette lhe lançava, quando ele já estava na soleira da porta: "Não gostaria de me esperar cinco minutos? Estou indo embora, voltaríamos juntos, me levaria em casa".

É verdade que um dia Forcheville pedira para ser levado ao mesmo tempo, mas quando, diante da porta de Odette, ele pedira permissão para entrar também, Odette lhe respondera apontando Swann: "Ah! Depende deste senhor aqui, pergunte a ele. Enfim, entre um instante se quiser, mas não por muito tempo, porque já o previno de que ele gosta de conversar tranquilamente comigo e não gosta muito que haja visitas quando vem. Ah! Se conhecesse este ser tanto quanto eu conheço! Não é verdade, *my love*[62], que só eu o conheço bem?".

E Swann talvez ficasse ainda mais emocionado por vê-la assim dirigir-lhe, na presença de Forcheville, não so-

62. Meu amor. Em inglês no original. (N.T.)

mente tais palavras de ternura, de predileção, mas algumas críticas como: "Tenho certeza de que ainda não respondeu a seus amigos sobre o jantar de domingo. Não vá se não quiser, mas pelo menos seja educado", ou: "Deixou aqui seu ensaio sobre Vermeer para poder adiantá-lo um pouco amanhã? Que preguiçoso! Mas eu vou fazê-lo trabalhar!", e que provavam que Odette estava a par de seus convites sociais e de seus estudos artísticos, que tinham uma vida só deles dois. E, ao dizer aquilo, ela lhe dava um sorriso no fundo do qual ele a sentia inteiramente sua.

Então, naqueles momentos, enquanto ela lhes preparava uma laranjada, de repente, como quando um refletor antes mal-ajustado lança ao redor de um objeto, sobre a parede, grandes sombras fantásticas, que vêm então se retorcer e anular nesse objeto, todas as ideias terríveis e mutantes que criava a respeito de Odette se desfaziam, voltavam ao corpo encantador que Swann tinha diante de si. Ele tinha a súbita suspeita de que aquela hora passada em casa de Odette, sob o lampião, talvez não fosse senão uma hora fictícia, para seu uso próprio (destinada a mascarar aquela coisa aterradora e deliciosa na qual pensava sem cessar, sem poder compreendê-la direito, uma hora da verdadeira vida de Odette, da vida de Odette quando ele não estava lá), com acessórios de teatro e frutas de cartolina, mas talvez fosse uma hora real da vida de Odette; que, se ele não houvesse estado lá, ela teria indicado a Forcheville a mesma poltrona e lhe teria servido não uma bebida desconhecida, mas exatamente aquela laranjada; que o mundo habitado por Odette não era aquele outro mundo aterrador e sobrenatural no qual ele a situava todo o tempo e que talvez só existisse na sua imaginação, mas o universo, não exalando qualquer tristeza especial, incluindo aquela mesa sobre a qual poderia escrever e aquela bebida da qual lhe seria permitido provar, todos aqueles objetos que ele contemplava tanto com curiosidade e admiração quanto com gratidão, porque se, ao absorver seus sonhos, deles o liberavam, por outro lado se haviam com tais sonhos enriquecido, mostravam-lhe sua realização palpável e interessavam sua alma, assumiam relevo diante de seus olhos, ao mesmo tempo em que lhe tranquilizavam o coração. Ah! Se o destino tivesse permitido que ele pudesse ter com Odette uma só morada e que a casa dela fosse a sua casa, se, ao perguntar ao empregado o que havia para o almoço tivesse como resposta o cardápio de Odette, se quando Odette quisesse ir pela manhã passear nas aleias do Bois de Boulogne, seu dever de bom marido o obrigasse, mesmo sem vontade de sair, a acompanhá-la, carregando seu casaco quando ela sentisse calor, e se à noite, depois do jantar, caso ela quisesse ficar à vontade em casa, ele fosse obrigado a ficar ali a seu lado, fazendo o que ela queria, então, todos os nadas da vida de Swann que lhe pareciam tão tristes teriam ao contrário, por fazer parte da vida de Odette, assumido, mesmo os mais familiares – como aquela lamparina, aquela laranjada, aquela poltrona que continham tanto sonho, que materializavam tanto desejo –, uma espécie de doçura superabundante e de misteriosa densidade!

Entretanto, supunha que aquilo de que sentia falta era uma calma, uma paz que não teriam sido para seu amor uma atmosfera favorável. Quando Odette deixasse de ser para ele uma criatura sempre ausente, cobiçada, imaginária, quando o sentimento que ele tinha por ela não mais fosse aquela mesma perturbação misteriosa que lhe causava a frase da sonata e sim afeto, reconhecimento, quando se estabelecessem entre ambos relações normais que poriam fim à loucura e à tristeza dele, então sem dúvida os atos da vida de Odette lhe pareceriam em si mesmos pouco interessantes – como por diversas vezes suspeitara que fossem, por exemplo no dia em que lera através do envelope a carta dirigida a Forcheville. Considerando seu mal com tanta sagacidade como se por ele se houvesse inoculado para estudá-lo, dizia a si próprio que, quando estivesse curado, o que lhe pudesse fazer Odette lhe seria indiferente. Mas do âmago de seu estado mórbido, para dizer a verdade, receava tanto quanto a morte esta cura, a qual seria com efeito a morte de tudo o que atualmente existia.

Depois de tais noites tranquilas, as suspeitas de Swann se acalmavam; bendizia Odette e no dia seguinte, bem cedo, mandava levar à casa dela as mais belas joias, porque as gentilezas da véspera haviam excitado sua gratidão, ou o desejo de vê-las se renovarem, ou um paroxismo de amor que tinha necessidade de ser gasto.

Mas em outros momentos sua dor voltava a assaltá-lo, imaginava que Odette era amante de Forcheville e que, quando ambos o haviam visto, do fundo da carruagem dos Verdurin, no Bois, na véspera da festa de Chatou para a qual não fora convidado, suplicar-lhe em vão, com aquele ar de desespero percebido até mesmo por seu cocheiro, para voltar com ele, e depois se afastar, sozinho e vencido, ela deveria tê-lo apontado a Forcheville e dito: "Ih! Ele está furioso!" trocando os mesmos olhares brilhantes, maliciosos, velados e dissimulados do dia em que Forcheville expulsara Saniette da casa dos Verdurin.

Então Swann a detestava. "Também, sou idiota demais", dizia-se, "pago com meu dinheiro o prazer dos outros. Mas é bom que ela tome cuidado e não estique demais a corda, porque posso muito bem não lhe dar mais nada. Em todo caso, renunciemos provisoriamente às gentilezas suplementares! Pensar que ainda ontem, quando ela disse que desejava assistir à temporada de Bayreuth, cometi a tolice de lhe propor alugar para nós dois um daqueles lindos castelos do rei da Baviera, nos arredores. E, aliás, ela não me pareceu lá muito encantada, ainda não disse nem sim nem não; tomara que recuse, santo Deus! Ouvir

Wagner durante quinze dias com ela, que gosta dele tanto quanto um peixe de uma maçã, seria divertido!" E tendo seu ódio, como seu amor, necessidade de se manifestar e agir, satisfazia-se levando cada vez mais longe sua nefasta imaginação, porque, graças às perfídias que atribuía a Odette, detestava-a ainda mais e poderia, caso – como tentava imaginar – se revelassem verdadeiras, ter uma oportunidade de puni-la e nela saciar sua raiva crescente. Chegava assim a supor que receberia uma carta dela na qual lhe pediria dinheiro para alugar aquele castelo perto de Bayreuth, mas prevenindo-o de que não poderia ir, pois havia prometido a Forcheville e aos Verdurin convidá-los. Ah! Como adoraria que ela tivesse tal audácia! Que alegria sentiria ao recusar, ao redigir a resposta vingadora cujos termos se regozijava escolhendo, enunciando-os em voz alta, como se tivesse de fato recebido tal carta!

Pois foi o que aconteceu na manhã seguinte. Ela escreveu-lhe que os Verdurin e seus amigos haviam manifestado o desejo de assistir às representações de Wagner e que, se ele fizesse o favor de lhe mandar o dinheiro, ela teria finalmente, depois de ter sido tantas vezes por eles recebida, o prazer de convidá-los por sua vez. A respeito dele, não dizia uma só palavra, estava subtendido que a presença deles excluía a sua.

Teria então a alegria de mandar levar até ela aquela terrível resposta para a qual na véspera preparara todas as palavras sem ousar esperar que pudessem vir a servir. Infelizmente percebia que, com o dinheiro que ela possuía, ou que facilmente conseguiria, poderia de qualquer modo alugar algo em Bayreuth já que assim desejava, logo ela, que não era capaz de diferenciar Bach[63] de Clapisson[64]. Mas em todo caso levaria lá uma vida mais modesta. Nem pensar,

63. Johann Sebastian Bach (1685-1750), compositor clássico alemão. (N.T.)

64. Antoine-Louis Clapisson (1808-1866), violinista e compositor francês de óperas cômicas. (N.T.)

se ele mandasse desta vez algumas notas de mil francos, em organizar todas as noites, num castelo, uma daquelas ceias requintadas depois das quais talvez tivesse a fantasia – que era possível que não tivesse ainda tido – de cair nos braços de Forcheville. E além disso, pelo menos, aquela odiosa viagem não seria ele, Swann, quem financiaria! – Ah! Se pudesse impedi-la! Se ela torcesse o pé antes de partir, se o cocheiro da carruagem que a levaria à estação consentisse, não importa a que preço, em levá-la para um lugar onde ela ficaria por algum tempo sequestrada, aquela mulher pérfida, de olhos iluminados por um sorriso de cumplicidade endereçado a Forcheville, que era Odette para Swann nas últimas 48 horas!

Mas ela nunca o era por muito tempo; ao fim de alguns dias o olhar reluzente e falso perdia seu brilho e sua duplicidade, aquela imagem de uma Odette execrada dizendo a Forcheville "Ih! Ele está furioso!" começava a empalidecer, a se apagar. Então, progressivamente, reaparecia e se erguia brilhando suavemente o rosto da outra Odette, daquela que também dirigia um sorriso a Forcheville, mas um sorriso no qual para Swann só havia ternura, quando ela dizia: "Não fique muito tempo, pois este senhor não gosta muito que eu receba visitas quando ele tem vontade de ficar comigo. Ah! Se o conhecesse como eu o conheço!", aquele mesmo sorriso com que agradecia a Swann por algum gesto de delicadeza que tanto apreciava, por algum conselho que lhe pedira numa daquelas circunstâncias graves em que só nele confiava.

Então, para aquela Odette, ele se perguntava como pudera escrever aquela carta ultrajante da qual sem dúvida até então ela não o acreditaria capaz e que deveria tê-lo feito descer da posição elevada, única, que, por sua bondade e lealdade, conquistara em sua estima. Seria para ela menos caro, pois era por aquelas qualidades, que não encontrava em Forcheville ou em qualquer outro, que ela o amava. Era por causa dessas qualidades que Odette lhe demonstrava tantas vezes uma gentileza que de nada valia quando ele estava com ciúmes, porque não era uma marca de desejo e dava mais mostras de afeição do que de amor, mas cuja importância começava a perceber à medida que o alívio espontâneo de suas suspeitas, frequentemente acentuado pela distração que lhe trazia uma leitura de arte ou a conversa de um amigo, tornava sua paixão menos exigente de reciprocidades.

Agora que, depois de tal oscilação, Odette voltara naturalmente ao lugar do qual o ciúme de Swann por um momento a afastara, no ângulo em que a achava encantadora, ele a imaginava cheia de ternura, com um olhar de consentimento, tão bela que não conseguia deixar de avançar para ela os lábios, como se ali estivesse e pudesse beijá-la; e por aquele olhar encantador e bom sentia tanto reconhecimento como se ela realmente acabasse de tê-lo e não fosse apenas sua imaginação que tivesse acabado de pintá-lo para lhe satisfazer o desejo.

Como devia tê-la magoado! Certamente encontrava razões válidas para seu ressentimento contra ela, mas elas não teriam feito com que o sentisse se ele não a amasse tanto. Não tivera queixas igualmente graves de outras mulheres, às quais de boa vontade faria favores hoje, não lhes tendo ódio porque não mais as amava? Caso devesse algum dia se encontrar no mesmo estado de indiferença em relação a Odette, compreenderia que fora unicamente seu ciúme que o havia feito encontrar algo atroz, imperdoável, naquele desejo, no fundo tão natural, proveniente de um pouco de infantilidade e também de uma certa delicadeza de alma, de que ela pudesse, por sua vez, já que a ocasião se apresentava, retribuir as gentilezas dos Verdurin, brincar de dona de casa.

Voltava àquele ponto de vista – oposto ao de seu amor e de seu ciúme, e no qual se colocava às vezes por uma espécie de equidade intelectual e para caracterizar as diversas possibilidades – a partir do qual tentava julgar Odette como se não a tivesse amado, como se ela fosse para ele uma mulher como as outras, como se a vida de Odette não tivesse sido, a partir do momento em que ele se afastava, tramada em segredo, urdida contra ele.

Por que acreditar que ela experimentaria lá, com Forcheville ou com outros, prazeres inebriantes que não teria conhecido junto dele e cujas peças eram forjadas apenas pelo seu ciúme? Em Bayreuth ou em Paris, caso Forcheville pensasse a respeito dele, só poderia ter sido como alguém que contava muito na vida de Odette e a quem ele seria obrigado a ceder o lugar quando se encontrassem em casa dela. Se Forcheville e ela conseguissem ir para Bayreuth apesar da oposição dele, teria sido ele quem assim o desejara ao tentar inutilmente impedi-la de ir, ao passo que, se tivesse aprovado seu projeto, aliás defensável, ela pareceria estar lá aconselhada por ele, teria se sentido enviada, alojada por ele, e a ele, Swann, deveria o prazer que experimentaria ao receber aquelas pessoas que tantas vezes a haviam recebido.

E se – em vez de ter partido zangada com ele, sem revê-lo – ele lhe mandasse aquele dinheiro, a encorajasse a fazer aquela viagem e se esforçasse para torná-la agradável, ela acorreria feliz, agradecida, e ele teria a alegria de vê-la, alegria que não sentia há quase uma semana e que nada podia substituir. Pois tão logo Swann conseguia pensar nela sem horror, tão logo revia bondade em seu sorriso e o desejo de tirá-la de qualquer outro não mais se somava pelo ciúme a seu amor, aquele amor voltava a ser um gosto pelas sensações que lhe dava a pessoa de Odette, pelo prazer que sentia ao admirar como um espetáculo ou analisar como um fenômeno o despontar de um de seus olhares, a formação de um de seus sorrisos, a emissão de uma entonação de sua voz. E esse prazer diferente de todos os outros terminara por criar nele uma necessidade dela que apenas ela conseguia satisfazer por meio de sua presença ou de suas cartas, uma necessidade quase tão desinteressada, quase tão artística, tão perversa quanto uma outra que caracterizava aquele período novo da vida de Swann, na qual à secura, à depressão dos anos anteriores sucedera uma espécie de plenitude espiritual, sem que ele soubesse, mais do que uma pessoa de saúde delicada que a partir de um dado momento se fortifica, engorda e parece durante algum tempo se encaminhar para a cura completa, ao que devia aquele enriquecimento inesperado de sua vida interior: aquela outra necessidade que se desenvolvia também fora do mundo real era a de ouvir, de conhecer música.

Assim, pela própria química de seu mal, depois de ter criado ciúme com seu amor, ele recomeçava a fabricar ternura, compaixão por Odette. Ela voltara a ser a Odette encantadora e boa. Ele sentia remorsos por ter sido duro com ela. Queria que ela viesse para perto dele e, antes, queria ter-lhe proporcionado algum prazer, para ver o reconhecimento moldar seu rosto e modelar seu sorriso.

Também Odette, certa de vê-lo voltar depois de alguns dias, tão terno e submisso quanto antes, para pedir-lhe uma reconciliação, acostumava-se a não mais temer desagradá-lo ou mesmo irritá-lo e lhe recusava, quando era conveniente, os favores com os quais ele mais se importava.

Talvez não soubesse o quanto ele fora sincero com ela durante a briga, quando lhe dissera que não lhe mandaria dinheiro e tentaria magoá-la. Talvez também não soubesse o quanto ele fora sincero, se não com ela ao menos com ele mesmo, em outras vezes nas quais, pelo interesse do futuro de sua ligação, para mostrar a Odette que seria capaz de viver sem ela e que um rompimento seria sempre possível, havia decidido ficar algum tempo sem ir à sua casa.

Às vezes, era depois de alguns dias nos quais ela não lhe causara novas preocupações; e como, das próximas visitas que lhe faria, sabia que não obteria qualquer grande alegria, mas mais provavelmente algum desgosto que poria fim à calma em que se encontrava, escrevia-lhe dizendo que, por estar muito ocupado, não poderia vê-la nos dias em que havia combinado. Ora, uma carta dela, cruzando-se com a sua, pedia-lhe exatamente para adiar um encontro. Ele se perguntava por quê; ressurgiam suas suspeitas, sua dor. Não conseguia manter, no novo estado de agitação em que se encontrava, o compromisso que assumira no estado anterior de calma relativa, corria à casa dela e exigia vê-la todos os dias seguintes. E mesmo se ela não lhe escrevesse primeiro, se apenas respondesse concordando com seu pedido de uma curta separação, era o suficiente para que não mais pudesse ficar sem vê-la. Pois, contrariamente ao cálculo de Swann, o consentimento de Odette tudo mudara nele. Como todos aqueles que possuem algo, para saber o que aconteceria se por um momento deixasse de possuí-lo, afastara aquilo de sua mente, deixando todo o resto no mesmo estado de quando ele ali estava. Ora, a ausência de algo não é apenas isso, não é uma simples falta parcial, é um transtorno de todo o resto, é um estado novo que não se pode prever no antigo.

Mas outras vezes, ao contrário – Odette estava prestes a fazer uma viagem –, era depois de alguma discussão sem importância cujo pretexto escolhia, que ele decidia não lhe escrever e não revê-la antes de sua volta, dando assim a aparência – e esperando suas compensações – de uma grande briga, que ela talvez imaginasse definitiva, a uma separação cuja maior parte era inevitável devido à viagem e que ele apenas fazia começar um pouco mais cedo. Já imaginava Odette inquieta, aflita por não ter recebido visita ou carta, e essa imagem, acalmando seu ciúme, facilitava-lhe perder o hábito de vê-la. Sem dúvida, por instantes, bem no fundo de sua alma para onde sua resolução a empurrava graças a toda a duração interposta das três semanas de separação aceita, era com prazer que considerava a ideia de que reveria Odette quando voltasse: mas era também com tão pouca impaciência, que começava a se perguntar se não dobraria de boa vontade a duração de uma abstinência tão fácil. Ela datava ainda apenas de três dias, tempo muito menos longo do que aquele que muitas vezes passara sem ver Odette e sem ter, como agora, assim premeditado. Eis entretanto que uma leve contrariedade ou um mal-estar físico – incitando-o a considerar o momento presente como um momento excepcional, fora do padrão, no qual a própria sensatez admitiria acolher o alívio trazido por um prazer e dar folga, até a retomada útil do esforço, à vontade – suspendia a ação daquela que deixava de exercer sua pressão; ou, menos que isso, a lembrança de uma informação que se esquecera de pedir a Odette, se ela decidira de que cor queria mandar pintar sua carruagem, ou, no caso de um determinado título da bolsa, se eram ações ordinárias ou preferenciais as que desejava comprar (era muito bonito mostrar-lhe que podia ficar sem vê-la, mas se depois disso a pintura precisasse ser refeita ou se as ações não dessem dividendos, o prejuízo seria dele), eis que, como uma borracha esticada que soltamos ou como o ar numa câmara de ar comprimido que entreabrimos, a ideia de revê-la, da distância em que era mantida, voltava num pulo para o campo do presente e das possibilidades imediatas.

Voltava sem mais encontrar resistência e aliás tão irresistível que para Swann havia sido bem menos difícil sentir se passarem um a um os quinze dias em que deveria ficar separado de Odette, do que esperar os dez minutos que seu cocheiro levava para atrelar a carruagem que o levaria à casa dela e que passava em arroubos de impaciência e alegria nos quais recuperava mil vezes, para lhe prodigalizar ternura, a ideia de reencontrar aquela que, por uma volta repentina quando a acreditava tão longe, outra vez estava perto dele, em sua mais próxima consciência. A verdade é que tal ideia não mais encontrava, a lhe fazer frente, o desejo de imediatamente tentar a ela se opor, que não mais existia em Swann desde que ele, tendo provado a si mesmo – ao menos assim acreditava – que era capaz de, sem problemas, resistir, não mais via qualquer inconveniente em adiar uma tentativa de separação que tinha agora a certeza de poder pôr em prática tão logo desejasse. E aquela ideia de revê-la voltava ainda adornada, para ele, de uma novidade, de uma sedução, dotada de uma virulência às quais o hábito havia enfraquecido, mas que se havia embebido daquela privação não de três, mas de quinze dias (pois a duração de uma renúncia se deve calcular, por antecipação, pelo prazo acordado) e do que até então teria sido um prazer inesperado que se sacrifica facilmente, criara uma felicidade inesperada contra a qual se é impotente. Eis que enfim voltava embelezada pela ignorância na qual estava Swann daquilo que Odette pudera pensar, fazer talvez, vendo que ele não lhe dera sinal de vida, embora o que iria encontrar fosse a revelação apaixonante de uma Odette quase desconhecida.

Mas ela, assim como acreditara que a recusa de dinheiro por parte dele não fora senão fingimento, via somente um pretexto na informação que Swann lhe pedia a respeito da carruagem a ser pintada ou das ações a comprar. Pois não reconstituía as diversas fases das crises que ele atravessava e, na ideia que delas fazia, deixava de compreender seu mecanismo, acreditando apenas no que já conhecia de antemão, no necessário, infalível e sempre idêntico final. Ideia incompleta – e talvez tanto mais profunda – se julgada do ponto de vista de Swann, que sem dúvida se teria considerado incompreendido por Odette, como um morfinômano ou um tuberculoso, persuadidos de que foram presos, um, por um acontecimento externo no momento em que iria se libertar de seu hábito inveterado, o outro, por uma indisposição acidental no momento em que enfim se restabeleceria, sentem-se incompreendidos pelo médico que não dá a mesma importância que eles a tais pretensas contingências, simples disfarces, segundo ele, revestidos, para se tornarem sensíveis aos doentes, do vício e do estado mórbido que, na realidade, não deixaram de pesar incuravelmente sobre eles enquanto alimentavam sonhos de sensatez ou de cura. E, de fato, o amor de Swann chegara àquele ponto no qual o médico e, em alguns casos, o cirurgião mais audacioso se perguntam se privar um doente de seu vício ou retirar-lhe seu mal seria ainda razoável ou mesmo possível.

Certamente não tinha Swann da extensão daquele amor uma consciência direta. Quando tentava medi-lo, acontecia-lhe às vezes que parecesse diminuído, quase reduzido a nada; por exemplo, o pouco prazer, quase desprazer que lhe haviam inspirado, antes que amasse Odette, seus traços expressivos, sua pele sem frescor, voltava-lhe alguns dias. "Realmente há progressos sensíveis", dizia-se no dia seguinte. "Olhando objetivamente para as coisas, quase não senti prazer ontem em estar em sua cama: é curioso, achei-a até mesmo feia." E sem dúvida era sincero, mas seu amor estendia-se bem mais além das regiões do desejo físico. A própria pessoa de Odette não mais ocupava ali um lugar muito grande. Quando com o olhar reencontrava sobre sua mesa a fotografia de Odette, ou quando ela vinha visitá-lo, era-lhe difícil associar o rosto de carne ou de cartolina àquela perturbação dolorosa e constante que nele vivia. Dizia-se quase com espanto: "É ela", como se de repente fosse exteriorizada diante de nós uma de nossas enfermidades e não a achássemos parecida com o que sofremos. Tentava perguntar-se o que seria "Ela"; pois é uma característica do amor e da morte, mais do que aquelas, tão vagas, que sempre nos repetimos, o fato de nos fazermos questionar mais adiante, com medo de que sua realidade se esquive, o mistério da personalidade. E a doença que era o amor de Swann se havia multiplicado tanto, estava tão estreitamente emaranhada a todos os seus hábitos, a todos os seus atos, a seu pensamento, sua saúde, seu sono, sua vida, até mesmo àquilo que desejava para depois de sua morte, formava com ele tão praticamente um todo, que não se poderia arrancá-la dele sem destruí-lo quase por inteiro: como se diz em cirurgia, seu amor não era mais operável.

Por aquele amor Swann a tal ponto se desligara de todos os seus interesses que, quando por acaso voltava à sociedade, dizendo-se que suas relações, como um engaste elegante que ela aliás não saberia estimar com exatidão, poderiam aumentar seu próprio valor aos olhos de Odette (e isso talvez pudesse ser verdade, com efeito, se não tivessem sido aviltadas por aquele mesmo amor, que por Odette depreciava todas as coisas que tocava pelo fato de que parecia proclamá-las menos preciosas), ali experimentava, ao lado da desventura de estar em lugares, com pessoas que ela não conhecia, o prazer desinteressado que teria encontrado num romance ou num quadro em que estão pintados os divertimentos de uma classe ociosa, como, em sua própria casa, condescendia em observar o funcionamento de sua vida doméstica, a elegância de seu guarda-roupa e de sua libré, a boa colocação de seus bens, do mesmo modo que ao ler, em Saint-Simon[65], que era um de seus autores preferidos, a

65. Claude Henri de Rouvroy, conde de Saint-Simon (1760-1825), fundador do socialismo francês. (N.T.)

mecânica dos dias, o cardápio das refeições de Madame de Maintenon[66], ou a avareza circunspecta e a magnificência de Lulli[67]. E, na fraca medida em que aquele desligamento não era absoluto, a razão daquele prazer novo saboreado por Swann era poder emigrar por um momento para as raras partes de si mesmo deixadas quase de fora de seu amor, de seu sofrimento. Sob tal aspecto, aquela personalidade que lhe atribuía minha tia-avó, de "um Swann", distinta de sua personalidade mais individual de Charles Swann, era aquela da qual agora mais gostava. Um dia em que, para o aniversário da princesa de Parma (e porque ela poderia com frequência ser indiretamente agradável a Odette ao lhe conseguir lugares para recepções e cerimônias), ele quisera lhe mandar frutas, não sabendo muito bem como encomendá-las, encarregara disso uma prima de sua mãe que, encantada por fazer compras para ele, escrevera-lhe, para prestar contas, que não comprara todas as frutas no mesmo lugar, mas as uvas em Crapote, onde eram especialistas, os morangos em Jauret, as peras em Chevet, onde estavam mais bonitas etc., "todas as frutas verificadas e examinadas uma a uma por mim". E com efeito, pelos agradecimentos da princesa, ele pudera julgar o perfume dos morangos e a maciez das peras. Mas, sobretudo, aquele "todas as frutas verificadas e examinadas uma a uma por mim" havia sido um alívio para seu sofrimento, levando sua consciência para uma região que raramente visitava, embora lhe pertencesse como herdeiro de uma família de rica e boa burguesia na qual eram hereditariamente conservados, sempre prontos a serem postos a seu serviço sempre que o desejasse, o conhecimento dos "endereços certos" e a arte de saber fazer uma compra.

66. Françoise d'Aubigné (1635-1719), mais conhecida como Madame de Maintenon, esposa secreta do rei Luís XIV. (N.T.)

67. Giovanni Battista (ou Jean-Baptiste) Lulli (1633-1687), compositor e violinista francês. (N.T.)

Sem dúvida esquecera-se há muito tempo de que era "um Swann" para que não sentisse, quando voltava a sê-lo por um momento, um prazer mais intenso do que os que poderia ter tido no resto do tempo e aos quais era insensível; e se a amabilidade dos burgueses, para os quais restava sobretudo aquilo, era menos intensa do que a da aristocracia (mas aliás mais lisonjeira, pois entre eles ao menos ela jamais se separa da consideração), uma carta principesca, alguns divertimentos nobres que ela lhe propunha, não lhe poderia ser tão agradável quanto a que lhe pedia para ser testemunha, ou simplesmente comparecer a um casamento na família de velhos amigos de seus pais, dos quais alguns haviam continuado a vê-lo – como meu avô que, no ano anterior, o havia convidado para o casamento de minha mãe – e alguns outros apenas o conheciam ligeiramente, mas acreditavam ter deveres de polidez para com o filho, o digno sucessor do falecido sr. Swann.

Mas, pela intimidade já antiga que havia entre eles, os membros da sociedade, em certa medida, faziam também parte de sua casa, de seu dia a dia e de sua família. Sentia, ao refletir sobre suas amizades brilhantes, o mesmo apoio externo, o mesmo conforto que ao observar as belas terras, a bela prataria, a bela toalha de mesa que lhe vinham dos seus. E o pensamento de que, se caísse em casa fulminado por um ataque, seria naturalmente ao duque de Chartres, ao príncipe Reuss, ao duque de Luxemburgo e ao barão de Charlus que seu camareiro correria em busca de ajuda, trazia-lhe o mesmo consolo que à nossa velha Françoise o fato de saber que seria amortalhada em lençóis finos que lhe pertenciam, bordados, não cerzidos (ou tão habilmente consertados que aquilo só fazia dar uma melhor ideia do cuidado da costureira) – mortalha de cuja imagem frequentemente tirava certa satisfação, se não de bem-estar, ao menos de amor-próprio. Mas como, sobretudo, em todas as suas atitudes e pensamentos que se relacionavam a Odette, Swann era constantemente dominado e dirigido pelo sentimento inconfesso de ser, para ela, talvez não menos querido, mas menos agradável de se ver do que qualquer outro, do que o mais tedioso fiel dos Verdurin – quando se transportava para um mundo no qual ele era o homem encantador por excelência, a quem todos tudo faziam para atrair, que lamentavam não ver –, recomeçava a crer na existência de uma vida mais feliz, quase a sentir por ela desejo, como acontece a um doente acamado durante meses, de dieta, que lê num jornal o cardápio de um almoço oficial ou o anúncio de um cruzeiro pela Sicília.

Se era obrigado a dar desculpas às pessoas da sociedade por não lhes fazer visitas, era por fazê-las a Odette que tentava se desculpar. E ainda as pagava (perguntando no fim do mês, por menos que tivesse abusado um pouco de sua paciência e ido vê-la com frequência, se era suficiente enviar-lhe quatro mil francos), e para cada uma delas encontrava um pretexto: um presente a levar, uma informação da qual ela precisava, o sr. de Charlus que encontrara indo para a casa dela e que exigira que o acompanhasse. E, na falta de algum, pedia ao sr. de Charlus que corresse à casa dela e lhe dissesse, como se fosse espontâneo, durante a conversa, que tinha se lembrado de que precisava falar com Swann, se ela faria o favor de mandar pedir-lhe que fosse imediatamente à casa dela; mas na maioria das vezes Swann esperava em vão e o sr. de Charlus dizia-lhe à noite que seu expediente não havia funcionado. De modo que, se agora Odette se ausentava com frequência, mesmo quando ficava em Paris ela o via pouco, ela que, quando o amava, dizia-lhe "estou sempre livre" e "que me importa a opinião dos outros", agora, sempre que ele queria vê-la, invocava as conveniências, ou pretextava ocupações. Quando ele falava em ir a uma festa beneficente, a um *vernissage*, a uma estreia na qual ela estaria, ela lhe dizia que ele queria tornar pública a ligação dos dois, que a tratava como uma qualquer. A tal ponto que, para tentar não ser privado de encontrá-la aonde quer que fosse, Swann, que sabia que ela conhecia e gostava muito de meu tio-avô Adolphe, do qual ele mesmo fora amigo, foi visitá-lo um dia em seu pequeno apartamento da Rue de Bellechasse a fim de lhe pedir que usasse sua influência sobre Odette. Como ela sempre assumia, ao falar a Swann de meu tio, ares poéticos, dizendo: "Ah! Ele não é como você, sua amizade por mim é uma coisa tão bela, tão grande, tão bonita! Não seria ele quem teria por mim tão pouca consideração para querer se mostrar comigo em todos os lugares públicos", Swann ficou embaraçado e não sabia que tom deveria adotar para falar dela a meu tio. Colocou primeiro a excelência *a priori* de Odette, o axioma da sua supra-humanidade seráfica, a revelação de suas virtudes indemonstráveis e cuja noção só poderia derivar da experiência. "Quero lhe falar. Ao senhor, que sabe que mulher acima de todas as mulheres, que ser adorável, que anjo é Odette. Mas o senhor sabe o que é a vida de Paris. Nem todos conhecem Odette à luz do que nós conhecemos, o senhor e eu. Então há pessoas que acham que faço um papel um pouco ridículo, ela não admite sequer que eu a encontre em público, no teatro. O senhor, em quem ela tem tanta confiança, não poderia dizer-lhe algumas palavras a meu favor, garantir-lhe que ela exagera o mal que um cumprimento meu lhe poderia causar?"

Meu tio aconselhou Swann a ficar um pouco sem ver Odette, que só a faria amá-lo mais, e a Odette que deixasse Swann encontrá-la em todos os lugares que ele quisesse. Alguns dias depois, Odette dizia a Swann que acabava de ter uma decepção ao ver que meu tio era como todos os homens: ele acabava de tentar possuí-la à força. Ela acalmou

Swann, que no primeiro instante queria ir provocar meu tio, mas se recusou a apertar-lhe a mão quando o encontrou. Ele lamentou ainda mais aquela desavença com meu tio Adolphe porque esperara, se o tivesse revisto algumas vezes e podido conversar com ele em confiança, tentar esclarecer alguns boatos relativos à vida que Odette levara outrora em Nice. Meu tio Adolphe passava lá os invernos. E Swann pensava que talvez tivesse sido exatamente lá que ele conhecera Odette. O pouco que havia escapado a alguém, diante dele, em relação a um homem que teria sido amante de Odette, perturbara Swann. Mas as coisas que ele teria, antes de conhecê-las, considerado as mais terríveis de saber e mais impossíveis de acreditar, quando tinha conhecimento delas, eram incorporadas para sempre à sua tristeza, as admitia, não conseguia mais compreender que poderiam não ter existido. O fato é que cada uma delas traçava, sobre a ideia que ele fazia de sua amante, um retoque indelével. Ele chegou mesmo a compreender, uma vez, que aquela leviandade de maneiras de Odette da qual não suspeitara era bastante conhecida e que, em Baden e Nice, quando outrora lá passava vários meses, ela tivera uma espécie de notoriedade galante. Tentou, para interrogá-los, aproximar-se de alguns boêmios, mas eles sabiam que ele conhecia Odette; e ele ademais tinha medo de fazê-los pensar nela novamente, de colocá-los no seu rastro. Mas ele, a quem até então nada teria podido parecer mais entediante do que tudo o que se relacionava com a vida cosmopolita de Baden ou de Nice, ouvindo dizer que Odette talvez tivesse outrora feito a festa naquelas cidades de prazer, sem que jamais chegasse a saber se havia sido apenas para satisfazer a necessidades de dinheiro que graças a ele ela não mais tinha, ou a caprichos que poderiam renascer, debruçava-se agora com uma angústia impotente, cega e vertiginosa sobre o abismo sem fundo no qual haviam desaparecido aqueles anos do início do Setenato[68] durante os quais passava-se o inverno no Passeio dos Ingleses, o verão sob as tílias de Baden, e neles encontrava uma profundidade dolorosa mas magnífica como a que lhes teria emprestado um poeta. E teria se dedicado a reconstituir os pequenos fatos da crônica da Côte d'Azur de então, se ela tivesse podido ajudá-lo a compreender algo do sorriso ou dos olhares – ainda que tão honestos e tão simples – de Odette, com mais paixão do que o esteta que interroga os documentos subsistentes da Florença do século XV para tentar penetrar mais adiante na alma da *Primavera*, da *Bella Vanna* ou da *Vênus* de Botticelli. Muitas vezes sem nada dizer ele a olhava, imaginava; ela lhe dizia: "Que ar triste!". Não havia ainda muito tempo desde que, da ideia de que era uma criatura boa, semelhante às melhores que conhecera, ele passara à ideia de que ela era uma mulher manteúda; inversamente, acontecera-lhe desde então voltar, da Odette de Crécy talvez por demais conhecida dos boêmios, dos homens mulherengos, àquele rosto de uma expressão às vezes tão suave, àquela natureza tão humana. Dizia a si mesmo: "O que significa que em Nice todos saibam quem é Odette de Crécy? Essas reputações, mesmo verdadeiras, são feitas com as ideias dos outros"; pensava que aquela lenda – mesmo se autêntica – era exterior a Odette, não existia nela como uma personalidade irredutível e nociva; que a criatura que pudera ser levada a se comportar mal era uma mulher de olhos bons, de coração cheio de piedade para com o sofrimento, de corpo dócil que ele tivera, apertara em seus braços e dominara, uma mulher que ele poderia um dia possuir por inteiro, caso conseguisse se lhe tornar indispensável. Ela ali estava, muitas vezes cansada, o rosto por um instante esvaziado da preocupação febril e

68. Mandato presidencial com a duração de sete anos, determinado por lei de 1873, com a substituição de Adolphe Thiers pelo marechal Mac Mahon na Presidência da França. (N.T.)

contente com as coisas desconhecidas que faziam sofrer Swann; ela afastava seus cabelos com as mãos; sua testa, seu rosto pareciam mais largos; então, de repente, algum pensamento simplesmente humano, algum bom sentimento como existem em todas as criaturas quando num momento de repouso ou de recolhimento estão entregues a si mesmas, jorrava de seus olhos como um raio amarelo. E de imediato todo o seu rosto iluminava-se como um campo cinzento, coberto de nuvens que de repente se afastam, para sua transfiguração, no momento do pôr do sol. A vida que havia em Odette naquele momento, o próprio futuro que ela parecia olhar sonhadoramente, Swann teria podido dividir com ela; nenhuma agitação nociva parecia ter ali deixado resíduos. Por mais raros que se tornassem, aqueles momentos não foram inúteis. Pela lembrança Swann religava tais parcelas, abolia os intervalos, moldava como se em ouro uma Odette de bondade e calma pela qual fez mais tarde (como veremos na segunda parte desta obra) sacrifícios que a outra Odette não teria obtido. Mas tais momentos eram tão raros, e agora ele a via tão pouco! Mesmo quanto a seus encontros noturnos, ela só lhe dizia no último minuto se poderia concedê-los, pois, certa de que o encontraria sempre livre, ela queria ter antes a certeza de que ninguém mais lhe proporia uma visita. Alegava que era obrigada a esperar uma resposta da maior importância e, mesmo se depois que havia feito vir Swann, alguns amigos pedissem a ela, já tendo a noite começado, para ir encontrá-los no teatro ou para cear, punha-se de pé num pulo alegre e se vestia às pressas. À medida que ela progredia em sua toalete, cada movimento que fazia aproximava Swann do momento em que seria preciso deixá-la, em que ela fugiria em um impulso irresistível. E quando, enfim pronta, mergulhando uma última vez em seu espelho o olhar tenso e iluminado pela atenção, colocava um pouco de batom nos lábios, fixava uma mecha na testa e pedia seu casaco de noite azul-céu com borlas douradas, Swann tinha um ar tão triste que ela não conseguia reprimir um gesto de impaciência e dizia: "Veja como você me agradece por deixá-lo ficar até o último minuto. E eu que acreditava ter feito uma coisa gentil. É bom saber disso para uma outra vez!". Às vezes, correndo o risco de aborrecê-la, ele se prometia tentar saber onde ela teria ido, sonhava com uma aliança com Forcheville que poderia talvez lhe dar informações. Aliás, quando sabia com quem ela passava a noite, era bem raro que não conseguisse descobrir, entre todas as suas relações, alguém que conhecesse, ainda que indiretamente, o homem com quem ela saíra e pudesse facilmente obter dele algum tipo de explicação. E, enquanto escrevia a um de seus amigos para pedir-lhe que tentasse esclarecer um ou outro ponto, sentia o alívio de parar de se fazer perguntas sem respostas e transferir para outro o trabalho de interrogar. É verdade que Swann não fazia grandes progressos quando obtinha algumas informações. Saber nem sempre permite impedir, mas, ao menos, temos as coisas que sabemos, se não entre as mãos, ao menos em nosso pensamento, onde as arrumamos conforme a nossa vontade, o que nos dá a ilusão de uma espécie de poder sobre elas. Ele ficava feliz todas as vezes que o sr. de Charlus estava com Odette. Entre o sr. de Charlus e ela, Swann sabia que nada poderia acontecer, que, quando o sr. de Charlus saía com ela era por amizade a ele, e que não criaria dificuldades para lhe contar o que ela fizera. Algumas vezes ela declarara tão categoricamente a Swann que seria impossível vê-lo determinada noite, parecia fazer tanta questão de sair de casa, que Swann dava real importância ao fato de que o sr. de Charlus estivesse disponível para acompanhá-la. No dia seguinte, sem ousar fazer muitas perguntas, ele constrangia o sr. de Charlus, aparentando não compreender direito suas primeiras respostas, a lhe dar notícias, depois de cada uma das quais sentia-se aliviado, pois descobria bem depressa que Odette ocupara a noite com os mais inocentes prazeres. "Mas como, meu querido Memê[69], não estou entendendo... não foi ao sair da casa dela que vocês foram ao museu Grévin... vocês foram a outro lugar antes. Não? Ah! Como é engraçado! Você não sabe como me diverte, meu querido Memê. Mas que ideia estranha ela teve de ir depois ao Chat Noir, é bem ideia dela... Não? Foi sua? Veja só! Aliás não é má ideia, ela devia conhecer muita gente por lá. Não? Ela não falou com ninguém? É extraordinário. Então vocês ficaram lá assim, os dois sozinhos? Posso ver a cena. Você é gentil, meu querido Memê, gosto muito de você." Swann sentia-se aliviado. Para ele, a quem acontecera, ao conversar com indiferentes que mal escutava, ouvir algumas vezes determinadas frases (esta, por exemplo: "Ontem vi a sra. de Crécy, ela estava com um senhor que não conheço"), frases que, imediatamente, no coração de Swann passavam ao estado sólido, ali endureciam como uma incrustação, que o dilaceravam, não mais se moviam, como eram, ao contrário, doces aquelas palavras: "Ela não conhecia ninguém, não falou com ninguém", como circulavam facilmente dentro dele, como eram fluidas, fáceis, respiráveis! E ainda assim no fim de um instante se dizia que Odette devia achá-lo muito aborrecido para que fossem aqueles os prazeres que preferia à sua companhia. E sua insignificância, se o tranquilizava, ainda assim lhe doía como uma traição.

Mesmo quando não conseguia saber aonde ela fora, teria bastado para acalmar a angústia que então sentia e contra a qual a presença de Odette, a doçura de estar junto dela era o único remédio (um remédio que a longo prazo

69. Memê, tradução fonética de Mémé, apelido do sr. de Charlus, barão de Palamède. (N.T.)

agravava a doença, mas ao menos acalmava momentaneamente o sofrimento), teria bastado para ele se Odette tivesse simplesmente permitido que ficasse em casa dela enquanto não estivesse ali, que a esperasse até a hora da volta em cujo alívio se teriam vindo confundir as horas que um sortilégio, um malefício, fizeram-no acreditar diferentes das outras. Mas ela não queria assim; ele voltava para casa; obrigava-se, no caminho, a criar diversos projetos, parava de pensar em Odette; chegava mesmo, ao se despir, a brincar com pensamentos bastante alegres; era com o coração cheio de esperança de ir no dia seguinte ver alguma obra-prima que ia para a cama e apagava a luz; mas assim que, para se preparar para dormir, deixava de exercer sobre si mesmo um controle do qual sequer tinha consciência, tanto se tornara habitual, no mesmo instante um arrepio gelado o percorria e ele começava a soluçar. Nem ao menos queria saber por que, secava os olhos e dizia a si mesmo, rindo: "Mas é encantador, estou ficando neurótico". Então não conseguia pensar sem um grande cansaço que no dia seguinte seria preciso recomeçar a saber o que Odette havia feito, a se valer de influências para tentar vê-la. Aquela necessidade de uma atividade sem trégua, sem variedade, sem resultados, era para ele tão cruel que um dia, percebendo um volume em sua barriga, sentiu uma verdadeira alegria diante do pensamento de que talvez tivesse um tumor mortal, que não precisaria mais se ocupar com coisa alguma, que a doença o governaria, faria dele um joguete, até o fim próximo. E com efeito, se, naquela época, acontecia-lhe frequentemente, sem o confessar a si próprio, desejar a morte, era para escapar menos à acuidade de seu sofrimento do que à monotonia de seu esforço.

E ainda assim teria querido viver até a época em que não mais a amaria, em que ela não teria qualquer razão para lhe mentir e em que ele poderia enfim saber dela se no dia em que fora vê-la à tarde ela estava ou não na cama com Forcheville. Muitas vezes, durante alguns dias, a suspeita de que ela amasse outro o dissuadia de fazer a pergunta relativa a Forcheville, tornava-a quase indiferente, como novas formas de um mesmo estado doentio que parecem momentaneamente nos terem livrado das precedentes. Havia mesmo dias em que não era atormentado por suspeita alguma. Acreditava-se curado. Mas na manhã seguinte, ao despertar, sentia no mesmo lugar a mesma dor cuja sensação, na véspera, durante o dia, havia como que se diluído na torrente de diferentes impressões. Mas ela não mudara de lugar. E mais, fora a acuidade dessa dor que despertara Swann.

Como Odette não dava qualquer informação a respeito daquelas coisas tão importantes que tanto a ocupavam todos os dias (embora ele tivesse vivido o bastante para saber que nunca existem outras além dos prazeres), ele não conseguia passar muito tempo imaginando-as, seu cérebro funcionava no vazio; então ele passava o dedo sobre as pálpebras cansadas, como teria feito para enxugar as lentes de seu lornhão, e parava completamente de pensar. Ainda assim flutuavam naquele campo desconhecido algumas ocupações que reapareciam de tempos em tempos e que ela vagamente relacionava a alguma obrigação para com parentes distantes ou amigos de outrora que, por serem os únicos aos quais se referia como impedimentos para vê-lo, pareciam a Swann formar o quadro fixo, necessário, da vida de Odette. Devido ao tom no qual ela lhe dizia algumas vezes "o dia em que vou com minha amiga ao Hipódromo", se, sentindo-se adoentado e pensando: "Talvez Odette quisesse vir me visitar", ele bruscamente se lembrava de que era exatamente aquele dia e dizia a si mesmo: "Ah! Não vale a pena pedir-lhe que venha, eu deveria ter pensado nisso antes, hoje é o dia em que ela vai com a amiga ao Hipódromo. Vamos nos guardar para o que é possível, é inútil desgastar-se propondo coisas inaceitáveis e recusadas de antemão". E aquele dever que obrigava Odette a ir ao Hipódromo e diante do qual Swann assim se inclinava não lhe parecia apenas indiscutível; mas aquele caráter de necessidade do qual estava impregnado parecia tornar plausível e legítimo tudo o que de perto ou de longe a ele se relacionasse. Se Odette, tendo recebido na rua o cumprimento de alguém que havia despertado o ciúme de Swann, respondia às suas perguntas ligando a existência do desconhecido a um dos dois ou três grandes deveres sobre os quais lhe falava, se, por exemplo, dizia: "É um senhor que estava no camarote da minha amiga com quem vou ao Hipódromo", aquela explicação acalmava as suspeitas de Swann, que na verdade considerava inevitável que a amiga tivesse outros convidados além de Odette em seu camarote, mas que jamais havia tentado ou conseguido imaginá-los. Ah! Como gostaria de conhecer aquela amiga que ia ao Hipódromo e que ela o levasse com Odette! Como teria trocado todas as suas relações por qualquer outra pessoa que tinha o hábito de ver Odette, fosse uma manicure ou uma balconista! Teria gasto mais com elas do que com rainhas. Não lhes teriam elas fornecido, com aquilo que continham da vida de Odette, o único calmante eficaz para seus sofrimentos? Como teria com alegria corrido para passar os dias em casa de uma daquelas pessoas humildes com as quais Odette mantinha relações, fosse por interesse ou por verdadeira simplicidade! Como teria tranquilamente estabelecido para sempre residência no quinto andar de alguma casa sórdida e invejada à qual Odette não o levava e onde, se morasse com a costureirinha de quem sem problemas passaria por amante, receberia quase diariamente sua visita. Naqueles bairros quase populares, que existência modesta, abjeta, mas doce, alimentada de calma e felicidade, ele teria aceitado viver indefinidamente!

Acontecia ainda às vezes, quando, tendo encontrado Swann, ela via aproximar-se alguém que ele não conhecia, que ele pudesse observar no rosto de Odette aquela tristeza que ela demonstrara no dia em que ele chegara para visitá-la enquanto Forcheville estava lá. Mas era raro; pois nos dias em que, apesar de tudo o que tinha para fazer e do receio do que pensaria o mundo, ela chegava a ver Swann, o que dominava agora em sua atitude era a segurança: grande contraste, talvez desforra inconsciente ou reação natural da emoção temerosa que nos primeiros tempos em que o conhecera ela sentia perto dele, e mesmo longe dele, quando começava uma carta com estas palavras: "Meu amigo, minha mão treme tanto que quase não consigo escrever" (ao menos assim alegava, e um pouco daquela emoção devia ser sincera para que desejasse aparentá-la ainda mais). Swann a agradava, então. Jamais alguém treme senão por si, por aqueles que ama. Quando nossa felicidade não mais está em suas mãos, que calma, que tranquilidade, que segurança conhecemos a seu lado! Falando com ele, escrevendo-lhe, ela não mais tinha aquelas palavras pelas quais tentava se dar a ilusão de que ele lhe pertencia, fazendo nascerem as ocasiões para dizer "meu" quando se tratava dele: "Você é o meu bem, este é o perfume de nossa amizade, eu o guardo", para lhe falar do futuro, até mesmo da morte, como de uma só coisa para ambos. Naquele tempo, a tudo o que ele dizia, ela respondia com admiração: "Você jamais será como todo mundo"; ela olhava para sua cabeça comprida e um pouco calva, da qual as pessoas que conheciam os sucessos de Swann pensavam "Ele não é exatamente belo, mas é elegante: aquele topete, aquele monóculo, aquele sorriso!" e, talvez mais curiosa de saber como ele era do que desejosa de ser sua amante, dizia: "Se eu pudesse saber o que há nessa cabeça!". Agora, a todas as palavras de Swann ela respondia num tom por vezes irritado, por vezes indulgente: "Ah! Você realmente jamais será como todo mundo!". E olhava para aquela cabeça que estava apenas um pouco mais envelhecida pelas preocupações (mas da qual agora todos pensavam, em virtude daquela mesma aptidão que permite descobrir as intenções de uma peça sinfônica da qual se leu o programa e as semelhanças de uma criança quando se conhece sua ascendência: "Ele não é exatamente feio, mas é ridículo; aquele topete, aquele monóculo, aquele sorriso!", fazendo em sua imaginação sugestionada a demarcação imaterial que separa em alguns meses uma cabeça de amante apaixonado de uma cabeça de amante traído), ela dizia: "Ah! Se eu pudesse mudar, tornar razoável o que há nessa cabeça".

Sempre disposto a acreditar no que desejava, por menos que a maneira de Odette agir com ele deixasse margem a dúvidas, atirava-se avidamente sobre aquela frase:

– Você pode, se quiser – dizia.

E tratava de mostrar-lhe que acalmá-lo, dirigi-lo, fazê-lo trabalhar, seria uma nobre tarefa à qual só pediam para se dedicar outras mulheres que não ela, entre as mãos das quais deve-se acrescentar que a nobre tarefa não lhe teria parecido mais do que uma indiscreta e insuportável usurpação de sua liberdade. "Se ela não me amasse um pouco", dizia a si mesmo, "não desejaria me transformar. Para me transformar, será preciso que me veja com mais frequência." Assim encontrava naquela censura que ela lhe fazia uma espécie de prova de interesse, de amor, talvez; e com efeito ela lhe dava agora tão poucas que era obrigado a considerar como tal as proibições que lhe fazia. Um dia, ela declarou que não gostava de seu cocheiro, que ele o influenciava contra ela, que não tinha para com ele a pontualidade e a deferência que ela queria. Ela sentia que ele desejava ouvi-la dizer: "Não o traga quando vier à minha casa", como teria desejado um beijo. Como estava de bom humor, ela disse; Swann ficou comovido. À noite, conversando com o sr. de Charlus, com quem tinha a alegria de poder falar dela abertamente (pois as mínimas coisas que dizia, mesmo às pessoas que não a conheciam, de alguma forma falavam dela), ele disse:

– Ainda assim acredito que ela me ama; ela é tão gentil comigo, o que faço não lhe é, com certeza, indiferente.

E se, no momento de ir à casa de Odette, subindo em sua carruagem com um amigo a quem deveria deixar no caminho, o outro lhe dissesse: "Ora, não é Lorédan quem está na boleia?", com que melancólica satisfação Swann respondia:

– Ah! Veja só! Vou lhe contar, não posso ir com Lorédan quando vou à Rue La Pérouse. Odette não gosta que eu vá com Lorédan, ela não o acha bom para mim; enfim, o que quer, as mulheres, sabe como são! Pois é! Eu só precisaria ter vindo com Rémi! Mas aí seria outra história!

Com aqueles novos modos indiferentes, distraídos, irritáveis, que eram agora os de Odette para com ele, Swann certamente sofria; mas ele não reconhecia seu sofrimento; como havia sido progressivamente, dia a dia, que Odette esfriara em relação a ele, não seria senão comparando o que ela era hoje com o que fora no início que ele poderia sondar a profundidade da mudança que se realizara. Ora, aquela mudança era a profunda e secreta mágoa que o machucava dia e noite, e ele, tão logo sentia que seus pensamentos chegavam por demais perto dela, rapidamente os dirigia para outro lado, por medo de sofrer demais. Dizia a si mesmo de forma abstrata: "Houve um tempo em que Odette me amava mais", mas jamais revia aquele tempo. Assim como havia em seu gabinete uma cômoda que ele dava um jeito de não olhar, da qual se desviava para evitá-la ao entrar e sair, porque numa gaveta estavam encerrados o crisântemo que ela lhe dera na primeira noite em que ele a levara em casa, as cartas em que ela dizia "Se tivesse esquecido também o seu coração, eu não o teria deixado recuperá-lo" e "a qualquer hora do dia ou da noite em que precisar de mim, deixe-me saber e disponha de minha vida", assim tinha dentro dele um lugar do qual jamais deixava sua mente se aproximar, obrigando-a a fazer se fosse preciso o caminho de uma longa racionalização para não precisar passar diante dele: era naquele lugar que vivia a lembrança dos dias felizes.

Mas sua tão cuidadosa prudência foi perturbada uma noite em que fez uma aparição social.

Foi em casa da marquesa de Saint-Euverte, no último dos saraus daquele ano, nos quais ela apresentava artistas que posteriormente lhe serviam para seus concertos de caridade. Swann, que pretendera sucessivamente comparecer a todos os anteriores e não conseguira resolver-se a ir, recebera, enquanto se vestia para ir àquele, a visita do barão de Charlus, que vinha oferecer-se para ir com ele à casa da marquesa, se sua companhia pudesse ajudá-lo a se aborrecer um pouco menos, a se sentir menos triste. Mas Swann respondera:

– Não imagina o prazer que eu teria em estar consigo. Mas o maior prazer que me faria seria ir ver Odette. O senhor sabe a excelente influência que tem sobre ela. Acredito que ela não sairá esta noite antes de ir à casa de sua antiga costureira a qual, aliás, com certeza ficará contente se a acompanhar. Em todo caso, poderá encontrá-la em casa antes. Procure distraí-la e também lhe dar alguns conselhos. Se pudesse combinar alguma coisa para amanhã, que a agrade e que pudéssemos fazer os três juntos... Procure também fazer planos para o verão, se houver algo que ela queira fazer, um cruzeiro que faríamos os três juntos, alguma coisa. Quanto a esta noite, não tenho esperanças de vê-la; agora, se ela quiser ou se achar um pretexto, só precisa me mandar um bilhete até meia-noite em casa da sra. de Saint-Euverte, e depois em minha casa. Obrigado por tudo o que tem feito por mim, sabe o quanto o estimo.

O barão prometeu-lhe ir fazer a visita que ele desejava depois de levá-lo até a porta da residência Saint-Euverte, onde Swann chegou tranquilizado pelo pensamento de que o sr. de Charlus passaria a noite na Rue La Pérouse, mas num estado tal de melancólica indiferença a todas as coisas que não se relacionavam a Odette, e em particular às coisas mundanas, que lhes davam o encanto daquilo que, não mais sendo uma finalidade para nossa vontade, aparece-nos como realmente é. Desde que desceu da carruagem, no primeiro plano daquele resumo fictício de sua vida doméstica que as donas de casa pretendem oferecer a seus convidados nos dias de festa e no qual procuram respeitar a verdade das vestimentas e a da decoração, Swann apreciou ver os herdeiros dos "tigres" de Balzac, os cavalariços, acompanhantes habituais dos passeios, que, de chapéus e botas, permaneciam do lado de fora, defronte à casa, na alameda, ou diante das estrebarias, como jardineiros teriam sido postados ao lado de seus canteiros. A inclinação especial que ele sempre tivera de buscar analogias entre os seres vivos e os quadros dos museus exercia-se ainda, mas de modo mais constante e mais geral: era a vida mundana por inteiro, agora que dela se afastara, que se lhe apresentava como uma série de quadros. No vestíbulo onde outrora, quando era um homem mundano, entrava envolto em seu sobretudo para dali sair de fraque, mas sem saber o que se passara, estando seu pensamento, durante os poucos instantes que ali passava, ou ainda na festa da qual acabara de sair ou então já na festa na qual iria entrar, pela primeira vez percebeu, despertado pela imprevista chegada de um convidado tão tardio, o bando esparso, magnífico e ocioso dos altos criados que dormiam aqui e ali em banquetas e arcas e que, erguendo seus nobres perfis agudos de galgos, empertigaram-se e, reunidos, formaram o círculo ao seu redor.

Um deles, de aspecto especialmente feroz e muito semelhante ao executor em alguns quadros da Renascença que reproduzem suplícios, adiantou-se até ele com ar implacável, para segurar suas coisas. Mas a dureza de seu olhar de aço era compensada pela suavidade de suas luvas de algodão, ainda que ao se aproximar de Swann parecesse dar testemunho do desprezo por sua pessoa e da atenção a seu chapéu. Segurou-o com um cuidado ao qual a consciência de seu tamanho conferia algo de meticuloso e com uma delicadeza que tornava quase comovente o esplendor de sua força. Passou-o então a um de seus auxiliares, jovem e tímido, que exprimia o terror que sentia lançando em todas as direções olhares selvagens e aparentava a agitação de um animal cativo nas primeiras horas de sua domesticação.

A alguns passos, um rapagão de libré sonhava, imóvel, escultural, inútil, como aquele guerreiro puramente decorativo que se vê nos quadros mais inquietos de Mantegna[70], devaneando, apoiado em seu escudo, enquanto a seu lado todos se atiram e se degolam; separado do grupo de seus companheiros que se agitavam em torno de Swann, ele parecia tão decidido a se desinteressar daquela cena que acompanhava vagamente com os olhos claros e cruéis como se fosse o Massacre dos Inocentes ou o Martírio de São Tiago. Parecia exatamente pertencer àquela raça extinta – ou que talvez só tenha existido no retábulo de São Zeno e nos afrescos do Eremitani, através dos quais Swann dela se aproximara e onde ela sonha ainda – originária da fecundação de uma estátua antiga por algum modelo paduano do Mestre ou de algum saxão de Albert Dürer[71]. E as mechas de seus cabelos ruivos encrespados pela natureza mas colados pela brilhantina eram abundantemente tratadas do mesmo modo que na escultura grega estudada

70. Andrea Mantegna (1431–1506), pintor e gravador italiano. (N.T.)

71. Albrecht (ou Albert) Dürer (1471-1528), pintor, foi a figura central da Renascença alemã. (N.T.)

sem cessar pelo pintor de Mântua e que, se da criação só reproduz o homem, sabe ao menos tirar de suas simples formas riquezas tão variadas e como que emprestadas de toda a natureza viva que uma cabeleira, por suas espirais uniformes e pelas pontas agudas de seus cachos, ou na superposição do triplo e florescente diadema de suas tranças, parece simultaneamente um apanhado de algas, uma ninhada de pombas, uma grinalda de jacintos e um emaranhado de serpentes.

Outros ainda, também colossais, postavam-se nos degraus de uma escada monumental à qual sua presença decorativa e sua imobilidade marmórea teriam podido dar o nome da que existe no palácio Ducal, a "Escadaria dos Gigantes", e que Swann enfrentou com a tristeza de saber que Odette jamais a pisara. Ah! Com que alegria, ao contrário, teria subido os andares escuros, malcheirosos e escorregadios da costureirinha aposentada, onde ficaria feliz por pagar, mais do que por uma semana de um camarote de palco na ópera, pelo direito de passar a noite no quinto andar quando Odette ali estivesse, e mesmo nos outros dias, para poder falar sobre ela, viver com as pessoas que ela costumava ver quando ele não estava presente e que por isso lhe pareciam ocultar, da vida de sua amante, algo mais real, mais inacessível e mais misterioso. Enquanto naquela escada pestilenta e desejada da antiga costureira, como não havia outra para o serviço, via-se à noite diante de cada uma das portas uma caixa de leite vazia e suja preparada sobre o capacho, na escadaria magnífica e desdenhada que Swann subia naquele momento, de um lado e de outro, em alturas diferentes, diante de cada vão que criava na parede a janela da galeria ou a porta de um apartamento, representando o serviço interior que dirigiam e homenageando os convidados, um porteiro, um mordomo, um prateiro (homens honestos que viviam o resto da semana com certa independência em seus domínios, ali jantavam em suas casas como pequenos comerciantes e talvez amanhã estivessem a serviço de burgueses como um médico de um industrial), atentos a não desobedecer às recomendações que lhes haviam sido feitas antes que lhes fosse permitido vestir a libré resplandecente que só usavam a raros intervalos e na qual não se sentiam muito à vontade, mantinham-se sob o arco de suas portas com um brilho pomposo temperado de bonomia popular, como santos em seus nichos; e um enorme suíço, vestido como na igreja, batia nas lajes com seu bastão à passagem de cada recém-chegado. Atingindo o alto da escada ao longo da qual o acompanhara um criado de rosto lívido com os cabelos presos num rabinho de cavalo atrás da cabeça, como um sacristão de Goya[72] ou um escrivão do teatro, Swann passou diante de uma escrivaninha onde serviçais, sentados como notários diante de grandes registros, ergueram-se e inscreveram seu nome. Atravessou então um pequeno vestíbulo que – tal como determinados cômodos decorados por seu proprietário para servir de moldura a uma única obra de arte, da qual recebem o nome e que, numa nudez desejada, nada mais contêm – exibia à entrada, como alguma preciosa efígie de Benvenuto Cellini representando uma sentinela, um jovem criado de pé, o corpo ligeiramente inclinado para a frente, erguendo acima de seu gorjal vermelho um rosto ainda mais vermelho do qual escapavam torrentes de fogo, timidez e zelo e que, perfurando as tapeçarias de Aubusson erguidas diante do salão no qual se ouvia a música com seu olhar impetuoso, vigilante, apavorado, parecia, com uma impassibilidade militar ou uma fé sobrenatural – alegoria do alarme, encarnação da espera, comemoração da desordem – espreitar, anjo ou vigia, por uma torre de fortaleza

72. Francisco José de Goya y Lucientes (1746-1828), pintor e gravador espanhol. (N.T.)

ou de catedral, a aparição do inimigo ou a hora do juízo. Só restava a Swann penetrar na sala do concerto cujas portas um meirinho coberto de correntes lhe abriu inclinando-se, como se lhe entregasse as chaves de uma cidade. Mas ele pensava na casa onde poderia estar naquele mesmo momento, se Odette lhe tivesse permitido, e a lembrança entrevista de uma caixa de leite vazia sobre um capacho apertou-lhe o coração.

Swann reencontrou rapidamente o sentimento da feiúra masculina quando, para além da cortina de tapeçaria, ao espetáculo dos criados sucedeu-se o dos convidados. Mas a própria feiúra dos rostos, que ele contudo conhecia tão bem, parecia-lhe nova desde que seus traços – em vez de serem para ele sinais praticamente utilizáveis para a identificação de tal pessoa que lhe havia representado até então um feixe de prazeres a buscar, de aborrecimentos a evitar ou de gentilezas a prestar – limitavam-se, coordenados unicamente por relações estéticas, à autonomia de suas linhas. E nesses homens, entre os quais Swann se viu encarcerado, até mesmo os monóculos que muitos usavam (e que, outrora, teriam no máximo permitido a Swann dizer que usavam um monóculo), agora não mais indicando um hábito, o mesmo para todos, apareciam-lhe como tendo cada um deles uma espécie de individualidade. Talvez porque olhasse para o general de Froberville e o marquês de Bréauté, que conversavam na entrada, apenas como dois personagens de um quadro, enquanto por muito tempo haviam sido para ele os amigos úteis que o tinham apresentado no Hipódromo e apoiado nos duelos, o monóculo do general, fixo entre suas pálpebras como um estilhaço de morteiro em sua fisionomia vulgar, retalhada e triunfal, no meio do rosto que tornava caolho como o olho único do ciclope, pareceu a Swann como uma ferida monstruosa da qual ele poderia se sentir orgulhoso, mas que era indecente exibir;

enquanto aquele que o sr. de Bréauté somava, em sinal de festividade, às luvas cinza-pérola, à cartola, à gravata branca e usava como substituto ao pincenê caseiro (como fazia o próprio Swann) para comparecer à sociedade, trazia, colado a seu verso, como um material de história natural sob um microscópio, um olhar infinitesimal e abundante de amabilidade, que não parava de sorrir para a altura dos tetos, para a beleza das festas, para o interesse dos programas e para a qualidade dos refrescos.

– Ora! Ei-lo aqui! Mas há séculos não o vemos – disse a Swann o general que, percebendo seus traços contraídos e concluindo que talvez fosse uma doença grave que o afastava do mundo, acrescentou: – Está com bom aspecto! – enquanto o sr. de Bréauté perguntava: "Mas como, meu caro, o que pode estar fazendo aqui?" a um romancista mundano que acabava de instalar no canto do olho um monóculo, seu único órgão de investigação psicológica e impiedosa análise, e que respondeu com ar importante e misterioso, rolando o *r*:

– Observo.

O monóculo do marquês de Forestelle era minúsculo, não possuía armação e, obrigando a uma crispação incessante e dolorosa o olho no qual se incrustava como uma cartilagem supérflua cuja presença é inexplicável e a matéria, aprimorada, dava ao rosto do marquês uma delicadeza melancólica e fazia com que fosse julgado pelas mulheres como capaz de grandes dores de amor. Mas o do sr. de Saint-Candé, cercado por um gigantesco anel, como saturno, era o centro gravitacional de um semblante que a todo momento a ele se adaptava, cujo nariz vibrante e vermelho e boca carnuda e sarcástica tentavam com suas caretas estar à altura do metralhar de pensamentos que faziam brilhar o disco de vidro, e via-se ser preferido aos mais belos olhares do mundo por jovens mulheres esnobes e depravadas às quais fazia sonhar com encantos artificiais e um refinamento de voluptuosidade; e no entanto, atrás do seu, o sr. de Palancy, que, com sua grande cabeça de carpa de olhos redondos, deslocava-se lentamente em meio às festas abrindo de instante em instante as mandíbulas como para procurar seu caminho, tinha o ar de apenas transportar consigo um fragmento acidental, e talvez puramente simbólico, dos vidros de seu aquário, parte destinada a simbolizar o todo, que lembrou a Swann, grande admirador dos *Vícios e virtudes*, de Giotto[73], em Pádua, aquele Injusto ao lado de quem um galho frondoso evoca as florestas onde se oculta seu refúgio.

Swann chegara mais à frente, cedendo à insistência da sra. de Saint-Euverte, e, para ouvir uma ária de Orfeu executada por um flautista, colocara-se num canto onde tinha infelizmente como única perspectiva duas senhoras já maduras sentadas uma ao lado da outra, a marquesa de Cambremer e a viscondessa de Franquetot, as quais, por serem primas, passavam todo o tempo nos saraus, carregando suas bolsas e acompanhadas por suas filhas, procurando-se mutuamente como numa estação de trem, e só ficavam tranquilas quando conseguiam marcar, com seus lenços ou seus leques, dois lugares vizinhos: a sra. de Cambremer, como tinha pouquíssimas relações, ficando ainda mais feliz por ter uma companheira, e a sra. de Franquetot, que ao contrário era muito relacionada, achando algo de elegante, de original, em mostrar a todos os seus conhecidos que a eles preferia uma dama obscura com a qual tinha em comum recordações de juventude. Cheio de melancólica ironia, Swann observava-as ouvir o interlúdio de piano (*São Francisco falando aos pássaros*, de Liszt[74]) que sucedera a ária da flauta e acompanhar o jogo arrebatador do virtuoso; a sra. de Franquetot ansiosamente, os olhos agitados como se

73. Giotto di Bondone (c.1267-1337), pintor e arquiteto italiano. (N.T.)

74. Franz (ou Ferenc) Liszt (1811-1886), compositor clássico húngaro. (N.T.)

as teclas sobre as quais ele corria com agilidade fossem uma sequência de trapézios da qual poderia cair de uma altura de oitenta metros, não sem lançar à sua vizinha olhares de espanto, de contestação, que significavam: "É inacreditável, eu jamais imaginaria que um homem pudesse fazer isso", e a sra. de Cambremer, como mulher que recebeu sólida educação musical, marcando o compasso com sua cabeça transformada em ponteiro de metrônomo cuja amplitude e rapidez de oscilações de um ombro a outro haviam chegado a tal ponto (com aquela espécie de agitação e abandono do olhar que têm as dores que não mais se conhecem nem tentam controlar-se e dizem "o que se pode fazer!") que a todo instante ela enganchava em seus anéis solitários as presilhas de seu corpete e era obrigada a arrumar as uvas negras que trazia nos cabelos, sem por isso deixar de acelerar o movimento. Do outro lado da sra. de Franquetot, mas um pouco à frente, estava a marquesa de Gallardon, ocupada com seu pensamento favorito, o parentesco que tinha com os Guermantes e devido ao qual obtinha perante o mundo e para si mesma muita glória com alguma vergonha, os mais brilhantes dentre eles mantendo-a um pouco à parte, talvez porque fosse aborrecida, ou porque fosse má, ou porque pertencesse a um ramo inferior, ou talvez por razão alguma. Quando se encontrava junto a alguém que não conhecia, como naquele momento junto à sra. de Franquetot, ela sofria com o fato de que a consciência que tinha de seus laços com os Guermantes não pudesse manifestar-se exteriormente em letras visíveis como aquelas que, nos mosaicos das igrejas bizantinas, colocados uns abaixo dos outros, inscrevem numa coluna vertical, ao lado de um personagem santo, as palavras que se devem pronunciar. Pensava naquele momento que jamais recebera um convite ou uma visita de sua jovem prima, a princesa de Laumes, desde o casamento dela seis anos antes. Esse pensamento a enchia de cólera, mas também de orgulho; pois, de tanto dizer às pessoas que se espantavam por não vê-la em casa da sra. de Laumes que era porque se teria exposto a lá encontrar a princesa Mathilde – o que sua família ultralegitimista jamais lhe teria perdoado –, acabara acreditando que essa era com efeito a razão pela qual não ia à casa de sua jovem prima. Lembrava-se ainda assim que perguntara diversas vezes à sra. de Laumes como poderia fazer para encontrá-la, mas disso só se lembrava vagamente e aliás neutralizava por completo tal lembrança um pouco humilhante murmurando: "Afinal não sou eu quem devo dar os primeiros passos, tenho vinte anos a mais do que ela". Graças à virtude de tais palavras interiores, lançava altivamente para trás seus ombros distantes do busto e sobre os quais sua cabeça posicionada quase horizontalmente fazia pensar na cabeça "recolocada" de um orgulhoso faisão servido à mesa com todas as suas plumas. Não que fosse por natureza atarracada, masculina e gorducha, mas as afrontas a haviam aprumado como aquelas árvores que, nascidas em má posição à beira de um precipício, são forçadas a crescer para trás a fim de manter seu equilíbrio. Sendo obrigada, como consolo por não ser exatamente como as outras Guermantes, a se dizer sem cessar que era por intransigência de princípios e altivez que as via pouco, aquele pensamento acabara por modelar seu corpo e por gerar uma espécie de pose que passava aos olhos das burguesas por um sinal de raça e por vezes acendia com um fugidio desejo o olhar fatigado dos homens presentes. Fosse a conversa da sra. de Gallardon submetida a uma daquelas análises que, determinando a maior ou menor frequência de cada termo, permitem descobrir a chave de uma linguagem cifrada, ficaria evidente que nenhuma expressão, nem mesmo a mais usual, voltava com tanta frequência quanto "em casa de meus primos de Guermantes", "em casa de minha tia de Guermantes", "a saúde de Elzéar de Guermantes", "a banheira de minha prima de Guermantes". Quando alguém lhe falava de um personagem ilustre, ela respondia que, sem conhecê-lo pessoalmente, já o encontrara mil vezes em casa de sua tia de Guermantes, mas respondia isso num tom tão glacial e numa voz tão surda que ficava claro que, se não o conhecia pessoalmente, era em virtude de todos os princípios indissolúveis e obstinados pelos quais suas espáduas se tocavam nas costas, como naquelas escadas sobre as quais os professores de ginástica nos mandam deitar para desenvolver o tórax.

Ora, a princesa de Laumes, que ninguém esperava ver em casa da sra. de Saint-Euverte, acabava de chegar. Para mostrar que não pretendia dar a perceber num salão, ao qual só ia por condescendência, a superioridade de seu nível, entrara encolhendo seus ombros mesmo onde não havia qualquer multidão a ser atravessada e pessoa alguma a deixar passar, ficando propositalmente no fundo, com o ar de estar em seu lugar, como um rei que entra na fila à porta de um teatro enquanto as autoridades não se dão conta de sua presença; e, limitando simplesmente seu olhar – para não dar a impressão de assinalar sua presença e reclamar atenções – à observação de um desenho do tapete ou de sua própria saia, mantinha-se de pé no lugar que lhe parecera o mais modesto (e de onde sabia perfeitamente que uma exclamação encantada da sra. de Saint-Euverte a tiraria tão logo a notasse), ao lado da sra. de Cambremer, a quem não conhecia. Observava a mímica de sua vizinha melômana, mas não a imitava. Não que, por ter vindo passar cinco minutos em casa da sra. de Saint-Euverte, a princesa de Laumes não desejasse, a fim de valorizar a gentileza que lhe fazia, mostrar-se a mais amável possível. Mas por natureza tinha horror do que chamava "os exageros" e fazia questão de mostrar que "não precisava" entregar-se a manifestações que não combinavam com o "tipo" de círculo no qual vivia, mas que ainda assim por outro lado não deixavam de impressioná-la, a favor daquele espírito de imitação vizinho da timidez que desenvolve, nas pessoas mais seguras de si mesmas, a atmosfera de um ambiente novo, ainda que inferior. Começava a se perguntar se aquela gesticulação não seria necessária em função do trecho que era tocado e que talvez não se enquadrasse na música que ouvira até aquele dia, se dela se abster não seria dar provas de incompreensão em relação à obra e de inconveniência para com a dona da casa: de modo que, para exprimir por um "ajuste de contas" seus sentimentos contraditórios, por momentos contentava-se em arrumar as presilhas de suas ombreiras ou firmar em seus cabelos louros as bolinhas de coral ou de esmalte rosa, cravadas de diamantes, que lhe compunham um penteado simples e encantador; examinando com fria curiosidade sua fogosa vizinha, por momentos batia com seu leque o compasso, mas, para não abdicar de sua independência, em descompasso. Tendo o pianista terminado o trecho de Liszt e iniciado um prelúdio de Chopin[75], a sra. de Cambremer lançou à sra. de Franquetot um sorriso enternecido de satisfação competente e de alusão ao passado. Ela aprendera em sua juventude a acariciar as frases, de colos sinuosos e desmesurados, de Chopin, tão livres, tão flexíveis, tão tácteis, que começam buscando e escolhendo seu lugar fora e bem longe da direção de sua partida, bem longe do ponto ao qual se poderia esperar que chegasse seu toque, e que só são executadas naquele afastamento de fantasia para voltar com maior deliberação – num retorno mais premeditado, com mais precisão, como sobre um cristal que retiniria até fazer gritar – a nos tocar o coração.

Vivendo numa família provinciana que tinha poucas relações, nunca indo a bailes, ela se inebriara na solidão

75. Frédéric François Chopin (1810-1849), compositor polonês. (N.T.)

de seu solar, retardando, acelerando a dança de todos aqueles pares imaginários, despetalando-os como flores, abandonando por um instante o baile para ouvir o vento soprar nos pinheiros, à margem do lago, e vendo de repente se adiantar, diferente de tudo aquilo que já foi sonhado como sendo um amante na terra, um rapaz magro de voz um pouco cantante, estranha e desafinada, de luvas brancas. Mas hoje a beleza fora de moda daquela música parecia embaçada. Privada há alguns anos da estima dos conhecedores, perdera sua honra e seu encanto, e mesmo aqueles cujo gosto é péssimo, nela só encontravam um prazer inconfesso e medíocre. A sra. de Cambremer lançou um olhar furtivo para trás. Sabia que sua jovem nora (cheia de respeito por sua nova família, salvo no que tocava às coisas do espírito a respeito das quais, conhecendo até mesmo harmonia e grego, tinha luzes especiais) desprezava Chopin e sofria quando o ouvia ser tocado. Mas longe da vigilância daquela wagneriana que estava mais adiante, com um grupo de pessoas de sua idade, a sra. de Cambremer deixava-se levar por impressões deliciosas. A princesa de Laumes também as sentia. Sem ser por natureza dotada para a música, recebera havia quinze anos as aulas de uma professora de piano do Faubourg Saint-Germain, mulher excepcional que ficara no fim da vida reduzida à miséria e havia recomeçado, aos setenta anos, a dar aulas às filhas e netas de suas antigas alunas. Estava morta agora. Mas seu método, seu belo som, renasciam por vezes sob os dedos de suas alunas, mesmo daquelas que para todas as outras coisas se haviam tornado pessoas medíocres, que tinham abandonado a música e que quase nunca abriam um piano. Assim a sra. de Laumes foi capaz de balançar a cabeça, em total conhecimento de causa, com uma correta apreciação do modo pelo qual o pianista tocava aquele prelúdio que sabia de cor. O final da frase iniciada cantou-se por si mesma em seus lábios. E ela murmurou "continua cheio de charme", com um duplo *ch* no início das palavras que era uma marca de delicadeza e com o qual sentia seus lábios tão romanticamente comprimidos como uma linda flor que instintivamente harmonizou com eles seu olhar dando a este, naquele instante, uma espécie de sentimentalismo e de indefinição. Enquanto isso, a sra. de Gallardon dizia-se que era aborrecido ter apenas raramente a ocasião de encontrar a princesa de Laumes, pois desejava lhe dar uma lição não respondendo a seu cumprimento. Não sabia que sua prima lá estava. Um movimento de cabeça da sra. de Franquetot fez com que a percebesse. De imediato precipitou-se para ela, perturbando todos; mas, desejosa de guardar um ar altivo e glacial que lembrasse a todos que não desejava manter relações com alguém em cuja casa se podia ficar cara a cara com a princesa Mathilde e diante de quem ela não precisava apresentar-se pois não era "sua contemporânea", quis ainda assim compensar tal ar de altivez e de reserva com alguma frase que justificasse sua atitude e forçasse a princesa a travar uma conversa; então, uma vez perto da prima, a sra. de Gallardon, com um rosto duro, a mão estendida como uma faca, disse-lhe: "Como vai o seu marido?" com a mesma voz preocupada que teria se o príncipe estivesse gravemente enfermo. A princesa, explodindo num riso que lhe era particular e que se destinava simultaneamente a mostrar aos outros que zombava de alguém e também a fazê-la parecer mais bonita concentrando os traços de seu rosto ao redor de sua boca animada e de seu olhar brilhante, respondeu:

– Ora, às mil maravilhas!

E riu mais uma vez. Entretanto, aprumando o corpo e esfriando o olhar, embora inquieta ainda com o estado do príncipe, a sra. de Gallardon disse à prima:

– Oriane (aqui a sra. de Laumes olhou com ar surpreso e risonho para um terceiro invisível para o qual parecia fazer questão de atestar que jamais autorizara a sra. de

Gallardon a chamá-la pelo primeiro nome), eu gostaria muito que você fosse por um instante amanhã à noite à minha casa ouvir um quinteto com clarineta de Mozart. Queria ouvir a sua opinião.

Parecia não fazer um convite, e sim pedir um favor e precisar da opinião da princesa sobre o quinteto de Mozart como se fosse um prato realizado por uma nova cozinheira a respeito de cujos talentos lhe fosse precioso obter a opinião de um gourmet.

– Mas eu conheço esse quinteto, posso dizer agora... que o adoro!

– Você sabe, meu marido não está bem, seu fígado... Ele ficaria muito contente ao vê-la – recomeçou a sra. de Gallardon, transformando agora para a princesa o convite a aparecer em seu sarau numa obrigação de caridade.

A princesa não gostava de dizer às pessoas que não queria ir às suas casas. Todos os dias escrevia sua lástima por ter sido privada – por uma visita inesperada de sua sogra, por um convite de seu cunhado, pela ópera, por uma festa no campo – de um sarau ao qual jamais pensaria em ir. Dava assim a muitas pessoas a alegria de acreditar que fazia parte de suas relações, que teria ido de boa vontade à sua casa, que só fora impedida de fazê-lo por contratempos principescos que as deixavam lisonjeadas por vê-los concorrer com seus saraus. Além disso, fazendo parte daquela delicada casta das Guermantes no qual sobrevivia algo do espírito alerta, despojado de lugares-comuns e sentimentos convencionais, que descende de Mérimée[76] e encontrou sua última expressão no teatro de Mailhac e Halévy[77], adaptava-o até mesmo às relações sociais, transpunha-o até em sua gentileza, que se esforçava por ser positiva, precisa, por se aproximar da

76. Prosper Mérimée (1803-1870), escritor francês. (N.T.)

77. Henri Meilhac (grafado Mailhac por Proust) (1831-1897) e Ludovic Halévy (1834-1908), dramaturgos franceses. (N.T.)

humilde verdade. Não demonstrava por muito tempo a uma dona de casa a expressão do desejo que tinha de ir ao seu sarau; considerava mais amável expor-lhe alguns pequenos fatos dos quais dependeria que lhe fosse ou não possível a ele comparecer.

– Ouça, vou explicar – disse ela à sra. de Gallardon. – Amanhã à noite preciso ir à casa de uma amiga que assim me pediu há muito tempo. Se ela nos levar ao teatro, não haverá, mesmo com a maior boa vontade, qualquer possibilidade de que eu vá à sua casa; mas se ficarmos em casa dela, como sei que estaremos a sós, poderei sair.

– Olhe, já viu seu amigo, o sr. Swann?

– Não! Esse amor de Charles. Não sabia que estaria aqui, vou tratar de fazer com que me veja.

– É estranho que ele venha à casa da velha Saint-Euverte – disse a sra. de Gallardon. – Oh! Sei que ele é inteligente – acrescentou querendo com aquilo dizer intrigante –, mas não tem importância: um judeu em casa da irmã e da cunhada de dois arcebispos.

– Confesso envergonhada que não estou chocada – disse a princesa de Laumes.

– Sei que ele já se converteu, e até seus pais e avós. Mas dizem que os convertidos permanecem mais ligados à sua religião do que os outros, que é tudo uma farsa, é verdade?

– Não tenho qualquer conhecimento a respeito.

O pianista que deveria tocar duas peças de Chopin, após terminar o prelúdio, atacara imediatamente uma *polonaise*. Mas desde que a sra. de Gallardon assinalara à sua prima a presença de Swann, Chopin ressuscitado poderia vir tocar pessoalmente todas as suas obras sem que a sra. de Laumes conseguisse prestar atenção. Ela fazia parte de uma dessas duas metades da humanidade em que a curiosidade que tem a outra metade pelos seres que não conhece é substituída pelo interesse pelos seres que conhece. Como muitas mulheres do Faubourg Saint-Germain, a presença, num lugar no qual se encontrava, de alguém de seu ambiente, e ao qual, aliás, nada tinha de especial a dizer, absorveria por completo sua atenção em detrimento de todo o resto. A partir daquele momento, na esperança de que Swann a notasse, a princesa nada fez, como um ratinho branco domesticado a quem se estende e de quem depois se retira um torrão de açúcar, além de girar o rosto, cheio de mil sinais de conivência destituídos de ligações com o sentimento da *polonaise* de Chopin, na direção em que estava Swann e, se ele mudava de lugar, ela deslocava paralelamente seu sorriso imantado.

– Oriane, não se aborreça – recomeçou a sra. de Gallardon, que jamais conseguia impedir-se de sacrificar suas maiores esperanças sociais e de ofuscar um dia o mundo, ao prazer obscuro, imediato e privado de dizer alguma coisa desagradável –, há gente que afirma que esse sr. Swann é alguém que não se pode receber em casa, é verdade?

– Mas... você deve saber muito bem que é verdade – respondeu a princesa de Laumes –, pois já o convidou cinquenta vezes e ele nunca foi.

E, deixando sua prima mortificada, explodiu novamente num riso que escandalizou as pessoas que ouviam a música, mas atraiu a atenção da sra. de Saint-Euverte, que por educação permanecera junto ao piano e só então percebeu a princesa. A sra. de Saint-Euverte ficou ainda mais encantada ao ver a sra. de Laumes, pois a imaginava ainda em Guermantes cuidando de seu sogro doente.

– Mas como, princesa, a senhora estava aqui?

– É, fiquei num cantinho, ouvi coisas bonitas.

– Como! Então já está aqui há algum tempo!

– Um tempo enorme que me pareceu muito curto, enorme apenas porque eu não a via.

A sra. de Saint-Euverte quis dar sua poltrona à princesa, que respondeu:

– Absolutamente! Por quê? Fico bem em qualquer lugar.

E escolhendo intencionalmente, para melhor manifestar sua simplicidade de grande dama, um banquinho sem encosto:

– Veja, este pufe é tudo o que preciso. Vai me fazer ficar com as costas retas. Ah! Meu deus! Ainda estou fazendo barulho, vou acabar sendo vaiada.

Entretanto, redobrando de velocidade o pianista, a emoção musical chegava a seu ápice, um criado passava refrescos numa bandeja e fazia tilintar colheres e, como em todas as semanas, a sra. de Saint-Euverte lhe fazia, sem que ele visse, sinais para que fosse embora. Uma recém-casada, a quem havia sido ensinado que uma jovem não deve ter um ar entediado, sorria de prazer e buscava com os olhos a dona da casa para lhe testemunhar com o olhar seu reconhecimento por ter "pensado nela" para semelhante prazer. Ainda assim, embora com mais calma do que a sra. de Franquetot, não era sem inquietação que acompanhava o trecho; mas a sua inquietação tinha por objeto, em lugar do pianista, o piano sobre o qual uma vela saltava a cada fortíssimo, correndo o risco se não de incendiar o abajur, ao menos de manchar a palissandra. Afinal não se conteve e, escalando os dois degraus do estrado sobre o qual estava colocado o piano, precipitou-se para retirar o castiçal. Mas suas mãos quase o tocavam quando, num último acorde, o trecho terminou, e o pianista levantou-se. Contudo, a iniciativa audaciosa daquela jovem, a curta promiscuidade que ocasionou entre ela e o instrumentista, produziram uma impressão geral favorável.

– A senhora percebeu o que fez aquela pessoa, princesa? – disse o general de Froberville à princesa de Laumes, a quem fora cumprimentar e que a sra. de Saint-Euverte deixara por um momento. – É curioso. Será uma artista?

– Não, é a pequena sra. de Cambremer – respondeu irrefletidamente a princesa, e acrescentou depressa: – Estou lhe repetindo o que ouvi dizer, não tenho qualquer noção de quem seja, disseram atrás de mim que se tratava de vizinhos do campo da sra. de Saint-Euverte, mas não creio que alguém os conheça. Deve ser "gente do campo"! Aliás, não sei se o senhor está a par da brilhante sociedade que aqui se encontra, mas não faço ideia do nome de todas estas pessoas surpreendentes. Como acredita que passam suas vidas fora dos saraus da sra. de Saint-Euverte? Ela deve tê-los feito vir com os músicos, as cadeiras e os refrescos. Confesse que estes "convidados de Belloir"[78] são magníficos. Será que ela realmente tem coragem de alugar estes figurantes todas as semanas? Não é possível!

– Ah! Mas Cambremer é um sobrenome autêntico e antigo – disse o general.

– Não vejo mal algum em que seja antigo – respondeu secamente a princesa –, mas de qualquer modo não é *eufônico* – acrescentou ela, destacando a palavra eufônico como se estivesse entre aspas, pequena afetação de estilo que era característica da casta Guermantes.

– A senhora acha? Ela é linda como uma pintura – disse o general, que não perdia de vista a sra. de Cambremer. – Não concorda, princesa?

– Ela se coloca demais em evidência, acho que numa mulher tão jovem isso não é agradável, pois não acredito que seja minha contemporânea – respondeu a sra. de Laumes (tal expressão era comum aos Gallardon e aos Guermantes).

Mas a princesa, vendo que o sr. de Froberville continuava olhando para a sra. de Cambremer, acrescentou,

78. *Belloir & Jallot*, empresa francesa inaugurada em 1860, especializada na instalação, decoração e aluguel de móveis e materiais para festas. (N.T.)

em parte por maldade para com essa última, em parte por amabilidade para com o general:

– Nada agradável... para o marido! Lamento não a conhecer, já que lhe interessa; eu os apresentaria – disse a princesa, que provavelmente nada teria feito se conhecesse a jovem. – Vou ser obrigada a lhe dar boa noite, porque há a festa de uma amiga a quem devo ir cumprimentar – disse ela num tom modesto e verdadeiro, reduzindo a reunião mundana à qual iria à simplicidade de uma cerimônia aborrecida, mas à qual era obrigatório e emocionante comparecer. – Aliás, devo encontrar Basin que, enquanto eu ficava aqui, foi visitar uns amigos que o senhor conhece, acredito, que têm nome de ponte, os Iéna.

– Foi inicialmente o nome de uma vitória, princesa – disse o general. – O que quer? Para um velho soldado como eu – acrescentou ele, tirando seu monóculo para enxugá-lo, como se mudasse um curativo, enquanto a princesa desviava instintivamente os olhos – essa nobreza do império é outra coisa, é claro, mas enfim, pelo que é, é muito bonito em seu gênero, são pessoas que afinal lutaram como heróis.

– Mas tenho grande respeito pelos heróis – disse a princesa num tom levemente irônico –: se não vou com Basin à casa dessa princesa de Iéna, não é absolutamente por isso, é simplesmente porque não os conheço. Basin os conhece, gosta deles. Oh! Não é o que o senhor possa imaginar, não se trata de um flerte, nada tenho para me opor! Aliás, de nada adianta quando quero me opor! – acrescentou com voz melancólica, pois todos sabiam que, desde o dia seguinte àquele em que o príncipe de Laumes desposara sua deslumbrante prima, ele não deixara de traí-la.

– Mas enfim, não é o caso, são pessoas que ele conheceu antigamente, é sua mania, acho muito bom. Antes de tudo vou lhe dizer que nada do que ele me falou a respeito da casa deles... imagine que todos os móveis são "Império"!

– Mas princesa, naturalmente, é porque se trata da mobília de seus avós.

– Não digo que não seja, mas nem por isso é menos feia. Entendo muito bem que não se possa ter coisas bonitas, mas pelo menos que não se tenha coisas ridículas. O que quer? Não conheço algo mais pretensioso, mais burguês do que esse estilo horrível, com aquelas cômodas que têm cabeças de cisnes como as banheiras.

– Mas creio que eles possuem coisas bonitas, devem ter a famosa mesa de mosaico sobre a qual foi assinado o tratado de...

– Ah! Não digo que não tenham coisas interessantes do ponto de vista histórico. Mas aquilo não pode ser bonito... porque é horrível! Eu também tenho coisas assim, que Basin herdou dos Montesquieu. Só que estão nos sótãos de Guermantes, onde ninguém as vê. Enfim, não é o caso, eu correria à casa deles com Basin, iria visitá-los mesmo em meio a suas esfinges e seus cobres se os conhecesse, mas... não os conheço! Sempre me disseram quando eu era pequena que não era educado ir à casa de pessoas que não conhecemos – disse ela assumindo um tom pueril. – Então, faço o que me ensinaram. Imagine essa boa gente vendo entrar alguém que não conhecem? Talvez me recebessem muito mal! – disse a princesa. E por vaidade embelezou o sorriso que tal suposição provocava, dando a seu olhar azul fixo no general uma expressão sonhadora e doce.

– Ora, princesa! Sabe muito bem que não caberiam em si de alegria...

– Mas por quê? – perguntou ela com extrema vivacidade, tanto para não ter o ar de saber que seria porque ela era uma das maiores damas da França, tanto para ter o prazer de ouvi-lo dizer pelo general. – Por quê? Como pode saber? Talvez fosse para eles o que pode haver de mais desagradável. Não sei, mas se julgo por mim, já me aborrece ver gente que conheço, acho que se fosse obrigada a ver pessoas que não conheço, mesmo "heroicas", eu enlouqueceria. Aliás, vejamos, salvo quando se trata de velhos amigos como o senhor, que conhecemos por outros motivos, não sei se o heroísmo seria um formato muito aceitável na sociedade. Aborrece-me já muitas vezes oferecer jantares, mas se fosse preciso oferecer o braço a Spartacus para ir à mesa... não, realmente, eu jamais pensaria em Vercingetorix para ser o décimo quarto conviva. Sinto que o reservaria para os grandes saraus. E como não os dou...

– Ah! Princesa! A senhora não é uma Guermantes à toa. Está todo aí, o espírito dos Guermantes.

– Sempre se diz o espírito *dos* Guermantes, jamais compreendi por quê. O senhor conhece *outros* que o possuem – acrescentou ela numa risada borbulhante e feliz, os traços de seu rosto concentrados, convergentes no entrelaçado de sua animação, olhos cintilantes, inflamados por uma luminosidade radiante de contentamento que, sozinhos, tinham o poder de fazer brilhar as frases que, mesmo pronunciadas pela própria princesa, eram um elogio ao seu espírito ou à sua beleza. – Veja! Ali está Swann, que parece cumprimentar a sua Cambremer; ali... ele está ao lado da matriarca Saint-Euverte, não o está vendo? Peça-lhe para apresentá-lo. Mas se apresse, ele tenta ir embora!

– Reparou com que cara horrível ele está? – disse o general.

– Meu querido Charles! Ah! Finalmente ele veio, estava começando a achar que não queria me ver!

Swann gostava muito da princesa de Laumes, além disso, sua visão lhe lembrava Guermantes, terra vizinha a Combray, toda aquela região que ele tanto amava e à qual não mais voltava para não se afastar de Odette. Fazendo uso de formas semiartísticas, semigalantes, que sabia que agradavam a princesa e que reencontrava naturalmente quando por um instante tornava a mergulhar em seu antigo ambiente – e querendo por outro lado para si mesmo exprimir a saudade que sentia do campo.

– Ah! – em tom de aparte, para ser ouvido ao mesmo tempo pela sra. de Saint-Euverte, quem falava, e pela sra. de Laumes, para quem falava – eis a encantadora princesa! Vejam, ela veio especialmente de Guermantes para ouvir o *São Francisco de Assis* de Liszt e só teve tempo, como uma linda andorinha, de colher para enfeitar sua cabeça algumas frutinhas da ameixeira dos pássaros e do espinheiro; há até pequenas gotas de orvalho, um pouco de granizo branco que devem fazer a duquesa estremecer. Ficou muito bonito, minha querida princesa.

– Como? A princesa veio especialmente de Guermantes? Mas é demais! Eu não sabia, estou confusa – exclamou inocentemente a sra. de Saint-Euverte, que estava pouco habituada à maneira de ser de Swann. E examinando o chapéu da princesa: – É verdade, parecem... como direi?... não são castanhas... Oh! Uma ideia deliciosa! Mas como poderia a princesa conhecer meu programa? Os músicos não o disseram nem mesmo a mim.

Swann, acostumado, quando junto a uma mulher com a qual mantivera hábitos galantes de linguagem, a dizer coisas delicadas que muita gente da sociedade não compreendia, não se dignou explicar à sra. de Saint-Euverte que falara apenas por metáfora. Quanto à princesa, pôs-se a rir às gargalhadas, porque o espírito de Swann era extremamente apreciado em sua casta, e também porque não podia ouvir um cumprimento a ela dirigido sem nele encontrar os mais finos atrativos e uma graça irresistível.

– Muito bem! Fico encantada, Charles, que minhas frutinhas de espinheiro lhe agradem. Por que foi cumprimentar aquela Cambremer? Também é seu vizinho no campo?

A sra. de Saint-Euverte, vendo que a princesa parecia contente por conversar com Swann, afastara-se.

– Mas a senhora também é, princesa.

– Eu? Essa gente tem casas de campo por toda parte! Como eu gostaria de estar no lugar deles!

– Não são os Cambremer, eram os pais dela; ela é uma senhorita Legrandin que ia a Combray. Não sei se a senhora sabe que é condessa de Combray e que o colegiado lhe deve uma renda anual.

– Não sei o que me deve o colegiado, mas sei que sou lesada em cem francos todos os anos pelo pároco, o que eu dispensaria. Enfim, esses Cambremer têm um nome muito estranho. Acaba na hora certa, mas acaba mal! – disse ela rindo.

– Não começa melhor – respondeu Swann.

– Realmente... essa dupla abreviação!...

– Trata-se de alguém muito enfurecido e muito contido, que não ousou ir até o fim da primeira palavra.

– Mas já que não podia se impedir de começar a segunda, teria feito melhor terminando a primeira para acabar com isso logo de uma vez. Estamos fazendo brincadeiras encantadoras, meu pequeno Charles, mas como é aborrecido não vê-lo mais – acrescentou ela em tom carinhoso –, gosto tanto quando conversamos. Imagine que nem mesmo consegui fazer entender àquele idiota do Froberville que o nome dos Cambremer era espantoso. Confesse que a vida é uma coisa horrível. Só mesmo quando o vejo é que paro de me aborrecer.

E sem dúvida aquilo não era verdade. Mas Swann e a princesa tinham um mesmo modo de julgar as pequenas coisas que tinha como efeito – a menos que fosse como causa – uma grande analogia na maneira de se exprimir e até em sua pronúncia. Essa semelhança não impressionava porque nada era mais diferente do que suas vozes. Mas se conseguíssemos propositalmente retirar das palavras de Swann a sonoridade que as recobria, os bigodes por entre os quais saíam, dávamo-nos conta de que eram as mesmas frases, as mesmas inflexões, a perspectiva da casta Guermantes. Para as coisas importantes, Swann e a princesa não tinham as mesmas ideias. Mas como Swann estava tão triste, sentindo sempre aquela espécie de arrepio que antecede o momento no qual se vai chorar, tinha ele a mesma necessidade de falar de sofrimento quanto um assassino tem de falar de seu crime. Ao ouvir a princesa dizer que a vida era uma coisa horrível, sentiu tanta doçura quanto se ela tivesse falado de Odette.

– Ah! É! A vida é uma coisa horrível. Precisamos nos ver, minha querida amiga. O que há de agradável consigo é que não é alegre. Poderíamos passar algum tempo juntos.

– Mas é claro que sim. Por que não vai a Guermantes? Minha sogra ficaria contentíssima. Alguns acham aquilo muito feio, mas devo dizer-lhe que aquele lugar não me desgosta, detesto os lugares "pitorescos".

– Concordo inteiramente, é admirável – respondeu Swann. – É quase bonito demais, vivo demais para mim, no momento; é um lugar para ser feliz. Talvez seja porque vivi ali, mas as coisas de lá me são tão caras! Assim que se ergue uma brisa, que o trigo começa a se mover, parece-me que alguém vai chegar, que vou receber uma notícia; e aquelas casinhas à beira d'água... eu ficaria muito infeliz!

– Oh! Meu querido Charles, cuidado, a horrenda Rampillon já me viu, esconda-me, lembre-me o que aconteceu com ela, eu confundo, foi sua filha ou seu amante quem se casou?, não sei mais; talvez os dois... e juntos!... Ah! Não, estou me lembrando, ela foi repudiada pelo seu príncipe...

Faça de conta que está falando comigo, para que essa Berenice não venha me convidar para jantar. Aliás, estou indo embora. Ouça, meu querido Charles, agora que o encontrei, não quer se deixar raptar e que eu o leve à casa da princesa de Parma, que ficaria tão contente, e Basin também, que deve me encontrar lá. Se não tivéssemos notícias suas por Memê... Pense que nunca mais o vejo!

Swann recusou; tendo prevenido o sr. de Charlus que ao sair da casa da sra. de Saint-Euverte voltaria diretamente para a sua, não queria, indo visitar a princesa de Parma, arriscar-se a perder um bilhete que passara todo o tempo esperando que lhe fosse entregue por um criado durante o sarau, e que talvez fosse encontrar com seu porteiro.

– Aquele pobre Swann – disse naquela noite a sra. de Laumes a seu marido – continua gentil, mas tem um ar muito infeliz. Poderá ver, pois ele prometeu vir jantar um dia desses. Acho no fundo ridículo que um homem inteligente como ele sofra por uma pessoa daquele tipo e que nem mesmo é interessante, pois dizem que ela é uma idiota – acrescentou ela com a sensatez das pessoas não apaixonadas, que consideram que um homem de espírito só deveria ficar infeliz por alguém que valesse a pena; é mais ou menos como se surpreender que alguém se deixe sofrer de cólera por culpa de um ser tão pequeno quanto o bacilo vírgula.

Swann queria partir, mas no momento em que ia finalmente escapar, o general de Forberville pediu-lhe para ser apresentado à sra. de Cambremer, e ele foi obrigado a voltar com este ao salão para procurá-la.

– Diga lá, Swann, eu preferia ser o marido daquela mulher a ser massacrado pelos selvagens, o que me diz?

As palavras "massacrado pelos selvagens" atravessaram dolorosamente o coração de Swann; de imediato sentiu necessidade de continuar a conversa com o general:

– Ah! – disse-lhe –, muitas vidas terminaram assim... como sabe... aquele navegador cujas cinzas trouxe Dumont d'Urville, La Pérouse... (e Swann já estava feliz como se tivesse falado de Odette). É um belo personagem e me interessa muito, esse La Pérouse – acrescentou com ar melancólico.

– Ah! Sem dúvida, La Pérouse – disse o general. – É um nome conhecido. Tem sua rua.

– Conhece alguém da Rue La Pérouse? – perguntou Swann com ar agitado.

– Só conheço a sra. de Chanlivault, a irmã daquele bravo Chaussepierre. Ela nos ofereceu um belo sarau de comédia um dia desses. É um salão que será um dia muito elegante, você vai ver!

– Ah! Ela mora na Rue La Pérouse. É simpática, uma rua bonita, tão triste.

– Não, você é que não vai lá há algum tempo, não é mais triste, começam a construir por todo aquele bairro.

Quando enfim Swann apresentou o sr. de Froberville à jovem sra. de Cambremer, ela, como era a primeira vez que ouvia o nome do general, deu o mesmo sorriso de alegria e surpresa que teria esboçado se nunca na sua frente um outro nome além daquele tivesse sido pronunciado, pois não conhecendo os amigos de sua nova família, a cada pessoa que lhe era trazida pensava ser um deles e, acreditando dever dar provas de tato já que parecia ter ouvido tanto falar a seu respeito desde que estava casada, estendia a mão com um ar hesitante destinado a provar a reserva adquirida que precisava vencer e a simpatia espontânea que conseguia triunfar. Assim seus sogros, que ela ainda considerava as pessoas mais brilhantes da França, declaravam que ela era um anjo; ainda mais porque preferiam parecer, ao fazê-la desposar seu filho, ter cedido mais ao atrativo de suas qualidades do que aos de sua grande fortuna.

– Pode-se ver que tem alma de musicista, minha senhora – disse-lhe o general, fazendo inconscientemente alusão ao incidente do castiçal.

Mas o concerto recomeçou, e Swann compreendeu que não poderia sair antes do fim daquele novo número do programa. Sofria por ficar encerrado em meio àquelas pessoas cuja idiotice e cujo ridículo o chocavam ainda mais dolorosamente porque, ignorando seu amor, incapazes, se o tivessem conhecido, de por ele se interessar e fazer algo além de dele sorrir como de uma infantilidade ou de lamentá-lo como a uma loucura, faziam com que ele lhe aparecesse sob o aspecto de um estado subjetivo que não existia senão para ele, do qual nada externo podia afirmar a realidade; sofria sobretudo, e a tal ponto que mesmo o som dos instrumentos lhe dava vontade de gritar, por prolongar seu exílio naquele lugar onde Odette jamais iria, onde ninguém, onde nada a conhecia, de onde ela estava inteiramente ausente.

Mas de repente foi como se ela tivesse chegado, e aquela aparição foi para ele um sofrimento tão dilacerante que precisou levar a mão ao coração. É que o violino subira a notas altas nas quais se mantinha como para uma espera, uma espera que se prolongava sem que ele deixasse de mantê-las, na exaltação em que se encontrava de já perceber o objeto de sua espera que se aproximava, e com um esforço desesperado para tentar durar até sua chegada, para acolhê-la antes de expirar, para manter-lhe por ainda um momento com todas as suas últimas forças o caminho aberto para que pudesse passar, como se sustenta uma porta que sem isso cairia. E, antes que Swann tivesse tido tempo de compreender e de dizer a si mesmo: "É a pequena frase da sonata de Vinteuil, não vamos ouvir!", todas as suas lembranças do tempo em que Odette estava apaixonada por ele e que conseguira até aquele dia manter invisíveis nas profundezas de seu ser, enganadas por aquele súbito raio do tempo do amor que acreditava estar de volta, despertaram e, em revoada, subiram para lhe cantar arrebatadamente, sem piedade por seu infortúnio presente, os esquecidos refrãos da felicidade.

Em lugar das expressões abstratas "tempo em que eu era feliz", "tempo em que eu era amado", que muitas vezes pronunciara até então e sem sofrer demais, pois sua inteligência só retivera do passado pretensos fragmentos que dele nada conservavam, ele reencontrou tudo aquilo que daquela felicidade perdida havia para sempre gravado a específica e volátil essência; reviu tudo, as pétalas nevadas e amarrotadas do crisântemo que ela lhe atirara em sua carruagem, que ele mantivera contra os lábios – o endereço em relevo da "Maison Dorée" na carta na qual lera "minha mão treme tanto ao escrever" –, a aproximação de suas sobrancelhas quando ela lhe dissera em ar de súplica: "Não vai deixar passar tempo demais até me dar um sinal?"; sentiu o cheiro do ferro do cabeleireiro que lhe alisava o cabelo enquanto Lorédan ia buscar a pequena operária, as chuvas torrenciais que caíram com tanta frequência naquela primavera, a volta glacial em sua carruagem aberta, ao luar, todos os entremeados de hábitos mentais, impressões sazonais, reações cutâneas, que haviam estendido sobre uma série de semanas uma rede uniforme na qual seu corpo estivera preso. Naquele momento, satisfazia uma curiosidade voluptuosa ao conhecer os prazeres das pessoas que vivem pelo amor. Acreditara que poderia manter-se ali, que não seria obrigado a aprender-lhe as dores; como agora o encanto de Odette lhe era pouca coisa diante daquele formidável terror que o prolongava como um halo turvo, aquela imensa angústia de não saber a todo instante o que ela fizera, de não possuí-la por toda parte e sempre! Infelizmente, lembrou-se do tom no qual ela exclamara:

"Mas poderei vê-lo sempre, estou sempre livre!". Ela que nunca mais estava! O interesse, a curiosidade que ela tivera em relação à sua vida, o desejo apaixonado com que ele lhe concedeu – temido ao contrário por ele naquela época como uma causa de cansativas perturbações – o favor de deixá-la penetrar em sua vida; como ela havia sido obrigada a suplicar-lhe para que se deixasse levar à casa dos Verdurin; e, quando ele a fazia ir à sua casa uma vez por mês, como fora preciso, antes que ele se deixasse dobrar, que ela lhe repetisse a delícia que seria aquele hábito de se verem todos os dias com o qual ela sonhava, quando a ele só parecia uma penosa confusão, do qual ela depois enjoaria e definitivamente romperia, enquanto para ele se tornaria tão invencível e tão dolorosa necessidade. Não sabia ter dito tão grande verdade quando, na terceira vez em que a via e ela repetira "Mas por que não me deixa vir com mais frequência?", respondera rindo, num galanteio: "Por medo de sofrer". Agora, infelizmente, acontecia ainda que ela lhe escrevesse de um restaurante ou de um hotel num papel com o nome impresso; mas eram como letras de fogo que o queimavam. "Foi escrito do hotel Vouillemont? O que ela pode ter ido fazer lá? Com quem? O que aconteceu?" Ele se lembrou dos bicos de gás que se apagavam no Boulevard des Italiens, quando a havia encontrado contra toda esperança por entre as sombras errantes, naquela noite que lhe parecera quase sobrenatural e que na verdade – noite de um tempo em que não precisava sequer se perguntar se não iria contrariá-la procurando-a, encontrando-a, tão certo estava de que para ela não havia alegria maior do que vê-lo e voltar com ele – pertencia a um mundo misterioso ao qual não pode voltar depois que suas portas se fecham. E Swann percebeu, imóvel diante daquela felicidade revivida, um infeliz que lhe causou piedade porque não o reconheceu de imediato, embora devesse baixar os olhos para que não vissem que estavam cheios de lágrimas. Era ele próprio.

Quando compreendeu, sua piedade findou, mas sentiu ciúmes do outro ele mesmo que ela havia amado, sentiu ciúmes daqueles dos quais se diz muitas vezes sem sofrer demais "ela talvez os ame", agora que havia trocado a vaga ideia de amar, na qual não há amor, pelas pétalas do crisântemo e o cabeçalho da Maison Dorée que, esses sim, dele estavam repletos. Então, tornando-se seu sofrimento forte demais, passou a mão na testa, deixou cair o monóculo, limpou-lhe o vidro. E sem dúvida, caso se tivesse visto naquele momento, teria se somado à coleção daqueles que observara o monóculo, que afastava como um pensamento inoportuno e de cuja superfície embaciada, com um lenço, tentava apagar preocupações.

Há no violino – se, não vendo o instrumento, não se pode atribuir o que se ouve à sua imagem, que modifica a sonoridade – entonações que têm tanto em comum com certas vozes de contralto que temos a ilusão de que uma cantora foi acrescentada ao concerto. Levantamos os olhos, só vemos os estojos, preciosos como caixas chinesas, mas, por instantes, somos ainda enganados pelo apelo enganoso da sereia; às vezes acreditamos também ouvir um gênio cativo que se debate no fundo da douta caixa, enfeitiçada e trepidante, como um diabo numa pia de água benta; às vezes, enfim, há no ar uma espécie de ser sobrenatural e puro que passa desfraldando sua mensagem invisível.

Como se os instrumentistas bem menos tocassem a pequena frase do que executassem os ritos por ela exigidos para que surgisse, e procedessem aos encantamentos necessários para obter e prolongar por alguns instantes o prodígio de sua evocação, Swann, que não mais conseguia vê-la senão como se pertencesse a um mundo ultravioleta e que saboreava como ao lenitivo de uma metamorfose na cegueira momentânea pela qual fora atingido ao dela se aproximar, Swann a sentia presente, como uma deusa protetora e confidente de seu amor e que, para poder chegar até ele diante da multidão e levá-lo à parte para lhe falar, havia vestido a roupagem daquela aparência sonora. E, enquanto ela passava, leve, calmante e murmurada como um perfume, dizendo-lhe o que tinha a lhe dizer e cujas palavras ele avaliava todas, lamentando vê-las levantar voo tão depressa, ele fazia involuntariamente com os lábios o movimento de beijar-lhe na passagem o corpo harmonioso e fugidio. Não mais se sentia exilado e só, pois ela, que a ele se dirigia, falava-lhe a meia-voz de Odette. Não mais tinha como outrora a impressão de que Odette e ele não eram conhecidos pela pequena frase. Tantas vezes havia sido testemunha de suas alegrias! É verdade que muitas vezes os advertira da fragilidade de ambos. E, enquanto naquele tempo ele adivinhava sofrimento em seu sorriso, em sua entonação límpida e desencantada, nela via hoje a graça de uma resignação quase alegre. Daquelas mágoas das quais lhe falava outrora e que ele a via, sem ser por elas atingido, levar consigo em sua corrida sinuosa e rápida, daquelas mágoas que haviam se tornado agora as suas sem que tivesse a esperança de se ver delas um dia liberto, ela parecia dizer-lhe como outrora de sua felicidade: "O que é isso? Tudo isso é nada!". E o pensamento de Swann deixou-se levar pela primeira vez por um impulso de piedade e de ternura em relação àquele Vinteuil, àquele irmão desconhecido e sublime que também deveria ter sofrido tanto; o que poderia ter sido sua vida? Do fundo de que dores havia ele recolhido aquela força divina, aquele poder ilimitado de criar? Quando era a pequena frase que lhe falava da inutilidade de seus sofrimentos, Swann encontrava doçura naquela mesma sensatez que há pouco, entretanto, havia-lhe parecido intolerável, quando acreditava lê-la no rosto dos indiferentes, que consideravam seu amor uma divagação sem importância. É que a pequena frase, ao contrário, qualquer que fosse sua opinião a respeito da breve duração de tais estados de alma, neles via algo, não como faziam todas as pessoas, de menos sério que a vida real, mas antes tão superior a ela que era a única coisa a valer a pena ser expressa. Aqueles encantos de uma tristeza íntima, era o que ela buscava imitar, recriar, e até mesmo sua essência, que entretanto é a de serem incomunicáveis e parecerem frívolos a qualquer outro que não aquele que os sente, a pequena frase havia captado, tornado visível. Tanto que fazia confessarem seu valor e provar de sua doçura divina todos aqueles mesmos assistentes – desde que fossem um pouco músicos – que depois na vida os desconheceriam em cada amor especial que veriam nascer perto deles. Sem dúvida a forma sob a qual os havia codificado não poderia ser decifrada em raciocínios. Mas desde que, mais de um ano antes, revelando-lhe muito das riquezas de sua alma, o amor pela música havia, por algum tempo ao menos, nele nascido, Swann considerava os motivos musicais verdadeiras ideias de um outro mundo, de uma outra ordem, ideias veladas de trevas, desconhecidas, impenetráveis à inteligência, mas que nem por isso deixam de ser perfeitamente distintas umas das outras, desiguais entre si em valor e significado. Quando, após o sarau Verdurin, fazendo ser novamente tocada a pequena frase, ele tentara decifrar de que modo, assim como um perfume, uma carícia, ela o circundava, o envolvia, dera-se conta de que era à breve distância entre as cinco notas que a compunham e à constante evocação de duas entre elas que se devia aquela impressão de suavidade retraída e temerosa; mas na realidade sabia que assim raciocinava não a respeito da frase em si, mas de simples valores, substituídos pelo comodismo de sua inteligência à misteriosa entidade que vislumbrara, antes de conhecer os Verdurin, naquele sarau no qual pela primeira vez ouvira a sonata. Sabia que a própria lembrança do piano deformava ainda o plano no qual via as coisas da música, que o campo aberto ao músico não é um mesquinho teclado de sete notas, mas um teclado incomensurável, ainda quase por inteiro desconhecido, no qual apenas aqui e ali, separadas por espessas trevas inexploradas, alguns dos milhares de teclas de ternura, de paixão, de coragem, de serenidade que o compõem, cada uma delas tão diferente das outras quanto um universo de outro universo, foram descobertos por alguns grandes artistas que nos fazem o favor, despertando em nós o correspondente do tema que encontraram, de nos mostrar que riqueza, que variedade nos oculta sorrateiramente aquela grande noite impenetrável e desalentadora de nossa alma, que imaginamos ser vazio e nada. Vinteuil fora um desses músicos. Em sua pequena frase, embora apresentasse à razão uma superfície obscura, sentia-se um conteúdo tão constante, tão explícito, ao qual ela dava uma força tão nova, tão original, que aqueles que a ouviam conservavam-na consigo no mesmo plano que as ideias do intelecto. Swann a ela se reportava como a um conceito do amor e da felicidade do qual imediatamente sabia tão bem em que era especial quanto o sabia em relação à *Princesa de Clèves*[79] ou a *René*[80] quando seus nomes se lhe apresentavam à memória. Mesmo quando não pensava na pequena frase, ela existia latente em sua mente do mesmo modo que algumas outras noções sem equivalente, como a noção de luz, de som, de relevo, de voluptuosidade física, que são as ricas possessões com as quais se diversifica e adorna nosso domínio interior. Talvez as percamos, talvez se apaguem, se voltarmos ao nada. Mas enquanto vivemos não podemos fazer como se não as tivéssemos conhecido, não mais do que podemos fazê-lo em relação a qualquer objeto real, como

79. Romance da escritora francesa madame de La Fayette (1634-1693), publicado em 1678. (N.T.)

80. Romance do escritor francês René-François Chateaubriand (1768-1848), publicado em 1802. (N.T.)

não podemos por exemplo duvidar da luz da lâmpada que acendemos diante dos objetos metamorfoseados de nosso quarto da qual fugiu até mesmo a lembrança da obscuridade. Desse modo, a frase de Vinteuil havia, como aquele tema de *Tristão*, por exemplo, que nos representa também uma certa aquisição sentimental, desposado nossa condição mortal, assumido algo de humano que era um tanto tocante. Seu destino estava ligado ao futuro, à realidade de nossa alma, da qual era um dos ornamentos mais específicos, mais diferenciados. Talvez o nada seja o verdadeiro, e todo o nosso sonho, inexistente, mas então sentimos que será preciso que tais frases musicais, tais noções que em relação a ele existem, também nada sejam. Pereceremos, mas temos como reféns as prisioneiras divinas que seguirão nosso destino. E a morte com elas tem algo de menos amargo, de menos inglório, talvez de menos provável.

Swann não se enganava, portanto, quando acreditava que a frase da sonata realmente existisse. Sem dúvida, humana sob esse ponto de vista, pertencia ainda assim a uma ordem de criaturas sobrenaturais que jamais vimos, mas que apesar disso reconhecemos extasiados quando algum explorador do invisível chega a captar alguma, a trazê-la do mundo divino ao qual tem acesso para brilhar por alguns instantes acima do nosso. Era o que havia feito Vinteuil por meio da pequena frase. Swann sentia que o compositor se contentara, com seus instrumentos musicais, em desvendá-la, torná-la visível, segui-la e nela respeitar o desenho de uma mão tão terna, tão prudente, tão delicada e tão segura que o som se alterava a todo momento, refreando-se para indicar uma sombra, revivificado quando lhe era preciso seguir de perto um contorno mais ousado. E uma prova de que Swann não se enganava quando acreditava na existência real daquela frase é que todo amador um pouco perspicaz teria de imediato percebido a impostura se Vinteuil, tendo tido menos energia para perceber-lhe e exprimir-lhe as formas, houvesse tentado dissimular, acrescentando aqui e ali traços de sua lavra, as lacunas de sua visão ou a debilidade de sua mão.

Ela desaparecera. Swann sabia que reapareceria no final do último movimento, depois de um longo trecho que o pianista da sra. Verdurin sempre saltava. Havia ali admiráveis ideias que Swann não distinguira na primeira audição e que percebia agora, como se elas se tivessem, no vestiário de sua memória, livrado do disfarce uniforme da novidade. Swann ouvia todos os temas esparsos que entrariam na composição da frase, como as premissas na conclusão necessária, assistia à sua gênese. "Audácia talvez tão genial", dizia a si mesmo, "quanto a de um Lavoisier, de um Ampère[81], essa audácia de um Vinteuil experimentando, descobrindo as leis secretas de uma força desconhecida, conduzindo através do inexplorado, em direção ao único alvo possível, a atrelagem invisível na qual confia e que jamais perceberá!" Belo diálogo ouviu Swann entre o piano e o violino no início do último trecho! A supressão das palavras humanas, longe de ali deixar reinar a fantasia, como se poderia crer, a havia eliminado; nunca a linguagem falada foi tão inflexivelmente necessitada, jamais conheceu a tal ponto a pertinência das perguntas, a evidência das respostas. Primeiro o piano solitário lamentou-se, como um pássaro abandonado no campo; o violino ouviu, respondeu-lhe como se de uma árvore vizinha. Era como no princípio do mundo, como se não houvesse ainda senão dois sobre a terra, ou talvez naquele mundo fechado a todo o resto, construído pela lógica de um criador e onde nada jamais existiria além de ambos: aquela sonata. Será um pássaro, será a alma ainda incompleta da pequena frase,

81. Antoine Laurent Lavoisier (1743-1794) e André Marie Ampère (1775-1836), respectivamente químico e físico franceses. (N.T.)

será uma fada, aquele ser invisível e plangente cujo lamento o piano então repetia ternamente? Seus gritos eram tão súbitos que o violinista precisava precipitar-se sobre seu arco para recolhê-los. Maravilhoso pássaro! O violinista parecia querer encantá-lo, cativá-lo, capturá-lo. Mal o havia capturado em sua alma, já a pequena frase evocada agitava como ao de um médium o corpo realmente possuído do violinista. Swann sabia que ela falaria uma vez mais. E tão entregue estava que a espera do instante iminente no qual se veria diante dela sacudiu-o num desses soluços que um belo verso ou uma triste notícia provocam em nós, não quando estamos sozinhos, mas se os comunicamos a amigos em quem nos percebemos como um terceiro cuja emoção provável os enternece. Ela reapareceu, mas dessa vez para suspender-se no ar e vibrar por um instante apenas, como se imóvel, e então expirar. Assim Swann nada perdia do tempo tão curto no qual ela se prorrogava. Ela estava ainda ali, como uma bolha irisada que se sustenta. Qual um arco-íris cujo brilho enfraquece, diminui, então se reergue e, antes de se extinguir, exalta-se por um momento como não fizera ainda: às duas cores que até então deixara aparecer acrescentou outras cordas matizadas, todas as do prisma, e as fez cantar. Swann não ousava mover-se e teria desejado manter quietas também as outras pessoas, como se o mínimo movimento tivesse o poder de comprometer o prestígio sobrenatural, delicioso e frágil que estava tão perto de se desvanecer. Ninguém, para dizer a verdade, pensava em falar. A voz inefável de um único ausente, talvez de um morto (Swann não sabia se Vinteuil ainda vivia), exalando-se acima dos ritos daqueles oficiantes, bastava para manter em suspenso a atenção de trezentas pessoas, e fazia daquele estrado no qual uma alma era assim evocada um dos mais nobres altares nos quais se poderia realizar uma cerimônia sobrenatural. De modo que, quando a frase se desfez enfim, flutuando em andrajos nos motivos seguintes que já haviam tomado o seu lugar, se Swann ficou no primeiro instante irritado ao ver a condessa de Monteriender, célebre por sua candura, inclinar-se para ele a fim de lhe confiar suas impressões antes mesmo que a sonata chegasse ao fim, não se pôde impedir de sorrir e talvez de encontrar também um sentido profundo, que ela não percebia, nas palavras das quais se serviu. Maravilhada com a virtuosidade dos executantes, a condessa exclamou dirigindo-se a Swann: "É prodigioso! Nunca vi algo assim tão impressionante...". Mas com um escrúpulo de exatidão fazendo-a corrigir sua primeira afirmação, ela acrescentou esta ressalva: "Nada tão impressionante... desde as mesas giratórias[82]!".

A partir daquela noite, Swann compreendeu que o sentimento que Odette tivera por ele jamais renasceria, que suas esperanças de felicidade não mais se realizariam. E nos dias em que por acaso ela era ainda gentil e terna em relação a ele, se ela lhe dava alguma atenção, ele percebia aqueles sinais aparentes e mentirosos de um leve retorno na sua direção, com aquela solicitude enternecida e cética, aquela alegria desesperada daqueles que, cuidando de um amigo em seus últimos dias de uma doença incurável, relatam como fatos preciosos: "Ontem, ele fez suas contas sozinho e foi ele quem descobriu um erro de soma que cometemos; ele comeu um ovo com gosto, se o digerir bem tentaremos amanhã uma costeleta", embora saibam ser eles destituídos de significado às vésperas de uma morte inevitável. Sem dúvida estava Swann certo de que, se vivesse agora longe de Odette, ela teria acabado por se lhe tornar indiferente, de modo que ficaria contente se ela deixasse Paris para sempre; teria tido a coragem de ficar; mas não tinha a de partir.

82. Eram chamadas "seções de mesa giratória" as reuniões em torno de mesas cuja tampa redonda e leve repousava sobre três pés e que, conforme a manipulação, podia ser animada de movimentos interpretados como respostas codificadas às perguntas feitas aos espíritos. (N.T.)

Pensara frequentemente nisso. Agora que retomara seu estudo sobre Vermeer, tivera a necessidade de voltar pelo menos por alguns dias a Haia, a Dresden, a Brunswick. Estava convencido que uma *Toalete de Diana*, que havia sido comprada pelo Mauritshuis[83] dos Goldschmidt como sendo um Nicolas Maes[84], era na realidade de Vermeer. E gostaria de poder estudar o quadro no local para sustentar sua convicção. Mas deixar Paris enquanto Odette ali estava e mesmo quando estava ausente – pois em lugares novos nos quais as sensações não são amortecidas pelo hábito, retemperamos, reanimamos uma dor – era para ele um projeto tão cruel sobre o qual só se sentia capaz de pensar constantemente porque se sabia decidido a jamais executá-lo. Mas acontecia que, ao dormir, a intenção da viagem nele renascia – sem que se lembrasse de que tal viagem era impossível – e ela então se realizava. Um dia sonhou que partia por um ano; debruçado à portinhola do vagão para um rapaz que lhe dizia adeus chorando, Swann tentava convencê-lo a partir com ele. Com o sacudir do trem, a ansiedade o despertou, ele se lembrou de que não partia, que veria Odette naquela noite, no dia seguinte e quase todos os dias. Então, ainda emocionado com seu sonho, bendisse as circunstâncias especiais que o tornavam independente, graças às quais podia ficar perto de Odette e assim conseguir que ela lhe permitisse vê-la às vezes; e, recapitulando todas as vantagens: sua posição – sua fortuna, da qual ela precisava com demasiada frequência para não recuar diante de uma ruptura (tendo até mesmo, diziam alguns, a segunda intenção de se fazer desposar por ele) –, aquela amizade do sr. de Charlus, que a bem da verdade jamais lhe fizera obter grande coisa de Odette, mas lhe dava a doçura de sentir

83. Museu em Haia, na Holanda, antiga residência do conde João Maurício de Nassau, que abriga importantes obras da escola flamenga. (N.T.)

84. Nicolas Maes [1634-1693], pintor barroco holandês. (N.T.)

que ela ouvia falar dele de uma forma lisonjeira por aquele amigo comum por quem ela tinha tão grande estima – e até, enfim, sua inteligência, que empregava inteiramente para tramar a cada dia um novo ardil que tornasse sua presença, senão agradável, ao menos necessária a Odette –, pensou no que seria dele se tudo aquilo lhe tivesse faltado, pensou que se fosse, como tantos outros, pobre, humilde, indigente, obrigado a aceitar qualquer tarefa, ou ligado a parentes, a uma esposa, poderia ter sido obrigado a abandonar Odette, que aquele sonho cujo pavor estava ainda tão próximo poderia ter sido verdade, e disse a si mesmo: "Não conhecemos nossa felicidade. Nunca somos tão infelizes quanto acreditamos". Mas lembrou-se de que aquela existência já durava há vários anos, que tudo o que podia esperar era que durasse para sempre, que sacrificaria seus trabalhos, seus prazeres, seus amigos, enfim, toda a sua vida à espera diária de um encontro que nenhuma felicidade lhe podia trazer, e se perguntou se não se enganava, se o que havia favorecido sua ligação e cuja ruptura impedira não fora nocivo ao seu destino, se o acontecimento desejável não teria sido aquele do qual se alegrava tanto que só houvesse existido em sonho: sua partida; disse a si mesmo que não conhecemos nossa infelicidade, que nunca somos tão felizes quanto acreditamos.

Às vezes desejava que ela morresse sem sofrimento num acidente, ela que estava fora de casa, nas ruas, nas estradas, da manhã à noite. E quando ela voltava sã e salva admirava-se de que o corpo humano fosse tão flexível e tão forte, que pudesse continuamente correr riscos, esquivar-se de todos os perigos que o cercam (e que Swann considerava inúmeros desde que seu secreto desejo os havia computado) e assim permitir aos seres que se entregassem a cada dia e quase que impunemente à sua obra de mentira, à perseguição do prazer. E Swann sentia bem junto de seu coração aquele Maomé II cujo retrato feito por Bellini[85] ele amava e que, tendo sentido que se havia apaixonado loucamente por uma de suas mulheres, a apunhalara a fim de, disse inocentemente seu biógrafo veneziano, reencontrar sua liberdade de espírito. Então, indignava-se por só pensar em si mesmo, e o sofrimento que havia padecido lhe parecia não merecer qualquer piedade, uma vez que ele próprio tinha em tão pouca conta a vida de Odette.

Não podendo separar-se dela em definitivo, se ao menos a visse sem interrupções, sua dor acabaria por se acalmar e talvez seu amor, por se extinguir. E, uma vez que ela não queria deixar Paris para sempre, ele desejaria que jamais o deixasse. Pelo menos, como sabia que a única ausência considerável por ela criada era anualmente em agosto e setembro, tinha a possibilidade de, com muitos meses de antecedência, dissolver a ideia amarga daí decorrente em todo o tempo vindouro que trazia consigo por antecipação e que, composto de dias homogêneos aos dias atuais, circulava transparente e frio em seu espírito, no qual alimentava a tristeza, sem entretanto lhe causar um sofrimento por demais intenso. Mas eis que aquele futuro interior, aquele rio incolor e livre, uma única frase de Odette vinha atingir Swann e, como um pedaço de gelo, imobilizava-o, endurecia sua fluidez, gelava-o por inteiro; e Swann de súbito sentira-se tomado por uma massa enorme e inquebrantável que pressionava as paredes internas de seu ser a ponto de fazê-lo explodir; é que Odette lhe dissera, com um olhar sorridente e sorrateiro que o observava: "Forcheville vai fazer uma bela viagem no Pentecostes. Vai ao Egito", e Swann imediatamente compreendera que aquilo significava: "Vou ao Egito no Pentecostes com Forcheville". Com efeito, se alguns dias depois Swann lhe dissesse: "Vejamos, a propósito daquela viagem que você

85. Giovanni Bellini (1430-1516), pintor renascentista italiano. (N.T.)

me disse que fará com Forcheville", ela sem refletir responderia: "É, meu benzinho, partiremos dia 19, mandaremos uma foto das pirâmides". Então ele queria saber se ela era amante de Forcheville, perguntar diretamente a ela. Sabia que, supersticiosa como era, havia alguns perjúrios que não cometeria, e então o temor, que até então o detivera, de irritar Odette ao interrogá-la, de se fazer detestar por ela, não mais existia agora que perdera qualquer esperança de ser algum dia amado.

Um dia, recebeu uma carta anônima que lhe dizia que Odette fora a amante de inúmeros homens (dos quais alguns nomes eram citados, entre eles Forcheville, o sr. de Bréauté e o pintor), de mulheres, e que frequentava as casas de tolerância. Atormentou-se imaginando que havia entre seus amigos um ser capaz de lhe ter enviado aquela carta (pois por alguns detalhes ela revelava naquele que a escrevera uma familiaridade com a vida de Swann). Pesquisou quem poderia ser. Mas jamais compreendera as atitudes ocultas dos seres, aquelas que não possuem ligações visíveis com seus propósitos. E quando quis saber se seria sob a personalidade aparente do sr. de Charlus, do sr. de Laumes, do sr. D'Orsan, que deveria situar a região desconhecida na qual poderia ter nascido aquele ato ignóbil, como nenhum daqueles homens algum dia aprovara diante dele as cartas anônimas e que tudo o que lhe haviam dito implicava que as reprovavam, não viu razões para relacionar aquela infâmia mais à natureza de um do que de outro. A natureza do sr. de Charlus era um pouco a de um desequilibrado, mas excepcionalmente boa e terna; a do sr. de Laumes, um pouco seca, mas sadia e honesta. Quanto ao sr. D'Orsan, Swann jamais encontrara alguém que, mesmo nas mais tristes circunstâncias, viesse até ele com uma palavra mais sincera, um gesto mais discreto e mais adequado. A tal ponto que não podia compreender o papel pouco delicado que se atribuía ao sr. D'Orsan na ligação que tinha com uma mulher rica e que, sempre que Swann pensava nele, era obrigado a deixar de lado aquela má reputação inconciliável com tantos testemunhos inequívocos de delicadeza. Por um instante, Swann sentiu que sua mente se obscurecia e pensou em outra coisa para recuperar um pouco de luz. Depois teve a coragem de voltar a tais reflexões. Mas então, sem ter podido suspeitar de quem quer que fosse, precisou suspeitar do mundo. Afinal, o sr. de Charlus gostava dele, tinha bom coração. Mas era um neurótico, talvez amanhã chorasse ao sabê-lo doente e hoje, por ciúme, por cólera, diante de alguma ideia súbita que dele tivesse tomado conta, teria desejado fazer-lhe mal. No fundo, aquela raça de homens é a pior de todas. Com certeza, o príncipe de Laumes estava longe de gostar de Swann tanto quanto o sr. de Charlus. Mas por isso mesmo não tinha para com ele as mesmas suscetibilidades; e ademais era sem dúvida um caráter frio, mas tão incapaz de vilanias quanto de grandes atos; Swann arrependia-se de só se ter ligado na vida a seres semelhantes. Então pensava que o que impede os homens de fazer mal a seu próximo é a bondade, que só podia no fundo responder por temperamentos análogos ao seu, como era, no que dizia respeito ao coração, o do sr. de Charlus. O simples pensamento de causar em Swann aquela dor o teria revoltado. Mas, num homem insensível, de outra humanidade, como era o príncipe de Laumes, como prever a que atos poderiam conduzir motivações de uma outra essência? Ter bons sentimentos, eis tudo, e o sr. de Charlus os tinha. Ao sr. D'Orsan também não faltavam, e suas relações, cordiais mas pouco íntimas, com Swann, nascidas do prazer que, por pensar o mesmo sobre todas as coisas, sentiam ao conversar um com o outro, eram mais repousantes do que o afeto exaltado do sr. de Charlus, capaz de ser levado a atitudes apaixonadas, boas ou más. Se havia alguém por quem Swann sempre se sentira compreendido e delicadamente estimado, era pelo sr. D'Orsan. Sim, mas e aquela vida pouco honrada que ele levava? Swann lamentava não a ter levado em consideração, ter tantas vezes admitido em tom de brincadeira que nunca sentira tão vivos sentimentos de simpatia e estima do que no convívio com um canalha. Não é em vão, dizia agora a si mesmo, que, desde que os homens julgam seu próximo, julgam-no por seus atos. Apenas eles têm algum significado, e não o que dizemos, o que pensamos. Charlus e Laumes podem ter tais e tais defeitos, mas são pessoas honestas. D'Orsan talvez não os tenha, mas não é um homem honesto. Pode ter agido mal mais uma vez. Swann suspeitou então de Rémi que, é verdade, poderia ter apenas inspirado a carta, mas tal pista pareceu-lhe, por um instante, ser a certa. Antes de tudo, Lorédan tinha motivos para não gostar de Odette. E, depois, como não supor que nossos empregados, vivendo numa situação inferior à nossa, acrescentando à nossa fortuna e a nossos defeitos riquezas e vícios imaginários pelos quais nos invejam e nos desprezam, serão fatalmente levados a agir de modo diverso das pessoas de nosso mundo? Ele suspeitou também de meu avô. Todas as vezes que Swann lhe pedira um favor, não havia ele sempre recusado? E depois, com suas ideias burguesas, ele poderia ter acreditado agir para o bem de Swann. Suspeitou ainda de Bergotte, do pintor, dos Verdurin, admirou uma vez mais, de passagem, a sabedoria das pessoas da sociedade por não quererem se misturar com aqueles ambientes artísticos nos quais tais coisas são possíveis, talvez até mesmo admitidas sob o nome de brincadeiras; mas lembrava-se dos traços de correção daqueles boêmios e censurava-lhes a vida de expedientes, quase de falcatruas, à qual a falta de dinheiro, a necessidade do luxo, a corrupção dos prazeres com frequência conduzem a aristocracia. Enfim, aquela carta anônima provava que ele conhecia um ser capaz de perversidade, mas não mais via razão para que tal perversidade ficasse escondida sob o disfarce – inexplorado por terceiros – do temperamento do homem terno e não do homem frio, do artista e não do burguês, do grão-senhor e não do serviçal. Que critério adotar para julgar os homens? No fundo não havia uma só pessoa, entre aquelas que conhecia, que não pudesse ser capaz de uma infâmia. Seria preciso deixar de estar com todas elas? Sua mente anuviou-se; ele passou duas ou três vezes as mãos na testa, secou as lentes de seu pincenê com o lenço e, pensando que afinal de contas pessoas que a ele se equivaliam conviviam com o sr. de Charlus, com o príncipe de Laumes e com outros, disse a si mesmo que aquilo, se não significava que fossem incapazes de infâmia, ao menos evidenciava que uma necessidade da vida à qual todos se submetem é a de conviver com pessoas que de tal infâmia talvez não sejam incapazes. E continuou a apertar a mão de todos esses amigos dos quais havia suspeitado, com aquela reserva meramente pragmática de que talvez tivessem tentado desesperá-lo.

Quanto ao conteúdo da carta em si, não se inquietou, pois nenhuma das acusações formuladas contra Odette tinha sequer sombra de verossimilhança. Swann, como muita gente, tinha o espírito preguiçoso e carecia de inventividade. Sabia muito bem, como verdade abrangente, que a vida dos seres é cheia de contrastes, mas para cada ser específico, imaginava toda a parte da vida que não conhecia como idêntica à parte que conhecia. Imaginava o que lhe era calado com a ajuda do que lhe era dito. Nos momentos em que Odette estava junto dele, se conversavam a respeito de um ato indelicado cometido ou de um sentimento indelicado experimentado por uma terceira pessoa, ela os atacava em nome dos mesmos princípios que Swann sempre ouvira seus pais professarem e aos quais permanecera fiel; e depois ela arrumava suas flores, bebia uma xícara de chá, preocupava-se com os afazeres de Swann. Então Swann estendia aqueles hábitos ao resto da vida de Odette, repetia tais gestos quando queria imaginar os momentos nos quais ela estava longe dele. Se alguém a tivesse pintado tal como era, ou melhor, tal como por tanto tempo havia sido com ele, mas junto a um outro homem, ele teria sofrido, pois aquela imagem lhe teria parecido verossímil. Mas que ela fosse à casa de cafetinas, se entregasse a orgias com mulheres, que levasse a vida dissoluta das criaturas abjetas, que divagação insensata, à qual, graças a Deus, os crisântemos imaginados, os chás sucessivos, as indignações virtuosas não deixavam lugar algum! Só às vezes ele deixava Odette saber que, por maldade, contavam-lhe tudo o que ela fazia; e, servindo-se para tanto de um detalhe insignificante mas verdadeiro, que soubera por acaso, como se fosse o único pedacinho que deixara passar sem querer, entre tantos outros, de uma reconstituição completa da vida de Odette que trazia oculta nele, levava-a a supor que estava bem-informado a respeito de coisas que na realidade não sabia ou das quais sequer suspeitava, pois se com muita frequência suplicava a Odette que não alterasse a verdade, era apenas, quer se desse ou não conta disso, para que Odette lhe dissesse tudo o que fazia. Sem dúvida, como dizia a Odette, amava a sinceridade, mas amava-a como a uma alcoviteira que pudesse mantê-lo a par da vida de sua amante. Assim seu amor pela sinceridade, não sendo desinteressado, não o tornara melhor. A verdade da qual gostava era a que lhe diria Odette; mas ele mesmo, para obter tal verdade, não hesitava em recorrer à mentira, mentira que não cessava de pintar Odette como conduzindo à degradação todas as criaturas humanas. Em suma, mentia tanto quanto Odette, porque, mais infeliz que ela, não era menos egoísta. E ela, ao ouvir Swann lhe contar assim diretamente coisas que ela fizera, olhava-o com ar desconfiado e, ocasionalmente, zangado, para não parecer humilhada ou enrubescer diante de suas atitudes.

Um dia, estando no mais longo período de calma que ainda conseguia atravessar sem ser tomado por um acesso de ciúme, ele aceitara ir à noite ao teatro com a princesa de Laumes. Tendo aberto o jornal para procurar o que estava sendo apresentado, a visão do título *As mulheres de mármore*, de Théodore Barrière[86], atingiu-o tão brutalmente que ele teve um movimento de recuo e desviou a cabeça. Iluminada como se pelas luzes da ribalta, no novo local em que surgia, aquela expressão "de mármore", que ele perdera a capacidade de identificar tão habituado estava a tê-la com frequência sob os olhos, fora-lhe súbita e novamente tornada visível e o tinha de imediato feito lembrar-se daquela história que Odette lhe contara outrora, de uma visita que fizera ao salão do palácio da indústria com a sra. Verdurin e onde ela lhe dissera: "Tome cuidado, saberei degelá-la, você não é de mármore". Odette lhe garantira que aquilo não passara de uma brincadeira, e ele não dera ao fato qualquer importância. Mas tinha então mais confiança nela do que hoje. E a carta anônima falava exatamente de amores daquele tipo. Sem se atrever a levantar os olhos para o jornal, ele o abriu, virou uma página para não mais ver aquela expressão "As mulheres de mármore" e começou a ler mecanicamente as notícias do país. Houvera uma tempestade na Mancha, eram informados estragos em Dieppe, Cabourg, Beuzeval. Teve imediatamente um novo movimento de recuo.

O nome de Beuzeval fizera com que pensasse no de uma outra localidade daquela região, Beuzeville, que leva ligado a esse por um traço de união um outro nome, o de Bréauté, que vira muitas vezes nos mapas, mas que pela

86. Théodore Barrière (1823-1877), dramaturgo francês. (N.T.)

primeira vez percebia ser o mesmo nome que o de seu amigo o sr. de Bréauté, que a carta anônima dizia ter sido amante de Odette. Afinal, em relação ao sr. de Bréauté, a acusação não era inverossímil, mas, no que dizia respeito à sra. Verdurin, era impraticável. Do fato de que Odette mentia às vezes não se podia concluir que nunca dissesse a verdade, e, nas conversas que tivera com a sra. Verdurin e que pessoalmente contara a Swann, ele reconhecera aquelas brincadeiras inúteis e perigosas que, por inexperiência de vida e ignorância da devassidão, fazem as mulheres cuja inocência assim revelam e que – como, por exemplo, Odette – estão mais longe do que as demais de sentir uma ternura ardente por outra mulher. Ao passo que, ao contrário, a indignação, com a qual ela repelira as suspeitas que nele fizera involuntariamente nascer por um instante com seu relato, enquadrava-se em tudo o que sabia a respeito dos gostos, do temperamento de sua amante. Mas naquele momento, por uma dessas inspirações de homem ciumento, análogas a que traz ao poeta e ao sábio, que ainda nada têm além de uma rima ou uma observação, a ideia ou a lei que lhes dará todo o seu poder, Swann lembrou-se pela primeira vez de uma frase que Odette lhe dissera, dois anos antes: "Ah! A sra. Verdurin... agora tudo é para mim, eu sou um amor, ela me beija, quer que eu vá com ela às compras, quer que eu a chame de você". Longe de ver naquela frase qualquer ligação com as absurdas intenções destinadas a simular a devassidão que lhe contara Odette, ele a acolhera como a prova de uma calorosa amizade. Eis que agora a lembrança daquela ternura da sra. Verdurin viera bruscamente ao encontro da lembrança de sua conversa de mau gosto. Não mais podia separá-las em sua mente e as viu mescladas também na realidade, a ternura emprestando algo de sério e importante àquelas brincadeiras que, em troca, faziam-no perder sua inocência. Foi à casa de Odette.

Sentou-se longe dela. Não ousava beijá-la, não sabendo se nela, se nele, seria o afeto ou a cólera revelado por um beijo. Calava-se, observava morrer o amor de ambos. De repente, tomou uma resolução.

– Odette – disse-lhe –, minha querida, sei perfeitamente que sou odioso, mas preciso fazer-lhe umas perguntas. Lembra-se das ideias que tive em relação a você e a sra. Verdurin? Diga-me se eram verdadeiras, com ela ou com alguma outra.

Ela sacudiu a cabeça apertando os lábios, gesto frequentemente empregado pelas pessoas para responder que não irão adiante, que aquilo as aborrece, a alguém que lhes perguntou: "Virá ver desfilar a cavalaria, assistirá à parada?". Mas aquele sacudir de cabeça em geral destinado a um acontecimento futuro traz consigo alguma incerteza à contestação de um acontecimento passado. Ademais, evoca apenas razões de conveniência pessoal, mais do que a reprovação, do que uma impossibilidade moral. Ao ver Odette fazer-lhe o gesto de que era tudo falso, Swann compreendeu que talvez fosse verdade.

– Eu já disse, você sabe perfeitamente – acrescentou ela com um ar irritado e infeliz.

– É, eu sei, mas tem certeza? Não me diga "você sabe perfeitamente", diga-me "nunca fiz esse tipo de coisas com mulher alguma".

Ela repetiu como se fosse uma lição, num tom irônico e como se quisesse se livrar dele:

– Nunca fiz esse tipo de coisas com mulher alguma.

– Você é capaz de jurar sobre a sua medalha de Nossa Senhora de Laghet?

Swann sabia que Odette não cometeria perjúrio sobre aquela medalha.

– Oh! Como você me deixa infeliz! – exclamou ela, esquivando-se com um sobressalto à pressão da pergunta.

– Mas ainda não acabou? O que é que você tem hoje? Então decidiu que é preciso que eu o deteste, que o execre? Pois, ora veja, eu queria voltar aos bons tempos com você e é assim que me agradece!

Mas, sem a libertar, como um cirurgião espera o fim do espasmo que interrompe sua intervenção mas não o faz renunciar a ela:

– Está muito enganada imaginando que eu ficaria com raiva de você, Odette – disse-lhe com uma doçura persuasiva e mentirosa. – Nunca falo com você a respeito do que sei, e sempre sei muito mais do que digo. Mas só você pode suavizar, com sua confissão, o que me faz odiá-la, já que aquilo só me foi denunciado pelos outros. Minha cólera contra você não vem dos seus atos, perdoo-lhe tudo porque a amo, mas da sua falsidade, da falsidade absurda que a faz perseverar em negar as coisas que sei. Mas como você quer que eu possa continuar a amá-la, quando a vejo me declarar, me jurar uma coisa que sei ser falsa? Odette, não prolongue este instante que é uma tortura para nós dois. Se você quiser, estará acabado num segundo, você estará livre para sempre. Diga-me sobre a sua medalha se, sim ou não, você alguma vez fez tais coisas.

– Mas eu sei lá! – exclamou ela com raiva. – Talvez há muito tempo, sem me dar conta do que estava fazendo, talvez duas ou três vezes.

Swann havia considerado todas as possibilidades. A realidade é então algo que não tem qualquer ligação com as possibilidades, não mais do que uma facada que recebemos tem com os suaves movimentos das nuvens acima de nossa cabeça, já que aquelas palavras "duas ou três vezes" marcaram em carne viva uma espécie de cruz em seu coração. Coisa estranha que essas palavras "duas ou três vezes", nada além de palavras, palavras pronunciadas no ar, a distância, possam assim dilacerar o coração como se o tocassem verdadeiramente, possam fazer mal, como um veneno que absorvêssemos. Involuntariamente, Swann pensou naquela frase que ouvira em casa da sra. de Saint-Euverte: "Foi o que vi de mais impressionante desde as mesas giratórias!". Aquele sofrimento que sentia não se parecia com coisa alguma na qual havia acreditado. Não apenas porque em suas horas de mais absoluta desconfiança raramente fora tão longe na devassidão, mas porque, mesmo quando imaginava tal coisa, ela permanecia vaga, incerta, despojada daquele horror particular que escapara das palavras "duas ou três vezes", desprovida daquela crueldade específica tão diversa de tudo o que conhecera quanto uma doença pela qual se é acometido pela primeira vez. E ainda assim aquela Odette da qual lhe vinha toda aquela dor não lhe era menos querida, muito pelo contrário, mais preciosa, como se à medida que aumentava o sofrimento, aumentasse ao mesmo tempo o valor do calmante, do antídoto que somente aquela mulher possuía. Ele queria prestar-lhe mais cuidados, como a uma doença que repentinamente se descobre mais grave. Queria que a coisa terrível que ela lhe dissera ter feito "duas ou três vezes" não se pudesse repetir. Para tanto era preciso velar por Odette. Dizem com frequência que ao denunciar a um amigo os erros de sua amante só conseguimos aproximá-lo mais dela, porque ele não lhes dá crédito, mas quanto mais o aproximará se lhes der crédito!? Mas, dizia-se Swann, como conseguir protegê-la? Poderia talvez preservá-la de uma determinada mulher, mas havia centenas de outras, e ele compreendeu que loucura passara por ele quando, na noite em que não encontrara Odette na casa dos Verdurin, começara a desejar a posse, sempre impossível, de um outro ser. Felizmente para Swann, sob os sofrimentos novos que acabavam de entrar em sua alma como hordas de invasores, havia uma base de natureza mais antiga, mais suave e silenciosamente laboriosa, como as células de um órgão ferido que de imediato tomam providências para refazer os tecidos lesados, como os músculos de um membro paralisado que tendem a retomar seus movimentos. Esses mais antigos, mais autóctones habitantes de sua alma empregaram por um instante todas as forças de Swann nesse trabalho obscuramente reparador que dá a ilusão do repouso a um convalescente, a um operado. Dessa vez, foi menos como um hábito no cérebro de Swann que se produziu tal descontração por esgotamento: foi mais em seu coração. Mas todas as coisas da vida que existiram uma vez tendem a se recriar e, como um animal moribundo a quem agita outra vez o sobressalto de uma convulsão que parecia terminada, no coração, por um instante poupado, de Swann, por si só o mesmo sofrimento veio retraçar a mesma cruz. Ele recordou aquelas noites de luar em que, recostado em sua carruagem que o levava à Rue La Pérouse, cultivava voluptuosamente em seu interior as emoções do homem apaixonado, sem saber o fruto envenenado que necessariamente produziriam. Mas todos esses pensamentos só duraram o espaço de um segundo, tempo de levar a mão ao coração, recuperar o fôlego e conseguir sorrir para dissimular sua tortura. Já recomeçava a fazer suas perguntas. Pois seu ciúme, que se dera a um trabalho ao qual um inimigo não se daria para conseguir fazê-lo ser atingido por aquele golpe, para fazê-lo travar conhecimento com a dor mais cruel que jamais conhecera, seu ciúme não achava que ele já tivesse sofrido o bastante e tentava fazê-lo receber um ferimento ainda mais profundo. Qual uma divindade maligna, o ciúme inspirava Swann e levava-o à perdição. Não foi sua culpa, mas apenas de Odette, se a princípio seu suplício não se agravou.

– Minha querida – disse ele –, agora que acabou, foi com alguém que eu conheço?

– Não, eu juro, aliás acho que exagerei, não cheguei até lá.

Ele sorriu e recomeçou:

– O que você quer? Não faz mal, mas é pena que não me possa dizer o nome. O fato de poder imaginar a pessoa me impediria de pensar nisso para sempre. Digo isso por você, porque eu não mais a aborreceria. É tão reconfortante imaginar as coisas! O horrível é aquilo que não se consegue imaginar. Mas você já foi tão gentil, não quero cansá-la. Agradeço de todo o meu coração por todo o bem que você me fez. Está acabado. Só uma coisa: "Há quanto tempo?".

– Ah! Charles! Mas não vê que está me matando! É tudo muito antigo. Eu nunca mais tinha pensado nisso, parece que você quer realmente me fazer ter tais ideias de novo. Fará um grande negócio! – disse ela, com idiotice inconsciente e maldade proposital.

– Ora! Eu só queria saber se foi depois que a conheci. Mas seria tão natural, era aqui que acontecia? Você poderia me dizer uma determinada noite, para que eu tente descobrir o que fazia nessa noite; você compreende que não é possível que não se lembre com quem, Odette, meu amor.

– Mas eu não sei, ora, acho que foi no Bois uma noite em que você foi ao nosso encontro na ilha. Você tinha jantado em casa da princesa de Laumes – disse ela, feliz por fornecer um detalhe preciso que atestava sua veracidade. – Numa mesa vizinha havia uma mulher que eu não via há muito tempo. Ela me disse: "Venha comigo atrás do pequeno rochedo ver o efeito do luar sobre a água". A princípio bocejei e respondi: "Não, estou cansada e estou bem aqui". Ela garantiu que nunca houvera um luar igual. Eu lhe disse: "É mesmo?"; eu sabia muito bem onde ela queria chegar.

Odette contava aquilo quase rindo, seja porque lhe pareceu absolutamente natural ou porque acreditava atenuar-lhe assim a importância, ou para não ter um ar humilhado. Ao perceber o rosto de Swann, mudou de tom:

– Você é um miserável, você se diverte me torturando, me fazendo criar mentiras que digo para que você me deixe em paz.

Esse segundo golpe lançado contra Swann era ainda mais atroz do que o primeiro. Jamais supusera que se tratasse de uma coisa tão recente, oculta a seus olhos, que não a haviam conseguido descobrir, não num passado que ele não conhecera mas naquelas noites das quais se lembrava tão bem, que vivera com Odette, que acreditara serem tão conhecidas por ele e que agora assumiam retrospectivamente um aspecto insidioso e atroz; entre eles, de repente, criava-se aquela colossal cratera, aquele momento na ilha do Bois. Odette, sem ser inteligente, tinha o encanto do natural. Ela descrevera, representara aquela cena com tanta simplicidade que Swann, ofegante, via tudo: o bocejo de Odette, o pequeno rochedo. Ele a ouvia responder – alegre, infelizmente – "É mesmo?". Sentia que ela nada mais diria nessa noite, que não teria qualquer outra nova revelação a esperar no momento, e disse:

– Minha queridinha, perdoe-me, sinto que a estou magoando, acabou, não penso mais nisso.

Mas ela viu que os olhos dele permaneciam fixos sobre as coisas que ele não sabia e sobre aquele passado de seu amor, monótono e doce em sua memória porque era vago, e que agora dilacerava como um ferimento aquele minuto na ilha do Bois, ao luar, depois do jantar com a princesa de Laumes. Mas ele estava a tal ponto habituado a considerar a vida interessante – a admirar as curiosas descobertas que nela se podem fazer – que mesmo sofrendo a ponto de acreditar que não poderia por mais tempo suportar uma tal dor, dizia a si mesmo: "A vida é realmente espantosa e reserva belas surpresas; em suma, a devassidão é algo mais difundido do que se crê. Eis uma mulher em quem eu tinha confiança, que tem o ar tão simples, tão honesto, ainda que fosse leviana, que parecia bem normal e sadia em seus gostos: sobre uma denúncia inconcebível, eu a interrogo e o pouco que ela me confessa revela ser bem mais do que aquilo que se poderia supor". Mas ele não podia se limitar àquelas observações desinteressadas. Tentava avaliar exatamente o valor do que ela lhe contara, a fim de saber se deveria concluir que, aquelas coisas, ela as fizera muitas vezes, que voltaria a elas. Repetia para si mesmo as palavras que ela dissera: "Eu sabia muito bem aonde ela queria chegar", "duas ou três vezes", "é mesmo?", mas elas não reapareciam desarmadas na memória de Swann, cada uma delas trazia seu punhal e com ele novamente o golpeavam. Durante muito tempo, como um doente não consegue se impedir de tentar a cada minuto fazer o movimento que lhe é doloroso, ele se repetia aquelas palavras: "estou bem aqui", "é mesmo?", mas o sofrimento era tão forte que era obrigado a parar. Maravilhava-se de que atos que sempre julgara tão levianamente, tão alegremente, tivessem agora se tornado tão graves como uma doença da qual se pode morrer. Conhecia muitas mulheres a quem poderia pedir que vigiassem Odette. Mas como esperar que se colocassem sob o mesmo ponto de vista que ele e não se mantivessem naquele que por tanto tempo fora o seu e que sempre guiara sua vida voluptuosa, que não lhe dissessem rindo: "Seu horrível ciumento, que quer privar os outros de um prazer"? Por que alçapão subitamente aberto (ele que só conhecera outrora de seu amor por Odette os prazeres delicados) fora ele bruscamente atirado naquele novo círculo do inferno do qual não distinguia como poderia vir a sair. Pobre Odette! Não a queria mal. Ela só tinha a metade da culpa. Não diziam que havia sido pela própria mãe que fora entregue, quase menina, em Nice, a um rico inglês? Mas que verdade dolorosa assumiam para ele aquelas linhas do diário do poeta Alfred de Vigny[87] que lera outrora com indiferença: "Quando nos sentimos tomados de amor por uma mulher, deveríamos nos perguntar: Por quem está cercada? Como foi sua vida? Toda a felicidade da vida se baseia nisso". Swann surpreendia-se que simples frases decodificadas por seu pensamento, como "é mesmo?" e "eu sabia muito bem aonde ela queria chegar" lhe pudessem fazer tanto mal. Mas compreendia que o que acreditava serem simples frases nada mais eram que as peças da armadura sob a qual vivia e de onde lhe poderia ser devolvido o sofrimento que experimentara durante o relato de Odette, pois era exatamente aquele sofrimento que de novo experimentava. Era inútil saber agora – foi inútil também, tendo o tempo passado, ter esquecido um pouco, ter perdoado –, no momento em que repetia para si mesmo aquelas palavras, o sofrimento antigo o levava de volta ao estado em que se encontrava antes que Odette falasse: ignorante, confiante; seu cruel ciúme o recolocava, para que fosse atingido pela confissão de Odette, na posição de alguém que ainda não sabe, e no fim de alguns meses aquela velha história continuava a perturbá-lo como uma revelação. Ele admirava o terrível poder recriador de sua memória. Apenas do enfraquecimento dessa fonte geradora cuja fecundidade diminui com a idade ele poderia esperar um alívio para sua tortura. Mas quando parecia um pouco esgotado o poder que tinha de fazê-lo sofrer uma das palavras pronunciadas por Odette, então uma daquelas sobre as quais a mente de Swann menos se detivera até então, uma palavra quase nova, vinha revezar com as outras e o atingia com um vigor intacto. A lembrança da noite em que jantara em casa da princesa de Laumes lhe era dolorosa, mas era somente o centro de

87. Alfred Victor de Vigny (1797-1863), poeta, dramaturgo e romancista francês. (N.T.)

seu mal. Esse mal irradiava-se confusamente ao seu redor por todos os dias próximos. E, em qualquer ponto dela que quisesse tocar em suas lembranças, era a temporada inteira em que os Verdurin haviam com tanta frequência jantado na ilha do Bois que lhe fazia tanto mal. Tanta dor que pouco a pouco as curiosidades que nele excitavam seu ciúme foram neutralizadas pelo medo das torturas novas que se infligiria ao satisfazê-las. Dava-se conta de que todo o período da vida de Odette desenrolado antes que ela o encontrasse, período que jamais tentara imaginar, não era a extensão abstrata que via vagamente, fora feita de anos distintos, repleta de incidentes concretos. Mas, ao conhecê-los, temia que aquele passado incolor, fluido e suportável, assumisse um corpo tangível e imundo, um rosto individual e diabólico. E continuava não tentando concebê-lo, não mais por preguiça de pensar, mas por medo de sofrer. Esperava que um dia acabasse podendo ouvir o nome da ilha do Bois, da princesa de Laumes, sem sentir o dilaceramento antigo, e achava imprudente provocar Odette para que lhe fornecesse novas palavras, o nome de lugares, circunstâncias outras que fariam renascer sob novo aspecto seu mal recém-acalmado.

Mas muitas vezes as coisas que ele não conhecia, que agora receava conhecer, eram-lhes espontaneamente reveladas pela própria Odette, e sem que ela se desse conta; na verdade, da distância que a devassidão colocava entre a vida real de Odette e a vida relativamente inocente que Swann acreditara, e com muita frequência acreditava ainda, levar sua amante, dessa distância Odette ignorava a extensão: um ser devasso, simulando sempre a mesma virtude diante dos seres pelos quais não quer sua devassidão suspeitada, não tem controle para perceber o quanto tal devassidão, cujo crescimento contínuo é para ele imperceptível, pouco a pouco o distancia das maneiras normais de viver. Em sua coabitação, nas profundezas da mente de Odette, com a lembrança dos atos que eram ocultos de Swann, outros pouco a pouco recebiam seus raios, eram por eles contagiados, sem que ela lhes pudesse encontrar estranheza, sem que destoassem no ambiente especial no qual os fazia viver dentro dela; mas, se os contava a Swann, ele ficava petrificado pela revelação do ambiente que os tais atos traíam. Um dia ele tentava, sem ferir Odette, perguntar-lhe se ela alguma vez estivera em casas de cafetinas. Para dizer a verdade, estava convencido de que não; a leitura da carta anônima havia introduzido tal suposição em sua inteligência, mas de forma mecânica, ela não encontrara ali qualquer credibilidade, mas de fato ali ficara, e Swann, para se ver livre da presença puramente material mas ainda assim incômoda da suspeita, desejava que Odette a extirpasse.

– Ah! Não! Não que eu não seja perseguida por isso – acrescentou ela, revelando num sorriso uma satisfação de vaidade que não mais percebia que não poderia parecer legítima a Swann. – Há uma que ontem ainda ficou mais de duas horas a me esperar, ela me propunha o preço que eu quisesse. Parece que há um embaixador que lhe disse: "Eu me mato se a senhora não a trouxer". Disseram-lhe que eu havia saído, acabei indo pessoalmente lhe dizer que fosse embora. Eu queria que você visse como a recebi, minha camareira que me ouvia do cômodo ao lado disse que eu falava aos berros: "Mas se estou dizendo que não quero! Não gosto de uma ideia dessas. Acho que sou livre para fazer o que quero, afinal de contas! Se eu precisasse de dinheiro, compreendo...". O porteiro tem ordens para não mais deixar a mulher entrar, dirá que fui para o campo. Ah! Eu gostaria que você estivesse escondido em algum lugar. Acho que ficaria contente, meu querido. A sua Odette tem coisas boas, apesar de tudo, mesmo que a achem detestável, está vendo?

Aliás, suas próprias confissões, quando as fazia, de faltas que supunha terem por ele sido descobertas, mais do que colocarem um ponto final nas antigas, serviam para Swann como ponto de partida para novas dúvidas. Pois nunca eram exatamente proporcionais àquelas. De pouco adiantara a Odette suprimir de sua confissão todo o essencial, permanecia no acessório algo que Swann jamais imaginara, que o derrotava por sua novidade e vinha permitir-lhe mudar os termos do problema de seu ciúme. E tais confissões ele não conseguia mais esquecer. Sua alma carregava-as, rejeitava-as, acalentava-as, como a cadáveres. E com elas se envenenava.

Uma vez ela lhe falou de uma visita que Forcheville lhe fizera no dia da festa de Paris-Múrcia.

– Como? Você já o conhecia? Ah! Claro, é verdade... – disse ele corrigindo-se para não parecer ignorar o fato.

E de repente começou a tremer ao pensamento de que no dia daquela festa de Paris-Múrcia, quando dela recebera a carta que tão preciosamente guardara, ela talvez almoçasse com Forcheville na Maison Dorée. Ela jurou que não.

– Entretanto, a Maison Dorée me lembra de alguma coisa que eu soube não ser verdade – disse para assustá-la.

– É que eu não tinha ido lá na noite em que eu disse estar saindo de lá quando você me procurou no Prévost – respondeu ela (acreditando, pelo seu ar, que ele sabia), com uma decisão na qual havia, muito mais do que cinismo ou timidez, um medo de contrariar Swann que por amor-próprio queria ocultar, além do desejo de lhe mostrar que conseguia ser sincera. Então golpeou com uma clareza e um vigor de carrasco, isentos de crueldade, pois Odette não tinha consciência do mal que fazia a Swann; e até mesmo começou a rir, talvez, é verdade, sobretudo para não ter um ar humilhado, confuso. – É verdade que eu não tinha ido à Maison Dorée, que eu saía da casa de Forcheville. Eu realmente tinha ido ao Prévost, não era brincadeira, ele me encontrou lá e me pediu para entrar e olhar suas gravuras. Mas chegou alguém para visitá-lo. Eu disse que estava vindo da Maison Dorée porque tinha medo de que aquilo aborrecesse você. Está vendo, fui gentil com você. Tudo bem que eu tenha errado, pelo menos estou falando francamente. Que interesse teria eu em não dizer também que tinha almoçado com ele no dia da festa Paris-Múrcia, não é verdade? Ainda mais que naquele momento nós dois ainda não nos conhecíamos muito, não é, querido?

Ele lhe sorriu com a súbita covardia do ser sem forças no qual o haviam transformado aquelas palavras angustiantes. Então, mesmo durante os meses nos quais não mais ousara pensar porque haviam sido demasiado felizes, naqueles meses em que ela o havia amado, ela já lhe mentia! Assim como aquele momento (na primeira noite em que tinham "feito catleia") em que ela lhe dissera estar saindo da Maison Dorée, quantos outros deveria haver, dissimuladores também de uma mentira por Swann não suspeitada? Lembrou-se de que ela lhe dissera um dia: "Só precisarei dizer à sra. Verdurin que meu vestido não ficou pronto, que meu táxi chegou atrasado. Há sempre como dar um jeito". A ele também, provavelmente, muitas vezes em que ela lhe passara um desses bilhetes que explicam um atraso, justificam a mudança da hora de um encontro, deveriam ter ocultado, sem que ele então suspeitasse, algo que ela tinha a fazer com um outro, com um outro a quem ela teria dito: "Eu só precisarei dizer a Swann que meu vestido não ficou pronto, que meu táxi chegou atrasado. Há sempre como dar um jeito". E sob todas as lembranças mais doces de Swann, sob as palavras mais simples que lhe dissera outrora Odette, nas quais acreditara como palavras do Evangelho, sob os atos cotidianos que ela lhe relatara, sob os lugares mais familiares, a casa de sua costureira, a avenida do Bois, o Hipódromo, ele sentia, dissimulada graças a esse excedente de tempo que nos dias mais detalhados deixa ainda espaço, lugar, e que pode servir de esconderijo para determinados atos, sentia insinuar-se a presença possível e subterrânea de mentiras que tornavam ignóbil tudo o que lhe ficara de mais caro (suas melhores noites, a própria Rue La Pérouse da qual Odette deveria ter saído em horas que não aquelas que lhe dissera) fazendo por toda parte circular um pouco do tenebroso horror que sentira ao ouvir a confissão relativa à Maison Dorée e, como as bestas imundas na desolação do Nívive, abalando pedra a pedra todo o seu passado. Se agora ele se desviava sempre que sua memória lhe dizia o nome cruel da Maison Dorée, não era mais, como ainda bem recentemente no sarau da sra. de Saint-Euverte, porque lhe lembrava uma felicidade que havia perdido há muito, mas uma infelicidade que acabava de conhecer. Depois aconteceu com o nome da Maison Dorée o mesmo que acontecera com o da ilha do Bois: pouco a pouco deixou de fazer sofrer Swann. Pois o que acreditamos ser o nosso amor, nosso ciúme, não é uma mesma paixão contínua, indivisível. Compõem-se de uma infinidade de amores sucessivos, de ciúmes diferentes e que são efêmeros, mas, por sua multiplicidade ininterrupta, dão a impressão de continuidade, ilusão de unidade. A vida do amor de Swann, a fidelidade de seu ciúme eram feitas da morte, da infidelidade de inúmeros desejos, de inúmeras dúvidas, tendo todos Odette por objeto. Se ele tivesse passado muito tempo sem vê-la, aqueles que morressem não teriam sido substituídos por outros. Mas a presença de Odette continuava a semear o coração de Swann de ternuras e suspeitas alternadas.

Determinadas noites, ela de súbito voltava a ter para com ele uma gentileza que duramente lhe dizia dever aproveitar logo, sob pena de não vê-la repetir-se por muitos anos; era preciso ir imediatamente para a casa dela "fazer catleia", e tal desejo que dizia ter dele era tão súbito, tão inexplicável, tão imperioso, as carícias que lhe prodigalizava a seguir tão demonstrativas e tão insólitas, que aquela ternura brutal e sem nexo causava tanta mágoa a Swann quanto uma mentira e uma maldade. Uma noite em que havia, de acordo com as ordens que ela lhe dera, ido à sua casa e enquanto ela entremeava seus beijos com palavras apaixonadas que contrastavam com sua secura habitual, ele acreditou de repente ouvir um ruído; levantou-se, procurou por toda parte, nada encontrou, mas não teve coragem de retomar seu lugar junto dela, que então, no cúmulo da raiva, quebrou um vaso e disse a Swann: "Nunca se pode fazer nada com você!". E ele continuou indeciso se ela teria escondido alguém de quem quisesse espicaçar o ciúme ou aguçar os sentidos.

Às vezes ele ia a casas de tolerância, esperando ouvir algo a respeito dela, sem entretanto ousar mencionar-lhe o nome. "Tenho uma garota que vai agradá-lo", dizia a cafetina. E ele passava uma hora conversando tristemente com alguma pobre moça surpresa de que ele nada mais fizesse. Uma jovem e encantadora lhe disse um dia:

– O que eu queria era encontrar um amigo, então ele poderia ter certeza, nunca mais eu iria com outra pessoa.

– Você acha possível, realmente, que uma mulher se emocione por ser amada e nunca nos engane? – perguntou-lhe Swann ansiosamente.

– Mas claro! Depende do caráter!

Era impossível para Swann não dizer àquelas moças as mesmas coisas que teriam agradado à princesa de Laumes. À que buscava um amigo, ele disse sorrindo:

– Que lindo, você pintou os olhos de azul, da cor do seu cinto.

– O senhor também, os punhos de sua camisa são azuis.

– Que conversa boa estamos tendo, para um lugar destes! Não a estou aborrecendo? Não tem coisas a fazer?

– Não, eu tenho tempo de sobra. Se o senhor me aborrecesse, eu diria. Pelo contrário, gosto muito de ouvi-lo falar.

– Fico lisonjeado.

– Não é verdade que conversamos gentilmente? – disse ele à cafetina que acabava de entrar.

– Mas é claro, era exatamente o que eu estava pensando. Como são comportados! Muito bem! Agora se vem à minha casa para conversar. O príncipe dizia isso, outro dia, que é bem melhor aqui do que em casa de sua mulher. Parece que agora, na sociedade, todas elas são cheias de histórias, é um verdadeiro escândalo! Vou deixá-los sozinhos, eu sou discreta. – E ela deixou Swann com a moça que tinha os olhos azuis. Mas logo ele se levantou e lhe disse adeus, ela lhe era indiferente, ela não conhecia Odette.

Tendo o pintor estado doente, o dr. Cottard aconselhou uma viagem por mar; vários fiéis falaram em partir com ele; os Verdurin não conseguiram decidir-se a ficar sozinhos, alugaram um iate, depois se tornaram compradores, e assim Odette fez frequentes cruzeiros. Sempre que ela havia partido há algum tempo, Swann sentia que começava a se desligar dela, mas como se tal distância moral fosse proporcional à distância material, tão logo sabia estar Odette de volta, não conseguia mais continuar sem vê-la. Uma vez, acreditando terem partido por um mês apenas, fosse por terem tido vontade no caminho, fosse porque o sr. Verdurin houvesse sorrateiramente arranjado as coisas de antemão para agradar sua mulher e só aos poucos avisasse os fiéis, de Argel foram a Túnis, depois à Itália, depois à Grécia, a Constantinopla, à Ásia Menor. A viagem durava já quase um ano. Swann sentia-se absolutamente tranquilo, quase feliz. Embora a sra. Verdurin tivesse tentado persuadir o pianista e o dr. Cottard de que a tia de um e os doentes do outro não tinham necessidade alguma de ambos e que, em todo caso, seria imprudente deixar a sra. Cottard voltar a Paris, que o sr. Verdurin garantia estar em revolução, foi obrigada a lhes conceder liberdade em Constantinopla. E o pintor partiu com eles. Um dia, pouco depois da volta desses três viajantes, Swann, vendo passar um ônibus para o Luxemburgo, onde tinha coisas a fazer, saltara para dentro dele e se vira diante da sra. Cottard, que fazia sua ronda de visitas "do dia", em traje de gala, plumas no chapéu, vestido de seda, regalo, sombrinha, porta-cartões e luvas brancas limpíssimas. Adornada com tais insígnias, quando não chovia ela ia a pé de uma casa a outra, no mesmo bairro, mas para passar a um outro bairro fazia uso do ônibus com baldeações. Nos primeiros instantes, antes que a gentileza nativa da mulher conseguisse romper a carapaça da pequeno-burguesa, e aliás não sabendo bem se deveria falar a Swann dos Verdurin, ela manteve naturalmente, com sua voz lenta, tímida e suave que por momentos o ônibus cobria por completo com seu estrondo, conversas escolhidas entre aquelas que ouvia e repetia nas 25 casas cujos degraus subia num só dia:

– Não vou perguntar, senhor, se um homem tão atualizado como o senhor já viu, nos Mirlitons, o retrato de Machard[88] que causa sensação em toda Paris. Pois bem, o que me diz? O senhor está do lado dos que aprovam ou do lado dos que condenam? Em todos os salões só se fala do retrato de Machard; não se é chique, não se é fino, não se está na moda caso não se dê uma opinião a respeito do retrato de Machard.

Tendo Swann respondido que não vira aquele retrato, a sra. Cottard teve medo de tê-lo magoado obrigando-o a confessá-lo.

88. Jules Machard (1839-1900), pintor francês. (N.T.)

– Ah! Mas é muito bom, pelo menos o senhor o confessa francamente, não se acredita desonrado porque não viu o retrato de Machard. Acho isso muito bonito de sua parte. Pois bem, eu vi, as opiniões estão divididas, há os que acham que é um pouco rebuscado, um pouco inconsistente, eu o acho ideal. Evidentemente não se parece com as mulheres azuis e amarelas de nosso amigo Biche. Mas devo confessar-lhe com sinceridade, o senhor vai me considerar um tanto antiquada, mas digo o que penso: eu não compreendo. Meu Deus! Eu reconheço as qualidades que há no retrato de meu marido, é menos estranho do que o que ele costuma fazer, mas ele precisava botar bigodes azuis? Mas Machard! Imagine, exatamente o marido da amiga a cuja casa estou indo agora (o que me dá o grande prazer de viajar com o senhor) prometeu-lhe, se for indicado para a academia (é um dos colegas do doutor), mandar fazer-lhe o retrato por Machard. É um belo sonho, evidentemente! Tenho uma outra amiga que afirma preferir Leloir[89]. Eu sou apenas uma pobre profana, e Leloir talvez seja ainda superior como ciência. Mas acho que a primeira qualidade de um retrato, sobretudo quando custa dez mil francos, é ser semelhante, e de uma semelhança agradável.

Tendo expressado tais opiniões que lhe inspiravam a altura de suas plumas, o valor de seu porta-cartões, o pequeno monograma desenhado a tinta em suas luvas pelo tintureiro e o embaraço de falar com Swann sobre os Verdurin, a sra. Cottard, vendo que ainda estava longe da esquina da Rue Bonaparte, onde o condutor deveria deixá-la, ouviu seu coração que lhe aconselhava outras palavras.

– Suas orelhas devem ter ardido – disse ela – durante a viagem que fizemos com a sra. Verdurin. Só se falava do senhor.

89. Maurice Leloir (1851-1940), pintor, aquarelista, gravador e ilustrador francês. (N.T.)

Swann ficou bastante espantado, supunha que seu nome jamais era proferido diante dos Verdurin.

– Aliás – acrescentou a sra. Cottard –, a sra. de Crécy estava lá, preciso dizer mais? Quando Odette está em algum lugar, ela não consegue passar muito tempo sem falar do senhor. E imagine que não fala mal. Como? Não acredita? – disse ela ao ver um gesto cético de Swann.

E, levada pela sinceridade de sua convicção, não pondo aliás qualquer mau pensamento naquela palavra que usava apenas no sentido que se emprega para falar da afeição que une os amigos:

– Mas ela o adora! Ah! Creio que não se deveria dizer isso do senhor diante dela! Estaríamos bem arranjados! A propósito de tudo, se víamos um quadro, por exemplo, ela dizia: "Ah! Se ele estivesse aqui ele saberia lhes dizer se é autêntico ou não. Ninguém é melhor do que ele nessas coisas". E a todo instante ela perguntava: "O que ele pode estar fazendo agora? Se pelo menos trabalhasse um pouco! É uma pena que um rapaz com tanto talento seja tão preguiçoso. (O senhor me desculpa, não é?) Posso vê-lo agora, ele está pensando em nós, pergunta-se onde estamos". Ela disse até mesmo uma frase que achei bem bonita: o sr. Verdurin lhe dizia: "Mas como pode ver o que ele está fazendo agora se está a oitocentas léguas dele?". Então Odette respondeu: "Nada é impossível para os olhos de uma amiga". Não, eu juro, não estou dizendo isso para lisonjeá-lo, o senhor tem nela uma verdadeira amiga, como não existem muitas. Aliás, se não sabe disso, digo-lhe que é o único. A sra. Verdurin me dizia ainda no último dia (o senhor sabe, na véspera de uma partida se conversa melhor): "Não digo que Odette não goste de nós, mas tudo o que lhe dizemos não tem o valor daquilo que lhe diria o sr. Swann". Ah! Meu Deus! O condutor parou para mim, conversando com o senhor eu ia deixando passar a Rue Bonaparte... Faria o favor de me dizer se minhas plumas estão bem?

E a sra. Cottard tirou de seu regalo, para estendê-la a Swann, sua mão enluvada de branco da qual escapou, com um bilhete de baldeação, um ar de vida elegante que se espalhou pelo ônibus, mesclado ao cheiro da tinturaria. E Swann sentiu-se transbordar de ternura por ela, tanto quanto pela sra. Verdurin (e quase tanto quanto por Odette, pois o sentimento que tinha por esta, não mais estando mesclado de dor, não mais era de amor), enquanto da plataforma a seguia com olhos enternecidos, avançando corajosamente pela Rue Bonaparte, as plumas erguidas, com uma das mãos levantando a saia, com a outra segurando sua sombrinha e seu porta-cartões, cujo monograma deixava à mostra, com o regalo balançando.

Para fazer concorrência aos sentimentos doentios que Swann tinha por Odette, a sra. Cottard, melhor terapeuta do que jamais seria seu marido, introduzira a seu lado outros sentimentos, normais estes últimos, de gratidão, de amizade, sentimentos que na mente de Swann tornavam Odette mais humana (mais similar às outras mulheres, porque outras mulheres também podiam inspirá-los), apressavam sua transformação definitiva naquela Odette amada com um tranquilo afeto que o levara um dia, depois de uma festa na casa do pintor, para tomar um copo de laranjada com Forcheville e com quem Swann vislumbrara que poderia viver feliz.

Tendo outrora muitas vezes pensado com terror que um dia deixaria de estar apaixonado por Odette, ele se prometera ficar atento e, tão logo sentisse que seu amor começaria a deixá-lo, agarrar-se a ele, mantê-lo. Mas eis que ao enfraquecimento de seu amor correspondia simultaneamente um enfraquecimento do desejo de continuar apaixonado. Pois não se pode mudar, quer dizer tornar-se outra pessoa, continuando a obedecer aos sentimentos daquela que não mais se é. Às vezes o nome vislumbrado num jornal de um dos homens que ele suspeitava poder ter sido amante de Odette lhe trazia de volta o ciúme. Mas era bem fraco e, como lhe provava que não havia ainda saído totalmente daquele tempo no qual tanto sofrera – mas também no qual conhecera um modo de sentir tão voluptuoso – e cujas belezas os acasos do caminho talvez lhe permitissem ainda vislumbrar furtivamente e a distância, o que aquele ciúme lhe trazia era uma excitação agradável como, ao tristonho parisiense que sai de Veneza para voltar à França, um último mosquito prova que a Itália e o verão ainda não estão muito distantes. Mas, em relação ao tempo tão especial de sua vida do qual saía, na maioria das vezes em que fazia um esforço, se não para nele permanecer, pelo menos para dele ter uma visão clara enquanto ainda conseguia, dava-se conta de que não mais conseguia; teria querido entrever, como uma paisagem que iria desaparecer, aquele amor que acabava de deixar; mas é tão difícil ser duplo e se oferecer o espetáculo verídico de um sentimento que se deixou de possuir, que em breve, a escuridão se fazendo em seu cérebro, nada mais via, renunciava a olhar, retirava seu lornhão, enxugava as lentes; e dizia a si mesmo que era melhor descansar um pouco, que teria ainda tempo dali a pouco, e se retraía com a indiferença, na letargia do viajante sonolento que puxa seu chapéu sobre os olhos para dormir no vagão que sente levá-lo cada vez mais depressa para longe do país no qual por tanto tempo viveu e que se prometera não deixar sem lhe dar um último adeus. Na verdade, como aquele viajante que desperta apenas na França, quando Swann teve por acaso diante de si a prova de que Forcheville havia sido amante de Odette, percebeu que não sentia dor alguma, que o amor estava longe agora, e lamentou não ter sido avisado do momento em que ele o deixava para sempre. E, assim como antes de beijar Odette pela primeira vez tentara imprimir em sua memória o rosto que ela por tanto tempo tivera para ele e que a lembrança daquele beijo transformaria, do mesmo modo teria preferido, em pensamento ao menos, dar adeus, enquanto ela ainda existia, àquela Odette inspiradora de amor, de ciúme, àquela Odette causadora de sofrimentos e que agora ele jamais reveria.

Enganava-se. Deveria revê-la ainda uma vez, algumas semanas mais tarde. Aconteceu dormindo, no crepúsculo de um sonho. Ele passeava com a sra. Verdurin, o dr. Cottard, um rapaz usando um fez que não conseguia identificar, o pintor, Odette, Napoleão III e meu avô, num caminho ao longo do mar que se elevava acima dele às vezes muito, às vezes apenas alguns metros, de modo que subiam e desciam constantemente; os que desciam já não eram mais visíveis aos que ainda subiam, o pouco de luz que restava enfraquecia e parecia então que uma noite negra iria descer imediatamente. Por momentos as ondas saltavam até a margem e Swann sentia em seu rosto os respingos gelados. Odette dizia-lhe para enxugá-los, ele não conseguia e sentia-se confuso diante dela, também por estar em trajes de dormir. Esperava que devido à escuridão ninguém percebesse, entretanto, a sra. Verdurin fitou-o com um olhar espantado por um longo momento durante o qual ele viu seu rosto se deformar, seu nariz se alongar e viu que ela tinha grandes bigodes. Virou-se para olhar para Odette, suas faces estavam pálidas, com pequenos pontos vermelhos, seus traços, repuxados, turvos, mas ela o olhava com olhos cheio de ternura prestes a se descolarem como lágrimas para cair sobre ele, e ele se sentia amando-a tanto que desejaria levá-la dali imediatamente. De repente, Odette girou o pulso, olhou para um pequeno relógio e disse: "Preciso ir", ela se despedia de todos do mesmo modo, sem chamar Swann de lado, sem lhe dizer onde o veria à noite ou num outro dia. Ele não ousou lhe perguntar, queria segui-la e era obrigado, sem se voltar para ela, a responder sorrindo a uma pergunta da sra. Verdurin, mas seu coração batia horrivelmente, ele sentia ódio por Odette, gostaria de furar-lhe os olhos que tanto amava havia pouco, esmagar-lhe as faces sem frescor. Continuava a subir com a sra. Verdurin, ou seja, a se afastar a cada passo de Odette, que descia no sentido inverso. Ao fim de um segundo, fazia muitas horas que ela tinha partido. O pintor observou a Swann que Napoleão III se eclipsara um instante depois dela. "Certamente estava combinado entre eles, acrescentou, devem ter se encontrado ao pé da colina, mas não quiseram se despedir juntos devido às conveniências. Ela é amante dele." O rapaz desconhecido começou a chorar. Swann tentou consolá-lo: "Afinal ela tem razão", disse enxugando-lhe os olhos e tirando-lhe o fez para que ficasse mais à vontade. "Dei-lhe esse conselho dez vezes. Por que ficar triste? Ele é exatamente o homem que poderia compreendê-la." Assim Swann falava consigo mesmo, pois o rapaz que a princípio não pudera identificar era também ele; como alguns romancistas, ele distribuíra sua personalidade em dois personagens, o que fazia aquele que sonhava e um que ele via diante de si usando um fez.

Quanto a Napoleão III, fora a Forcheville que alguma vaga associação de ideias, mais uma certa mudança na fisionomia habitual do barão e enfim a grande fita cruzada da Legião de Honra, haviam-lhe feito dar tal nome; mas na verdade, e por tudo o que o personagem presente no sonho lhe representava e recordava, era bem Forcheville. Pois de imagens incompletas e variáveis Swann adormecido tirava falsas deduções, tendo aliás momentaneamente um tal poder criador que se reproduzia por simples divisão como alguns organismos inferiores; com o calor sentido por sua própria palma ele modelava o côncavo de uma mão estranha que acreditava apertar, e de sentimentos e impressões das quais não tinha ainda consciência fazia nascer tais peripécias que, por seu encadeamento lógico, levariam a determinado ponto no sono de Swann o personagem necessário para receber seu amor ou provocar seu despertar. Uma noite negra se fez de súbito, um alarme soou, habitantes passaram correndo, fugido de casas em chamas; Swann ouvia o ruído das ondas que saltavam e seu coração que, com a mesma violência, batia de ansiedade em seu peito. De repente as palpitações de seu coração redobraram de velocidade, ele sentiu um sofrimento, uma náusea inexplicáveis, um camponês coberto de queimaduras gritou-lhe ao passar: "Venha perguntar a Charlus onde Odette foi terminar a noite com seu companheiro, ele esteve com ela antigamente e ela lhe disse tudo. Foram eles que atearam fogo". Era seu criado de quarto que vinha acordá-lo e lhe dizia:

– Senhor, são oito horas e o barbeiro está aí, eu lhe disse para voltar em uma hora.

Mas tais palavras, ao penetrarem nas ondas do sono no qual Swann estava mergulhado, só haviam chegado até sua consciência sofrendo aquele desvio que faz com que no fundo da água um raio pareça um sol, assim como um momento antes o ruído da campainha, assumindo no fundo daqueles abismos uma sonoridade de alarme, gerara o episódio do incêndio. Entretanto o cenário que ele tinha sob os olhos desfez-se em pó, ele ergueu as pálpebras, ouviu por uma última vez o ruído de uma das ondas do mar que se afastava. Tocou seu rosto. Estava seco. E ainda assim se lembrava da sensação da água fria e do gosto do sal. Levantou-se, vestiu-se. Mandara o barbeiro vir cedo porque havia escrito na véspera a meu avô dizendo que iria à tarde a Combray, tendo ouvido que a sra. de Cambremer – srta. Legrandin – deveria passar ali alguns dias. Associando em sua lembrança ao encanto daquele rosto jovem o de um campo ao qual não ia há muito tempo, ambos lhe ofereciam um atrativo que finalmente o decidira a sair de Paris por alguns dias. Como os diferentes acasos que nos colocam na presença de determinadas pessoas não coincidem com o tempo no qual as amamos mas, ultrapassando-o, podem se produzir antes que comece e repetir-se depois que findou, as primeiras aparições que faz em nossa vida um ser destinado mais tarde a nos agradar assumem retrospectivamente a nossos olhos um significado de advertência, de presságio. Dessa maneira Swann com frequência considerara a imagem de Odette encontrada no teatro, naquela primeira noite na qual pensava jamais revê-la – e se recordava agora do sarau da sra. de Saint-Euverte no qual apresentara o general de Froberville à sra. de Cambremer. Os interesses de nossa vida são tão múltiplos que não é raro que numa mesma circunstância as marcas de uma felicidade que não existe ainda sejam colocadas ao lado do agravamento de um mal do qual sofremos. E sem dúvida aquilo poderia ter acontecido a Swann em outro lugar que não a casa da sra. de Saint-Euverte. Quem sabe até, caso naquela noite ele estivesse em outro lugar, se outras felicidades, outros males não lhe teriam acontecido, que a seguir lhe tivessem parecido ter sido inevitáveis? Mas o que lhe parecia assim ter sido fora o que acontecera, e ele não estava longe de ver algo de providencial no fato de se ter decidido a ir ao sarau da sra. de Saint-Euverte, porque sua mente desejosa de admirar a riqueza de invenção da vida e incapaz de se fazer por muito tempo uma pergunta difícil, como a de saber o que teria sido mais desejável, entrevia nas dores que sentira naquela noite e nos prazeres ainda insuspeitos que já germinavam – e entre os quais o equilíbrio era difícil demais estabelecer – uma espécie de encadeamento necessário.

Mas enquanto, uma hora depois de acordar, dava instruções ao barbeiro para que seu penteado não se desmanchasse no vagão, recordou seu sonho, e reviu, como os havia sentido bem perto, a tez pálida de Odette, as faces magras demais, os traços repuxados, os olhos encovados, tudo aquilo que – ao longo das ternuras sucessivas que haviam feito de seu durável amor por Odette um longo esquecimento da imagem primeira que dela havia recebido – deixara de perceber desde os primeiros tempos de sua ligação, nos quais sem dúvida, enquanto dormia, sua memória fora buscar a sensação exata. E, com aquela grosseria intermitente que nele reaparecia tão logo não estava mais infeliz e que no mesmo instante baixava o nível de sua moralidade, exclamou consigo mesmo: "E dizer que eu desperdicei anos da minha vida, que quis morrer, que tive meu maior amor por uma mulher que não me agradava, que não era meu tipo!".